MW00477544

Марина Степнова

—◆—

странные женщины

Марина Степнова

Сад

Роман

РЕДАКЦИЯ
ЕЛЕНЫ ШУБИНОЙ

Издательство
АСТ
Москва

УДК 821.161.1-31
ББК 84(2Рос=Рус)6-44
С79

Художник ВЛАДИМИР МАЧИНСКИЙ

Издательство благодарит литературное агентство
"Banke, Goumen & Smirnova" за содействие в приобретении прав

Степнова, Марина Львовна.

С79   Сад : роман / Марина Степнова. — Москва : Издательство АСТ :
Редакция Елены Шубиной, 2021. — 412, [4] с. — (Марина Степнова:
странные женщины).

ISBN 978-5-17-118995-2

"Сад" — новый роман Марины Степновой, автора бестселлера "Женщины Лазаря" (премия "Большая книга"), романов "Хирург", "Без-
божный переулок" и сборника "Где-то под Гроссето".
Середина девятнадцатого века. У князя и княгини Борятинских рож-
дается поздний и никем не жданный ребенок — девочка, которая
буквально разваливает семью, прежде казавшуюся идеальной. Туся
с самого начала не такая, как все. В строгих рамках общества, полного
условностей, когда любой в первую очередь принадлежит роду, а не
себе самому, она ведет себя как абсолютно — ненормально даже —
независимый человек. Сама принимает решения — когда родиться
и когда заговорить. Как вести себя, чем увлекаться, кого любить или
ненавидеть. История о том, как трудно быть свободным человеком
в несвободном мире.

УДК 821.161.1-31
ББК 84(2Рос=Рус)6-44

ISBN 978-5-17-118995-2

Оглавление

хапуртс о и еклоп, хацирк, ехум, ебаж,
итсовиргзов или ежебревс о,
алытом иненемако и иинетсугаз о,
етсорок или хядулеш о, хазележ о,
елшак и еьшуду бо, ебуз меьчлов О

Глава первая
Мать

Что за прелесть эта Наташа!

Надежда Александровна погладила книгу маленькой крепкой рукой и даже зажмурилась от удовольствия. Переплет был кожаный, теплый — все книги в доме Борятинских, включая только что вышедшие, переплетались заново, причем кожу заказывали специально во Флоренции — тонкую, коричневатую, с нежным живым подпалом.

И не жалко тебе, матушка, итальянских коров на ерунду переводить? — посмеивался Владимир Анатольевич, все причуды супруги, впрочем, втайне одобрявший. Хозяйка она была прекрасная, дом, несмотря на сухую свою высокую иноземную родовитость (Надежда Александровна была урожденная фон Стенбок), вела на широкую русскую ногу и — главное — на двадцать пятом году супружества всё еще смеялась над шутками мужа.

Разве что книжки! Ох уж эти книжки!

Надежда Александровна не пропускала ни одной новинки ни на одном из трех известных ей языков (французский, немецкий, даже русский) — хотя, помилуй, голубушка, уж по-русски-то, кажется, вовсе нет никакого смысла читать! Под библиотеку в петербургском доме была отведена просторная двухсветная зала — добрые люди в таких балы дают, а мы пыль по углам собираем.

Да что там Петербург, если в трех имениях от книг повернуться было негде, а теперь вот и четвертое стремительно захламлялось, и Надежда Александровна, весной только подписавшая купчую на земли и дом в Анне, начала обустройство новой усадьбы именно с библиотеки, и уже подумывала, не выписать ли сюда на время скучного немецкого юношу с созвездием крошечных ярких прыщей на лбу, фамилию которого никто так и не удосужился запомнить. Юноша ведал петербургской библиотекой Борятинских и два раза в месяц появлялся в доме, тихо поскрипывая подошвами и далеко, на отлете, держа красноватые, лютеранские, до глупости честные руки. Он вел каталог, выписывал по указанию хозяйки и своему разумению книжные диковины и новинки и был тихо, никому не приметно, но почти до помешательства влюблен в Надежду Александровну, с которой едва ли сказал десяток слов.

Однажды, ошибившись дверью, он застал врасплох в тесной, душной, простеганной шелком и жаром комнатке ее бальные туфли, маленькие, совсем розовые внутри, и едва не потерял сознание от страсти и счастья, так что и три года спустя, умирая от чахотки, всё видел перед собой станцованные почти до дыр нежные подошвы и бормотал — туфельки, туфельки, — пока всё не перепуталось наконец, пока не закончилось, пока не отпустила эта жизнь, эта мука…

Россия, Лета, Лорелея.

Он так и не узнал, что туфельки были даже не Надежды Александровны, а одной из ее многочисленных кружевных племянниц — семья была громадно большая, громадно богатая, пронизавшая полнокровной кровеносной сетью родни всё тогдашнее российское мироустройство.

Надежде Александровне хотели доложить, что бедолага-библиотекарь скончался, — и позабыли.

…А? Что про коров-то скажешь, матушка? Неужто не жалко?

Оставь, — отмахнулась Надежда Александровна беззлобно. — Дались тебе эти коровы. Все равно на бистеки пойдут. Лучше почитай — ну такая прелесть, что даже и рассказать нельзя!

Владимир Анатольевич с сомнением покосился на последнюю книжку "Войны и мира", вышедшую вот только что — в 1869 году. Граф Лев Николаевич Толстой был, безусловно, хорошего рода и отлично показал себя на военной службе, что с точки зрения Борятинского, князя и генерал-фельдмаршала, являлось бесспорным достоинством, но зачем же, будучи порядочным человеком, строчить романчики, да еще их потом публиковать! Нет, негоже лилиям прясть, Наденька, так что избавь меня, будь любезна, от своих излияний.

Загребая ногами, подошла девка, впопыхах, до приезда Танюшки, определенная Надеждой Александровной в горничные девушки, спросила, не поднимая глаз, куда прикажут подавать чай — как будто неясно было, что вечером в июле чай пить следовало только в саду. И, пожалуйста, велите подать свежей малины. Девка, задастая, рябая, некрасивая, услышав непривычное "вы", дернулась, словно ее хлестанули по крепким ногам крапивой, и, все так же не поднимая глаз, ушла. Надежда Александровна, привыкшая к тому, что в Петербурге императрицу, с которой она была очень дружна, можно и нужно было звать "Машенька" и "ты", а швейцара — также можно и нужно — "вы, Афанасий Григорьевич", вздохнула. Завиток девичьего винограда прелестно рифмовался с завитком на столбике беседки, тоже совершенно прелестной, но не крашенной слишком давно, чтобы этого нельзя было не заметить. Народ в свежекупленной Анне поражал своим невежеством и ленью. Ленью и невежеством. Как везде.

Школу бы тут надо открыть, — сказала Надежда Александровна.

Пороть куда надежнее, — здраво возразил Владимир Анатольевич и немедленно был назначен крепостником и троглодитом. Томик Толстого, повинуясь Надежде Александровне, подвинулся к Борятинскому еще на пару сантиметров, и вслед за ним покорно переползло по скатерти уплывающее к лесу воронежское солнце. Пахло скошенной травой, недавно политыми клумбами, и, перебивая всё, властно наплывал тягучий, бледный аромат табака и влажной маттиолы.

Вернулась девка и доложила, что малины нету. Надежда Александровна возмутилась. Имение в Анне было куплено не в последнюю очередь из-за роскошных садов. Прежняя хозяйка, предпочитавшая во всем научный подход и даже имевшая обширную переписку со знаменитыми сестрицами-ботаничками Сарой Мэри и Элизабет Фиттон, развела на жирных воронежских землях такие невиданные кущи, что Надежда Александровна, падкая до всего необычного и красивого, заплатила наследникам отлетевшей в подлинные райские сады старушки, сколько просили, не торгуясь. Правда, огромная садовая земляника, вызревавшая в оранжереях к Рождеству, и розовые, пахнущие корицей груши сразу после покупки оказались уклончивым преданием, но уж малина! Ее-то каким ветром унесло?

Совсем нет? — уточнила Надежда Александровна, и в голосе ее, на самом дне, зазвенела, отливая в синеву, тонкая немецкая сталь. Девка угрюмо кивнула. Совсем. А куда же делась? Девка молчала, опустив голову. Пороть, пороть и только пороть! — весело подсказал Борятинский, к малине и прочей бессмысленной флоре совершенно равнодушный. То ли дело хороший ростбиф.

Надежда Александровна встала, зацепив юбкой стул, дернула, еще дернула, затрещала дорогим кружевом, собранным в прихотливые фестоны. Девка зыркнула испуганно и опустила голову еще ниже.

Платок на ней сбился так, что видна была круглая, смазанная лампадным маслом макушка. Очень детская. Маковка, — вдруг вспомнила Надежда Александровна чудесное и тоже очень детское слово. Няня так говорила.

Дай-ка я тебя, ласточка, в маковку поцелую.

Пусть, ступайте, — распорядилась Надежда Александровна, коря себя за гневливость. Вольтера читать, "Восемнадцатое брюмера Луи Бонапарта" осенними листьями закладывать! И выходить из себя из-за какой-то малины!

Девка, ровным счетом ничего не понявшая, ушла — порка, как, впрочем, и ласка не могли произвести на нее никакого впечатления. Ей вообще было все равно — в самом страшном, самом русском смысле этого нехитрого выражения. То есть действительно: все — равно. Лишь бы войны не было да лето уродилось. И на каменное это, безнадежное "все равно" невозможно было повлиять никакими революциями, реформами или нравственными усилиями хороших и честных людей, которые век за веком чувствовали себя виноватыми только потому, что умели мыслить и страдать сразу на нескольких языках да ежедневно дочиста мыли шею и руки.

Надежда Александровна поняла, что сейчас додумается до чего-нибудь по-настоящему крамольного — вроде того, что русский народ, этот страдалец и горемыка, вовсе не нуждается в какой-то особой, дополнительной любви и уж тем более в любви ее собственной, потому махнула рукой и пошла по дорожке к ягоднику. Гравий крупно похрустывал под ногами, из недалекой кухни пахло отдыхающим под полотенцем пирогом, и Надежда Александровна вдруг почувствовала, что проголодалась — как в детстве — и что, как в детстве же, совершенно счастлива — остро, сиюминутно, до веселой щекотки под коленками.

Что-то слишком много на сегодня детства, подивилась она, и уже в огромном, пронизанном медным закатным солнцем саду поняла — почему.

Вокруг был праздник — нескончаемый, щедрый, торжествующий. Сочная, почти первобытная зелень перла отовсюду, кудрявилась, завивалась в петли, топорщила неистовые махры. Надежда Александровна физически чувствовала вокруг тихое неостановимое движение: сонное пчелиное гудение, комариный стон, ход соков в невидимых прочных жилах, лопотание листьев и даже тонкий, натужный писк, с которым раздвигали землю бледные молодые стрелки будущих растений. Гёльдерлин, которого она так любила, бедный, бедный, сорок из отпущенных ему семидесяти трех лет проведший под многокилометровой толщей прозрачнейшего германского безумия, назвал бы этот сад гимном божественным силам природы. Но, конечно, никакой это был не гимн — просто гул нормально функционирующего организма, полного тайных и явных звуков, которые неприличными осмелился бы назвать только самый безнадежный ханжа.

Малина просительно потянула Борятинскую за подол, и Надежда Александровна мягко, как руку, отвела длинную ветку — тугую, покрытую микроскопическими, но цепкими белесоватыми колючками. Ягод и правда не было, девка не наврала — осиротевшие без прежнего пригляда кусты просто забыли обрезать в зиму, так что малина вся ушла в сочную бесплодную зелень. Зато вишен уродилась целая пропасть, да каких! Надежда Александровна задрала голову — мир над ней крутанулся, зеленый и алый, темно-гладкий, насквозь пронизанный светом, наливной, — и засмеялась от радости. Выросшая среди выморочных чухонских болот, она и представить себе не могла столь убедительного торжества божественной плоти. Надежда Александровна подпрыгнула и сорвала тяжелую горячую ягоду. Стайка переполошенных дроздов тотчас вспорхнула с дерева и изругала незваную новую хозяйку последними площадными словами.

Ладно вам, пробормотала Борятинская. Не гомоните. Тут на всех хватит.

На вкус вишня оказалась такая же точно, как на вид, — горячая, тяжелая и темная. Живая. И следующая. И еще. И еще. Надежда Александровна быстро извела батистовый платок и, бросив его в траву, маленький, скомканный, весь в ярких, словно чахоточных пятнах, принялась облизывать липкие пальцы, торопясь, жадничая и то и дело глотая впопыхах маленькие твердые косточки. В соседнем ряду вишни оказались совсем другие — светлые, почти белые внутри, кисловатые и прохладные. Надежда Александровна шагнула дальше, поражаясь вдруг открывшемуся замыслу прежней хозяйки, — да, точно, родителева вишня еще не доспела, висела зеленая, едва тронутая румянцем, ждала своего будущего часа. Сад был устроен разумно и просто, как револьвер, — он выстреливал порядно, так что не было недели, в которую владельцы остались бы без урожая, будь то вишня, слива, яблоки или груши, сменявшие друг друга в свою пору наступившей спелости.

Надежда Александровна, дошедшая до яблонь, сорвала и закусила крепкое шишковатое яблочко, невзрачную уродушку, вскипевшую на губах теплым, душистым соком. Груши оказались еще твердокаменные, древесные и на вкус, и на вид, зато в терновнике Борятинская попаслась вволю, совсем забыв о приличествующих роду и фамилии условностях и только крякая, когда на голову ей шлепались мягкие переспелые сливины. Самые лакомые, сизоватые, насквозь прозрачные, наливные — висели выше всего, и от прыжков и веселых усилий под мышками у Надежды Александровны быстро стало горячо. И предательские прозаические пятна на ее полотняном платье спустя восемьдесят с лишним лет превратились в прекраснейшую из цитат в автобиографическом романе никогда Борятинскую не знавшего писателя и поэта. Но нет, слишком рано — в 1869 году на свет родился только его отец…

Так это ты, милая, тут валежником трещишь! А я думал — медведь забрался, велел даже ружье подать. Дай, думаю, прямо в саду завалю да притащу к ужину, коли уж ты меня в троглодиты записала.

Надежда Александровна обернулась — захваченная врасплох, счастливая, на сбившемся кружевном воротничке и даже на подоле — предательские ягодные пятна, в волосах — запутавшиеся веточки, сухие соцветия, невесомый, радостный древесный сор. Муж смотрел ласково и весело, как когда-то — двадцать пять лет назад, когда в первый раз пригласил ее на ни к чему еще не обязывающую мазурку. Спустя несколько месяцев, так же ласково и весело, он повел ее, тоненькую, едва заметную в облаке шелка и органзы, совсем-совсем молодую, под венец. Ласково и весело — это вообще было про них, прекрасная партия, даже блестящая: бравый гвардейский офицер с громыхающим на всю Россию славным именем и миловидная маленькая графиня с баснословным приданым, любимица царской фамилии, обласканная при дворе. Родители, осторожно посовещавшись, свели их, словно тысячных рысаков, словно породистых собак, просчитав предварительно все родовые коленца, предусмотрев все огрехи и варианты, — и не прогадали. Брак оказался удачным, ласковым и веселым, словно осененным ангельским крылом. Всё, всё сложилось идеально: состояния, карты, привычки, уклады, даже биохимия, о которой никто и не подозревал, была к Борятинским благосклонна — всё сошлось: запахи, вкус слюны, тихое телесное тепло, никогда они не были друг другу неприятны, и Владимир Анатольевич, вечерами (не слишком часто, но и не слишком редко) подходя к спальной комнате супруги, всегда был уверен, что найдет дверь отпертой. Прохладный петербургский воздух, прохладное голландское полотно, прохладная кожа гладких предплечий, тонкие вены, слабый вздох, бесшумное и прохладное действо, не действо даже — таинство.

Благодарю, милая. Доброй ночи. Ангел тебя храни.

Они и не ссорились никогда — и Надежда Александровна вдруг поняла, что это ужасно. Она больше не хотела ласково и весело, она хотела по-другому.

Теперь, в этом сочном, через край выпирающем, почти непристойном саду она внезапно осознала, что двадцать пять лет прожила с мужем просто бок о бок, словно они и вправду не люди были, а выхоленные домашние собачонки, так давно привыкшие к общей миске и лежанке, что между ними стерлись все жизненно важные, звериные различия. Одному бежать, другому догонять, визжать, сражаясь, кусаться, настаивать на своем, уступать, наконец, но только после долгого жаркого бега, только после боя. Прочитанные книги, тихо лопоча, обступили Надежду Александровну — переполненные выдумками, бесплотными тенями, каждая из которых, в отличие от нее самой, прожила чудесную, полнокровную жизнь. А она даже двух детей принесла в мир без обещанных страданий, и неторопливую эту, тянущую, долгую боль живорождения нельзя было сравнить и с минутной мукой ненастоящей Наташи Ростовой, оплакивающей своего возлюбленного.

Слово-то какое драгоценное — возлюбленный! Как корона. Всё в острых сияющих зубцах.

Надежда Александровна подпрыгнула еще раз, сорвала синюю, едва помещавшуюся в пригоршне сливу, и подошла к мужу. Он все еще улыбался глазами, все еще смотрел ласково и весело, как всегда, а виски уже седые, боже мой, и подусники, роскошные, пышные, пахнущие так привычно — грасской вербеной и лондонским табаком, тоже насквозь прохватило морозцем, и у нее самой под фальшивыми буклями — подлинная белизна, подступающий со всех сторон холод, одиночество, одиночество, двадцать пять лет вместе, а смотрит все так же — и все время не так, не так, оказывается, совсем не так. Надежда Александровна надкусила горячую сливу, протянула мужу — лопнувшую, почти библейскую, почти смокву, текущую голодом и медом, из сада маленькой, смуглоногой и тоже выдуманной Суламифи.

На́, возьми, милый. Попробуй.

Он все еще не понимал, прилежно и вежливо жуя, задние зубы еще свои, а передние, она знала, уже чужие, холодные керамические коронки. Они совсем старые, господи, совсем уже старые, как она могла это проглядеть, как он смог позволить!

Чай уже накрыли, как ты велела…

Надежда Александровна не дала ему закончить, приподнялась на цыпочки и рывком притянула мужа к себе — все еще жующего, все еще не понимающего. Мякоть сливы, слюна, сок ускользающего солнца, оглушительный аромат свежего пота…

Нет, не весело и ласково. Не весело и не ласково. А вот так, вот так, вот так! И еще вот так. Да, я хочу. Я действительно так хочу.

Накрытый чай никто так и не распорядился убрать — на радость дроздам, устроившим в беседке быстрое вороватое пиршество. Молоко, жирное, желтоватое, свернулось к утру, приказало долго жить. Сахарницу разорили муравьи. Они же разнесли по всему саду сладкие крошки. Пирог и правда вышел отменный. Горячие яблоки, корица, меренги. Одну из серебряных ложечек уволокла обомлевшая от счастья мелко стрекочущая сорока, другая ложечка спаслась — соскользнула на пол, в щель, в спасительную темноту, дожидаясь своего часа, — через много лет ее выудит ловкая и глазастая Туся, протянет Нюте — смотри, что я нашла!

Две девочки — одинаковые плечики, одинаковые платьица, одинаковые ниточки чистых проборов — склонятся над заманчивой вещицей, разбирая потемневший вензель. А, это мамина! Я знаю! Мамина! Пойдем покажем? И обе побегут, сшибая на ходу желтые бестолковые головы рослых одуванчиков. Нюта, как всегда, на полшага позади.

*Les enfants, les enfants, on ne court pas si vite! Ce n'est pas convenable!**

Насчет ужина тоже никто так и не распорядился, и кухарка, и без того томящаяся по случаю скорого прибытия столичного повара, пошла спать зареванная, но сперва долго жаловалась на жизнь Божьей Матери Троеручице, хлюпая носом и то и дело прикладываясь лбом к прохладным, добела выскобленным доскам. И крепостное право отменили, вольная лежит в сундучке, а толку! А уж я ли, Матушка,

---

* Дети, дети, нельзя так быстро! Это неприлично! *(фр.)* (Здесь и далее перевод на французский *Bernard Kreise*.)

кажется, не старалась! Богородица молчала, чуть отвратив от темной кухни длинный лик и придерживая рукой маленького грустного Спасителя. Еще одна рука — узкое запястье, персты к перстам — покоится на груди. Кухарка приложилась к третьей, странной, вотивной ручке Богородицы, словно в воздухе парящей у закутанных ножек младенца Христа — чья-та страшная жертва? Злая шутка? Обломок древнего культа? Забывчивость замотанного работой иконописца, а когда вынесли людям — ахнули, да поздно, будем молиться тому, что есть? Грех-то какой! Или так и надо, чтобы сразу три материнские руки оберегали Того, кто Сам вызвался всех оберегать? Кухарка сходила на ледник, убедилась, что слоеное, сотни раз раскатанное тесто к завтрашним пирожкам крепко спит, набираясь сил, и со стоном полезла на лежанку.

Через несколько минут вся усадьба Анна спала, тяжело всхрапывая, ворочаясь, почесываясь и вздыхая, только иногда стукали в деннике копытом дремлющие лошади, напуганные бесшумными клоками летучих мышей, которые вдруг, из ниоткуда, возникали в ночном воздухе и рывком исчезали снова, будто не живые существа, а темные дыры, прорехи в пространстве, ведущие неизвестно в какой сопредельный, а может, и запредельный мир. Да еще даже далеко за полночь в спальне новой хозяйки слышалось какое-то легкое, лепестковое почти движение, шепот, тихий смех, совсем молодой, вот-вот прорвется в полную силу — тс-с, тихо, услышат! И пусть слышат.

Потом дверь отворилась, и выплыл круглый огонек свечи — английской, ночной, белого, самого лучшего воска. Во дворце из-за таких фрейлины только что не дрались. Войны свечных огарков. Пусть нам дадут, в конце концов, хороших свечей! Пусть дадут! Борятинские на цыпочках, как дети, подталкивая друг друга и спотыкаясь, побрели по огромному дому, который так и не успели пока обжить. Направо? Да нет же, нет, не туда! Придушенно смеясь и чуть не падая, они нашли наконец-то кладовую — разумеется, запертую. А что же это, матушка моя, у тебя даже ключей от фуража нету? Хороша хозяйка, нечего сказать! Я не успела, Танюшка не приехала еще, — возмутилась Надежда Александровна, растрепанная, босая, маленькие ноги то и дело наступают на просторный батистовый подол ночной сорочки. Туп-туп. Оплывающая свеча, горячие руки мужа, прикушенное соленое плечо, смех, детская возня, взрослая схватка. Вот что такое быть живой! Вот оно, значит, как! Так, получается, это Танюшка у нас всему голова? Ну, на ней мне и жениться надо было, — весело и ласково прошептал Владимир Анатольевич — и это было другое весело и ласково, совсем другое. С того самого поцелуя в саду они и слова друг другу не сказали не по-русски — привычный французский не выдерживал живого, жаркого напора, жал непривычно в шагу — и это тоже было новое, счастливое, и Надежда Александровна верила, что теперь это с ними — на всю жизнь. Она шлепнула мужа по затылку и разрешила — вот и женись! А я за конюха пойду. За этого, с кудрями. Молодого. Здоровенного!

Владимир Анатольевич засмеялся. Выпорю! — пригрозил он разом Надежде Александровне и безымянному конюху, который блаженно дрых где-то в душной темноте, не ведая, в какой переплет попал его сказочный призрак. Выпори, — позволила Надежда Александровна. Выпори, батюшка барин. Только, ради Христа, накорми. А то будут большие землетрясения по местам, и голод, и мор, и ужасы, и великия знамения на небеси. Оба снова прыснули и повалились друг на друга — и сам евангелист Лука, веселый антиохийский грек, судовой врач и святой, стоял с ними — и тоже смеялся.

Ключи от кладовой Борятинский, рискуя быть застигнутым в одних подштанниках, выкрал у спящей кухарки с отнюдь не княжеской ловкостью. Ах вот, значит, ты какой! — жарко ужаснулась Надежда Александровна, прижимая к груди горшок с простоквашей, и Владимир Анатольевич, торопливо перетаскивая в спальню наскоком, по-солдатски, захваченный провиант, вдруг почувствовал, что гордится этим смешным подвигом и смешным восхищением жены больше, чем своим генерал-фельдмаршальским чином, пулей в боку и золотой саблей с надписью "За храбрость". Что там Шамиль и покорение Кавказа по сравнению с этой женщиной, что сидит на смятой постели, и смеется, и ест ржаной хлеб и холодное мясо, которые он сам украл для нее, сам добыл — своими руками...

Они проспали почти до двух часов дня, впервые в одной постели, замусоренной крошками, разоренной, — клубком, по-звериному, впервые обнимая друг друга изо всех сил. Борятинский проснулся первым — от хлопнувшей оконной створки. Из кислого серенького неба трусил дождь, тоже серенький, кислый, мелкий. От вчерашнего румяного райского великолепия не осталось и следа. Владимир Анатольевич встал, крепко потер затекшую шею и отправился к себе, перешагивая через тарелки, объедки, опрокинутый горшок с дочиста выеденной простоквашей, через сливовые косточки и милые женские вещицы, назначения которых он даже не рисковал предположить, — какие-то шелковые тесемки, продернутые сквозь беззащитно прорезанный батист, мережки, волны смятого шелка и полотна, нежная невиданная сбруя, которую он вчера срывал с жены впопыхах, не то беря в плен, не то сдаваясь…

Глупости, глупости, глупости!

Часом позже вышедшая к столу Надежда Александровна встретилась глазами с мужем — выбритым, свежим, надушенным, равнодушным. Он отложил газету, встал, приветствуя супругу приличествующим образом, и — весело и ласково, как раньше, словно ничего между ними и не случилось, — сказал по-французски что-то про дурную погоду, отмененную прогулку. Спешила уже поцеловать ручку прибывшая наконец незаменимая Танюшка, горничная девушка, служившая Надежде Александровне с их общего детства, единственная, в сущности, ее настоящая подруга. Надежда Александровна, чувствуя, как медленно, точно в ноябре, застывает вокруг воздух, села к столу, расправила ставшие деревянными складки открытого, не по возрасту и не по времени легкомысленного платья. Она так старалась! Банты у груди. Уже не кринолин, но еще не турнюр. Тесно, непривычно, неудобно. Владимир Анатольевич все продолжал говорить, пересказывал что-то из "Правительственного вестника", но Надежда Александровна не слушала. Она попробовала кофе, покачала головой и добавила каплю молока. Вышло только хуже. Уж лучше бы не попробовать. Не знать вообще. Ничего не знать.

Дождь шел весь день, и следующий тоже, а когда наконец распогодилось и Борятинский ночью постучал легонько в спальную жены, никто не ответил. Он повернул дверную ручку, дернул — напрасно, напрасное, никому не нужное, очень живое унижение. Впервые за двадцать пять лет. Могла хотя бы объясниться, сослаться на головную боль, придумать что-нибудь. Не сослалась, не придумала, не объяснилась. Несправедливо.

Холодок нарастал, сквозил со всех сторон, поддувал, прихватывал — безжалостный, безнадежный, Надежда Александровна куталась в шали, зябла, потом перестала выходить совсем, окуклилась в своей комнате и целыми днями лежала, бледная, бескровная, подурневшая, уронив на ковер очередной утративший волшебную силу том. Даже книги больше не помогали. Даже книги! Владимир Анатольевич присылал справиться о здоровье, ходил взволнованно за запретной дверью — притворялся, разумеется, притворялся. Скажи, пусть оставит меня в покое, наконец! — И Танюшка выходила, некрасивая, сухая, быстрой своей смешной утиной перевалкой, совещалась с Борятинским, голова к голове, на равных — не на равных даже, у Танюшки куда больше было власти и влияния, — и Борятинский смотрел просительно, снизу вверх, точно мальчишка, наказанный за все шалости разом — и потому не знающий, что сказать, как искупить вину. Ничего не ест? Нет, ничего, барин. Читать даже бросила. Так и лежит днями — в стенку глядит и плачет.

Когда Надежда Александровна отказалась даже от слабенького чая, вызвали доктора, местного, — а хорош ли? Говорят, Владимир Анатольевич, что хорош, да ведь выбирать не из кого. Из Петербурга пока доедет! Борятинский, мысленно поклявшийся протянуть к Анне отдельную железнодорожную ветку (будет исполнено, но не им — и в 1897 году по линии Графская — Анна пройдет первый поезд), самолично вышел встречать доктора на крыльцо и, пожимая сухую, красную, йодом перепачканную руку, вдруг поймал себя на мгновенном ярком желании руку эту поцеловать. Был бы картуз, сдернул бы с головы, честное слово. В ноги бы повалился. Только спаси!

Мейзель, Григорий Иванович, — отрекомендовался врач, немолодой, крепкий, круглая крупная голова стрижена под седой, густо перченый ежик. Поискал что-то в глазах Борятинского и спокойно прибавил — лютеранского вероисповедания. Борятинский, вспыхнув, развел руками — да разве это имеет значение, помилуйте, проходите, может, чаю с дороги изволите?

Мейзель не ответил, тяжело преодолел жалобно заохавшие ступеньки, обвел взглядом всеми окнами распахнутую в сад гостиную.

Словно оценил — но как именно, не сказал.

Прикажите проводить к больной, — распорядился он и пошел, пошел, помахивая потертым саквояжем, невысокий, коренастый, спокойный неведомым Борятинскому спокойствием не аристократа, а профессионала, честного ремесленника, каждый жест которого, каждое слово стоит чистого золота. И пятидесятилетний князь, забыв обо всем, как голенастый перепуганный стригунок, забегая то справа, то слева, отталкивая вездесущую Танюшку, — пшла, дура, воды прикажи доктору подать, или глухая?! — поспешил следом, показывая дорогу и даже — впервые в жизни! — изгибаясь угодливо спиной на зависть любому приказчику. Только бы не чахотка, господи! Только бы не чахотка! — заклинал он мысленно, не отдавая себе отчета, что не к Богу обращается вовсе, не к Господу нашему Иисусу Христу, а к этому неведомому Мейзелю, сельскому лекарю лютеранского вероисповедания в пыльном скверном сюртуке…

Хлопнула дверь спальни. И тишина.

Только бы не чахотка.

Мейзель вышел через три четверти часа — под короткий, переливистый курантовый бой. Точно подгадал. Такой же невозмутимый, Борятинскому даже показалось — равнодушный, словно не Наденька там лежала, погибая, за злосчастной дверью, словно не Надюша моя. Господи Боже ты мой! Борятинского шатнуло так, что пришлось вцепиться в край неизвестно откуда приблудившегося столика, — все сорок пять минут ожидания он постыдно накидывался некстати случившимся коньяком, стаканом глотал, куда там грядущим декадентам, и вот нá тебе! Его снова повело, словно зеленого юнкерка, — а ведь, кажется, где только ни пивал, а гвардию не позорил, с великим князем Константином Николаевичем честь имел надираться, и младший братец самодержца российского, как все Романовы, на выпивку исключительно крепкий, самолично изволил…

Борятинский запутался окончательно и, не выпуская из рук столик, испуганно спросил — как она, э-э-э… Чертово имя начисто вымыло из головы коньяком. Плохо, обидится, погубит Надюшу… Э-э-э… Как она, доктор? Не спросил даже — пискнул, словно мышь из-под веника.

Мейзель бесстрастно сказал: вы можете к ней войти. Не ответил — разрешил, будто сам был тут хозяин, и Борятинский впервые услышал в голосе доктора, не в голосе даже — в интонации — что-то раздражающе нерусское. Словно Мейзель ставил привычные слова в чуть-чуть непривычном порядке, и выходило слишком спокойно, слишком непогрешимо. Слишком уверенно. Русские так не говорят. Они или молчат, или орут. Борятинский выбрал первое. Он просто мотнул головой и, из последних сил чеканя шаг и сам понимая, что это первейший и позорнейший признак пьяного, пошел к двери, которая за эти бесконечные недели стала личным его, лютым даже врагом.

Открылась. Закрылась.

Очень тихо. Очень душно. Почти темно.

На… Надюша?

Ослепший после солнечного полудня, Борятинский споткнулся об очередной вертлявый столик — мебель сегодня решительно ополчилась против него, — закрутил головой растерянно, ища жену, но ее не было — и только зашторенный воздух нежно, сильно и сложно пах Наденькой — словно кто-то разлил склянку с самым лучшим, что в ней было. С самым дорогим.

Володя…

Слабенько, негромко. Как колокольчик, подбитый войлоком, полугласный.

Да где ж, мать твою…

Вот она, господи.

Почти невидимая, почти бесплотная, на кровати. Взбитые подушки темнее лица, которое источилось так, что, кажется, всё превратилось в профиль, в силуэт, вырезанный заезжим ангелом из плотной веленевой бумаги. Глаза только светятся — огромные, зеркальные, словно у сплюшки под стрехой.

Плачет?

Княгиня хотела сказать что-то, но не смогла — закашлялась.

Чахотка! Значит, все-таки чахотка!

Наденька!

Борятинский вдруг рухнул на колени и пополз, как в церкви, отроду не ползал, пока не уткнулся носом в руку жены — по-щенячьи, по-детски. Нет, нет, нет, бормотал он, всхлипывая, — комната рухнула вместе с ним, прыгал в глаза то край ковра, то глухие постельные отроги, то домашние туфель-ки Нади, жалко прижавшиеся одна к другой. Как всегда, на первом хмелю всё было резким, ужас-ным, громким — особенно боль, такая огромная, что Борятинскому казалось, что она не помещает-ся у него внутри, как не помещается во рту воспа-ленный дергающийся зуб, весь круглый, огненный, красный. Но страшнее всего было, что какая-то подлая, самая маленькая часть князя радовалась и ковру (отлично вычищенному, кстати), и спаси-тельной полутьме, и тому, что он стоит на коле-нях, — потому что так можно было дышать, не бо-ясь, что Наденька услышит гнусный коньячный дух. Бессмысленного безразборного пития она не выносила. Всего вообще — беспорядочного, нутря-ного. *И как они не заботились иметь Бога в разуме, то предал их Бог превратному уму — делать непотребства.* В гвардии тебя, матушка, с такими идеями и часа бы не продержали. В голове у хорошего солдата Богу делать нечего. Там пусто должно быть — шаром по-кати. Чтоб команды помещались. А похмелиться — разве ж это непотребство? Непотребство — наоборот как раз, с утра не поправиться. Непотребство и ересь злокозненная.

Так он всегда говорил. А она смеялась.

Умрет — застрелюсь сей же час.

Володя.

Откашлялась наконец.

Володя. Я… *J'ai…*[*]

---

[*] У меня… *(фр.)*

И зашептала, зашелестела, путаясь, сбиваясь на французский и точно приседая на каждой фразе — легко, торопливо, по-полонезному.

*Quoi?!**

Борятинский вскинул голову — забыв про коньяк, про мокрое от слез лицо с расползшимся, почти бабским, опухшим ртом.

*C'est vrai?! Mais… mais enfin, ce n'est pas possible. Ce n'est vraiment pas possible!***

Лучше бы язык себе откусил, честное слово.

———✦———

Лиза и Николай приехали через месяц, к концу августа, — неслыханно скоро, если учесть, что Лизе пришлось добираться из Рима, а Николаю — срочно испрашивать в полку отпуск (и, значит, следующего ждать придется целых два года, эх!). Оба, сговорившись, решили встретиться в Воронеже, чтобы по пути в новую родительскую усадьбу всё хорошенько обсудить, но обсуждать, как оказалось, было нечего. Телеграммы от отца с требованием приехать незамедлительно, без проволочек, совпадали до буквы — и, похоже, отправлены были в один и тот же час. На ответные письма (гомон взволнованных вопросов, скрытое негодование, почтительный гнев) пришли еще две телеграммы, на этот раз с одним-единствен-

---

*   Что?! *(фр.)*

**   Ты?! Но… это же невозможно. Совершенно невозможно! *(фр.)*

ным словом — незамедлительно. Чтобы выяснить это и понять, что понять тут ничего невозможно, хватило нескольких минут, так что два оставшихся (бесконечных, бесконечных!) дня ехали молча, все больше раздражаясь друг на друга.

Впрочем, они и в детстве не были дружны — каждый рос сам по себе.

Сам по себе и вырос.

Как назло, погоды стояли скверные, мозглые — совсем не августовские и уж точно не воронежские. Кругом лило, чавкало, моросило, опять лило, каждую перемену лошадей добывать приходилось с боем, и Николай то хватался за шашку, то сгребал очередного станционного смотрителя за грудки. Да еще несносное это, чертово перекладывание бесконечных Лизиных шляпных коробок, кофров и дорожных сундуков, отнимавшее уйму времени. На почтовых к вечеру были бы на месте! Лиза только картинно заводила огромные глаза такого черносмородинового отлива, что белки казались голубыми, и, страдая от путевых неудобств, все прижимала крошечный батистовый платок к хрустальному горлышку *Houbigant*, так что деваться некуда было от гнусных назойливых тубероз.

Убери уже эту чертову склянку!

Очередное ресничное трепетание, тонкие пальчики трясут тяжелый флакон. Ни капли! Пустой! *Mademoiselle, donnez-moi le parfum. Non, pas celui-ci, pas celui-ci, je vous dis!** Это решительно невозможно!

---

* Мадемуазель, подайте духи. Да не эти, не эти же, нет! *(фр.)*

Apportez-moi le nécessaire! Je le ferai moi-même*. Иноземная горничная, пугливая, востроносая, серенькая, подавала требуемое, ныряя из одного мелкого книксена в другой — точно прихрамывая. Удивительная дура. Несносное существо. *Au nom de quoi, au nom de quoi dois-je supporter tout cela?!*** Лиза ожесточенно рылась в изящном сундучке, отбрасывая пуховки, баночки в золотой оплетке, щетки, эгреты, гребешки. Николай, не дожидаясь нового туберозового залпа, выходил из очередной станционной избы, саданув дверью. Сама дура удивительная! За посланника вышла, по Европам таскается, а горничную по щекам лупит.

Дура и есть! Выдрать бы за косы — как в детстве.

На нужную станцию прибыли только к полуночи. Их встретил незнакомый кучер, не то сонный, не то глухонемой, — впрочем, расспрашивать прислугу о домашних делах Николаю все равно не позволяла гордость, а Лиза устала наконец до полной немоты и всю черную сырую колыхающуюся дорогу до имения, тоже незнакомого, проспала, по-детски привалившись головой к плечу брата. На парадном крыльце, высоко подняв празднично сияющую лампу, стояла Танюшка, сразу ловко спрятавшаяся за ахами и охами, за целованием плечиков и рук, так что и у нее не удалось выведать ничего, кроме расположения комнат. Я тебе, Николушка, четыре подушечки положила, ты завсегда на мякеньком лучше засы-

---

*   Принесите несессер! Я сама *(фр.)*.
** За что, за что я должна всё это терпеть?! *(фр.)*

пал, а тебе, Лизонька, протопить в комнате велела хорошенько…

На "ты" была с ними — как своя. И то сказать — с самого рождения их пестовала, получше любой няньки. Да и в доме ничего без ее ведома не делалось. Куда уж своее. Николай не удержался все-таки — улучил момент, спросил, что и как, но Танюшка только руками замахала — спать, спать ложись, голубчик, уж вторые петухи пропели, поздно, а завтра маменька и папенька сами всё скажут.

Оба живы, значит. Как говорится, и на том спасибо.

Мать и отец встретить так и не вышли.

И к завтраку тоже.

Николай и Лиза, успевшие осмотреть дом (обоим он показался старым и безобразным), одуревали уже от скуки и беспокойства в скверно обставленной провинциальной гостиной. Прогулка могла бы скрасить им ожидание, но заоконный сад било крупной дождевой дрожью. Так и не распогодилось с вечера. И с третьего дня тоже. Николай провел пальцем по затуманенному стеклу — послушал, как замечательно взвизгнуло. *Cesse immédiatement!** — Лиза взвизгнула в той же тональности, что и стекло, взяла со столика онемелый том — очевидно, материн — и без сил уронила.

*Bonjour, les enfants! Je vous remercie d'être venus. Entrez. Votre mère et moi, nous avons quelque chose à vous dire**.*

Николай и Лиза вскочили оба — отец, стоявший в дверях, был все тот же, прежний, не изменивший-

---

* Прекрати немедленно! (*фр.*)
** Здравствуйте, дети! Благодарю за приезд. Пройдемте. Ваша мать и я хотим поговорить с вами (*фр.*).

ся ни на йоту, так же бегло прикоснулся ко лбу каждого усами, будто щекотнул, и пахло от него привычным, памятным с младенчества, тоже щекотным. Свежим. Только в глазах была странная растерянность, так что Лиза и Николай, спеша за отцовским мундиром к материнской спальне, оба разом решили для себя, что с папенькой все, слава богу, благополучно и, значит, это мать тяжело больна и, может быть, даже умирает.

И оба не почувствовали ничего. Совсем ничего. Даже докуки.

Мать приняла их в креслах — полулежа, бледная больше обычного, подурневшая. На плечах — Лиза сразу приметила — знаменитая прабабушкина шаль, черно-алая, тончайшая, сделанная из пуха, собранного с горла кашмирских коз и сплошь затканная слезами Аллаха. В 1800 году прадед отдал за шаль целое село ценой в двенадцать тысяч рублей — и гордился удачной сделкой, потому что за подлинные кашмирские шали просили и двадцать тысяч, и двадцать пять. Мать лишь единожды позволила Лизе ее примерить — в пятнадцать лет, и с того дня Лиза только и мечтала, чтобы получить шаль в приданое.

Не получила, хотя вступила в удачнейший брак с блестящим дипломатом, просчитанный не только родителями, но и ею самой. Дипломат был не очень молод, очень некрасив, очень богат и очень умен — все необходимые составляющие будущего женского счастья в едином сосуде. Так что Лиза дала согласие, несмотря на тихий, но едва выносимый мышиный запах, который распространял жених, — и не прогадала. Брак вышел легкий, бездетный, беззаботный. Супруг обожал Лизу, баловал сверх всякой меры, и единственное, о чем она сожалела, была так и не полученная шаль, которую Лиза, нарушив все мыслимые приличия, попросила сама. Мать отказала. Просто сказала — нет.

Теперь время наконец пришло.

Лиза представила, какой фурор произведет в Риме в этом черном и алом золоте, — это ее цвета были, не материны, ее черные глаза, ее темные выпуклые губы, надо будет только сшить подходящий туалет в восточном стиле и чтобы плечи и лопатки непременно открыты.

Да. Непременно чтобы лопатки открыты.

Николай дернул ее за руку, а потом выкрутил кожу на запястье, как в детстве — пребольно. Лиза ахнула — и мать повторила чуть громче.

Votre père et moi, nous voulons vous faire partager une joie immense. Il se trouve que très bientôt votre nouveau petit frère ou votre nouvelle petite sœur verra le jour.

Мать хотела добавить что-то еще, но сморщилась, словно сама понимала весь ужас и неприличие сказанного, — в ее-то возрасте, немыслимо, просто немыслимо, в свете никогда этого не поймут! — и ее вдруг вырвало какой-то омерзительной пеной и слизью.

Прямо на драгоценную кашмирскую шаль. Прямо на шаль.

---

*   Мы с отцом хотим сообщить вам об огромной радости. Мое положение таково, что в скором времени на свет появится ваш новый братец или сестрица (*фр.*).

Лиза ахнула еще раз, схватившись за виски.

Из ниоткуда, будто за креслами прятался, появился крепкий круглоголовый человек и, деловито подергивая рукава сюртука, распорядился — потрудитесь нас оставить. Княгине необходим отдых.

И когда Лиза и Николай, ошеломленные такой дерзостью, переглянулись, прибавил отчетливо — вон!

Я сказал — всем немедленно вон!

Князь покорно опустил голову и как-то странно, боком, поспешил из комнат.

И тут с Лизой наконец сделалась истерика.

Через четыре дня они уехали — слава богу. Сперва Лиза, потом Николя. Надежда Александровна видела их за это время еще дважды — один раз мельком, из окна, другой раз в гостиной, куда зашла случайно, не зашла даже — забрела, еле передвигая неловкие мозглые ноги. Не дозвалась Тани. Очень хотелось пить. Все время. Но Мейзель запрещал, давил оранжевым йодистым пальцем на восковые бледные голени, показывал ямку — это отек, княгиня, видите? Вам нельзя много пить, это плохо для ребенка. Зато нужно много ходить. Много, очень много! Чтобы мышцы живота были крепкими.

Она старалась, ходила. Неприбранная, измученная бесконечной рвотой. Хваталась то за стенку, то за Танюшкино плечо. Проще всего было опираться на руку Мейзеля. Твердая. Теплая. Немного легче было идти.

Тогда, в гостиной, Лиза сидела в кресле, склонив над вышивкой прелестно убранную темную головку, и негромко втолковывала что-то Николя, который стоял у окна, дважды обвитый голубым папиросным дымом, и согласно кивал, дергая и накручивая на палец русый молодой ус. За какую-то секунду, чудовищно замедленную и увеличенную, Надежда Александровна успела разглядеть и покрой Лизиного платья, и ее вздернутую — как в "Войне и мире" — румяную верхнюю губу, и даже светлые волоски на докрасна загорелой шее сына. И, тихо пятясь, чтобы не услышать ненужного, и прикрывая за собой дверь, поразилась тому, что в ее гостиной делают эти красивые, взрослые и совершенно незнакомые ей люди.

Вот сад был ее — несомненно. А эти люди — чужие.

*Quelle honte**. Гневное. Лизино. И еще — *quelle abomination***.

Все-таки услышала.

Стыд и мерзость. Стыд и мерзость. Стыд и мерзость.

Вот что все они чувствовали, когда смотрели на нее. И даже сама она — тоже. Прятала глаза, сутулилась, будто принесла в дом дурную болезнь. Будто она одна была во всем виновата.

---

* Какой стыд *(фр.)*.
** Какая мерзость *(фр.)*.

С самых первых дней все пошло не так, как было со старшими детьми. И вообще — не так. Две первые беременности — ранние, молодые — Надежда Александровна едва заметила. Носила она легко и почти до родов появлялась в свете, продумывая туалеты так, что даже самые просторные платья поражали изяществом и простотой. Вкус у Борятинской всегда был отменный — частое, едва ли не неизбежное следствие жизни, с первых дней проведенной даже не в богатстве — в роскоши. Родившаяся в Петербурге, красивейшем городе Европы, выросшая во дворце родителей, проведшая раннюю юность в императорском дворце, Надежда Александровна умела и любила видеть прекрасное и старалась окружать себя лишь тем, что радует глаз. Не только мебель, серьги или платья, даже прислугу она выбирала, руководствуясь не здравым смыслом, а принципом художественной гармонии. Борятинская могла отказать от места опытному и превосходно рекомендованному лакею (нет, нет и нет, вы не видите разве? он же кривоносый!) и нанять в горничные свежую глазастую дуреху, которая не умела приседать и колотила драгоценный фарфор, но сама при этом была как фарфоровая статуэтка — круглая, ладная, вся светящаяся изнутри гладким белым светом. Ты посмотри лучше, какая красавица! А ресницы! Спичку, спичку можно положить! Борятинский смеялся — да лучше б рябая была, ей-богу! Я третьего дня от кофейника еле спасся — ведь в самые панталоны метила. Мои б орлы так стреляли. Чистый артиллерист!

Надежда Александровна тоже смеялась, но упрямо поступала по-своему. Она знала: через год-другой дуреха обтешется, научится под руководством Танюшки всем тонкостям профессионального услужения и станет незаметной, но очень важной деталью общей мозаики, которую Борятинская собирала с упорством Ломоносова. Бланж ложился рядом с киноварью, кресла цвета гри-бискр перемигивались с офитовыми колоннами — всё, всё шло в дело: орнаменты, оттенки, даже переплетение теней — так что гости, расположившись в гостиной Борятинских, чувствовали, что оказались в каком-то ином, лучшем месте, среди иных, лучших людей. И только Надежда Александровна знала, что дело не только в изумительных пропорциях залы, не только в жиразолевом шелке, которым были обтянуты стены (три, три месяца она искала цвет, передающий подлинные опаловые переливы), но и в ресницах горничной девушки, входившей в нужный момент с подносом, на котором сиял крошечный кофейник на спиртовке, украшенной синим живым огоньком. Ресницы у горничной тоже были синие, загнутые на концах, тяжелые от невидимой спички.

Метóда, при всей абсурдности, прекрасно работала — дом Борятинских считался одним из лучших в Петербурге, хотя не был ни самым богатым, ни самым большим. И сама Борятинская — хрупкая, бледная, миловидная — слыла одной из первых красавиц и модниц большого света, не имея на то ни малейших телесных оснований. Это было не так уж просто в мире, где у женщин не было иной заботы, кроме умения вести себя в обществе и быть одетой к лицу.

И никто — да, пожалуй, и сама Борятинская — не догадывался, что в основе этой любви к гармонии лежала обыкновенная брезгливость. Надежда Александровна брезговала всем некрасивым, как брезговала грязью, — и это был не прелестный снобизм потомственной белоручки, которой ни разу в жизни не пришлось вычистить подол собственного платья или вынести еще теплую, курящуюся тихим смрадом ночную вазу. Нет, это было тяжелое, пугающее чувство, почти идиосинкразия, которая заставляет взрослых людей цепенеть и жмуриться при виде обыкновеннейших вещей — черных маслянистых тараканов или, скажем, фарфоровых кукол, голых, холодных, твердых и совершенно, совершенно неживых.

Грязь и уродство наводили на Надежду Александровну ужас.

Теперь, в сорок четыре года, грязью — желтой, омерзительной, липкой — стала она сама.

На исходе девятнадцатого века в большом свете не принято было рожать без конца.

Это считалось неприличным, мешало выполнять свой долг — долг светской женщины. Многочадие было уделом бедноты. Бесконечно плодиться и размножаться могли позволить себе только священники, простолюдины да императрица, у которой имелся свой собственный персональный долг — обеспечивать престол должным количеством наследников. У всех остальных находились дела поважнее. Иметь двоих, много троих детей, рожденных в молодости, считалось идеалом, и Борятинская прежде вполне ему соответствовала. Она прекрасно помнила, с какой свистящей язвительной насмешкой жалели в свете бедняжечку Мордвинову, имевшую тринадцать детей. Будто в бабушкины времена!

Замужние дамы шепотком передавали друг другу верные будуарные средства, способные легко переменить волю Господа на нужный лад. Князь сам прекрасно управлялся с этими таинствами — и Борятинская была ему за это искренне благодарна. Они были счастливы вместе и вместе, рука об руку, готовились вступить в покойную, достойную, долгую, как золотая осень, старость. Поздняя беременность перечеркивала всё — и разом. Она была непростительна, словно публичная оплошность. Светской женщине после сорока лет надлежало заниматься благотворительностью, а не любовью. При этом порядочный мужчина в любых годах мог позволить себе иметь любое количество детей — как законных, так и нет.

Sic.

Борятинская разрушила этот стройный и понятный мир. Сама разрушила.

Если бы не Мейзель, она бы определенно наложила на себя руки. Или рехнулась. Но он был рядом — приезжал ежедневно, утром и вечером, точный, круглый, крепкий. Иногда оставался обедать — нехотя, словно это он оказывал милость, а не ему. Вообще, неучтив был невероятно: перебивал, распоряжался, мог за столом завести бурный разговор

43

о детских поносах — князь терпел, сколько мог, потом, швырнув салфетку, выходил, прыгающими руками искал по карманам папиросы. Но Надежда Александровна ничего не замечала — кроме того, что Мейзель, один-единственный, с веселым любопытством ждал ее невидимого пока ребенка, которому никто в целом свете не радовался.

Даже поначалу она сама.

Но прошли первые три месяца и еще один. И стало легче. В Петербург — по понятным причинам — решено было не возвращаться, и княгиня впервые в жизни, день за днем, прожила в деревне великолепную русскую осень — воронежскую, яркую, расписную. Тошнота незаметными усилиями Мейзеля совсем прошла, и Надежда Александровна, словно следуя властным правилам своего сада, начала наливаться сытой сонной спелостью. Она теперь отменно кушала и ежедневно целыми часами гуляла, запахивая на круглеющем животе красную, всю в золотых цветах, душегрею, подбитую зайчиками. Душегрею привез Мейзель, он же расхвалил портниху — мещаночку Арбузову (по-здешнему — Арбузиху), большую рукодельницу, так что Надежда Александровна, к которой вместе с аппетитом вернулась и любовь к прекрасному, уже продумывала себе новые наряды — сплошь в народном духе. Местные бабы одевались под стать осени — радостно, ярко. Планировалась и детская — непременно в первом этаже, огромная, вся в тафте и шелку, и дальнейшая перестройка дома да и всей усадьбы. Мейзель посмеивался, кивал, подбирал из спутанной травы то тяжелое яблоко, то облепленную муравьями лопнувшую грушу. Надкусывал громко, вкусно. Протягивал Борятинской — так же просто, как мать младенцу, и она так же просто брала, впивалась зубами, смешивая сок, мякоть, свою и чужую слюну. Это было больше, чем поцелуй, это была настоящая близость, та, что непоправимей любой измены, но они не думали об этом.

Они просто ждали ребенка. Оба.

А можно мне тёрну?

Будущей матери, княгиня, можно всё. У меня пациентки на сносях, бывало, мелу наедятся или, страшно сказать, тухлой селедки. Одной купчихе, не поверите, осетра целикового в тепле подвешивали, пока хвост не отвалится. Собаки — и те от вони сбегали, не могли. А она уминала, только нахваливала. Такого богатыря родила — я думал, в руках не удержу. Фунтов одиннадцать, не меньше. Так что если только пожелаете...

Надежда Александровна отмахивалась в веселом ужасе и губами собирала с ладони чуть подвяленный близкой зимой терпкий терн. По утрам и вечерам уже подмораживало, но днем все сияло, плавилось, пекло, ослепительно-горький воздух был весь заштрихован летящими паутинками, и небо было громадное, густо-синее, радостное. Никогда она не видела в Петербурге такого неба. Надежда Александровна запрокидывала голову, смеялась, жмурилась, пыталась по голосам пересчитать невидимых осенних журавлей, но сбивалась и смеялась снова.

Борятинский смотрел на это из окон кабинета волчьими от обиды глазами. Заподозрить неверность и то было бы легче, но неверности не было. Было страшнее. Хуже. С ним Наденька не смеялась больше, да и вообще едва замечала, хотя причин для обиды — вот ей-богу! — просто не было, как не было вообще ничего, что могло бы их разлучить. Он всегда так считал. И вот — просчитался. Из другого окна так же тяжело смотрела Танюшка, тоже бессердечно забытая, впервые низведенная до положения обычной горничной, — принеси, подай, пойди вон, не нужна.

Не нужна…

Князь и Танюшка, не сговариваясь, переводили взгляд на Мейзеля. Вот кто был во всем виноват! Ясно же. Он один. За несколько месяцев взявший в свои руки не только душу и тело княгини, но и весь дом. И самое страшное в этой невиданной власти было то, что Мейзель ею не пользовался. Не выгадывал ничего, не выкраивал, не просил. Не носился с прожектами. Не передвинул на доске ни единой фигуры, не считая, конечно, небрежно сброшенных под стол короля и ферзя. Даже деньги, обычный свой скромный довольно гонорар, брал не каждый визит, а только когда осматривал княгиню — не чаще раза в месяц, по понедельникам. Без молитвы. Без супруга. Без приличествующих свидетелей женского полу. За закрытой дверью. Один.

И во время осмотров этих — Борятинский сам слышал — княгиня тоже часто смеялась. Он не ревновал даже. Хотя — какого дьявола?! — ревновал. Да еще как! Но еще сильнее ненавидел. Этого провинциального лекаря. Эту усадьбу. Младенца, воровато укрывшегося в утробе. Все они украли у него жену. И если прибрать разом усадьбу и младенца не представлялось возможным, то уж с Мейзелем они должны были справиться. Он и Танюшка.

И Господь услышал. Не оставил своими молитвами. Избавил их всех от лукавого. В аккурат на Покров Пресвятой Богородицы сподобил. *Очи Господни на праведныя, и уши Его в молитву их. Лице же Господне на творящыя злая, еже потребити от земли память их.*

Она упала. Упала, господи. Со всего маху. Засмеялась, махнула на него рукой — запнулась о корень и упала. Страшно, всем животом. Они прошли сад и парк, в самой дальней части почти становившийся лесом. Рукодельные барские дорожки стали тропинками, а потом, обессилев, и вовсе исчезли. Борятинская обновила валенки, специально для нее сваляные, белые — как раз под первый снег. Ноги в ее положении надобно было держать в тепле. Он знал. Знал. Собирал ее на каждую прогулку словно малого ребенка — закутывал слой за слоем, капустно. Берег того ребенка, настоящего. И не уберег. Шел позади, смотрел на округлые валеночные следки, наливавшиеся сырой чернотой, ни о чем не думал, болван. Радовался, что ветер еще не морозит, а только веселит щеки.

Высчитывал, когда придет срок. Когда будет пора. Весной. В марте. Не раньше. Готова ли она? Сможет ли? Справится? И сам себе говорил — непременно справится, родит. Старая, слабая, нескладная. Ни у кого бы не родила. А у него — родит.

Не пора ли искать кормилицу? Хороши ли здешние, Григорий Иванович? Как думаете?

Думаю, что вы сами прекрасно выкормите свое дитя, Надежда Александровна.

Вот и граф Толстой так же пишет. Что это священный долг каждой женщины.

Не имею чести быть представленным, Надежда Александровна. Но полагаю, что Толстой ваш, хотя и граф, не такой уж дурак.

Вот тут она и засмеялась. Повернулась к нему. Махнула рукой. Оскользнулась. И упала. Он сам почувствовал, как она ударилась — глухо, страшно. И снова услышал, как в тот раз. Как тогда. Этот звук.

Ом-м-м. Ом-м-м.

Нет, нет, в сознании, слава богу. Он задрал ей юбки, прямо там, в темнеющем ноябрьском лесу, на первом сыром снегу, нескончаемые — первая, вторая, третья. Серое пушистое сукно, фланель, наконец-то нижняя — мятая, горячая, полотняная. Пахнуло сырым теплом, женщиной, болотистым вязким страхом. Мейзель сразу увидел — кровь, зажмурился, зашарил по карманам, нашел онемевшими пальцами спасительный пузырек с йодом, стиснул. Отпустило.

Он подхватил Борятинскую на руки — неудобную, обмякшую. Понес, прибавляя шаг, отдуваясь. Свисала неловко рука — обронит рукавичку, замерзнет. Обронила. Нет, не подниму. Пусть. Подол цеплялся за ноги — неудобно, — волочился, впитывал стылую снежную воду, а может, кровь, тяжелел. Но он так и не остановился ни разу — за две с лишним версты до дому — и ни слова ей не сказал, не посмел. И она тоже молчала, и ему все время казалось, что не дышала даже. Но она дышала. Дышала. Очень старалась. Как будто понимала, что делает это за двоих. Нет, даже за троих. И за него тоже.

Он трижды чуть не упал — в последний раз уже на парадном крыльце. Но не упал, удержался. В доме было нестерпимо, до звона, натоплено, все метались, кричали, путались у него под ногами, но он все равно донес ее до постели. Сам. Опустил. Хотел осмотреть еще раз, но князь толкнул его в грудь, и толкал до самой двери, и до самой двери она смотрела на него — и ничего не было в ее глазах, ни жизни, ни надежды, ни веры. Только страх. И еще жалость.

Точно такая же жалость. В точности. Как в тот раз, когда…

Но теперь он не убежал, нет. Его просто выгнали. Вытолкали взашей.

Чтобы убедиться в том, что действительно сделал всё, что мог, Мейзель прошел по своему следу до места падения — уже совсем в темноте, совсем один, и ему подсвечивал только снег, и черная полоса среди этого снега, будто кого-то волочили. Под деревом было натоптано так, словно не княгиня тут упала, не маленькая женщина с ребенком внутри, а устраивался на зимовку, уминаясь и утаптываясь, огромный жаркий зверь. Кровь была еще жива — и ее было много, она была чернее земли, нет, не чернее — просто другая, и тут Мейзель понял, ахнул и побежал по следу назад, пригибаясь, будто старый пес, припадающий на передние лапы. Кровь была версту, не больше, а потом — да, вот! вот же! — пару раз еще капнула и исчезла. Дальше были только его шаги. Черная земля. Белый снег. И ничего больше. Никакой крови. И на крыльце тоже.

Он хотел стучать, чтобы рассказать, чтобы успокоить, но не решился. Ей ничего не грозило, слава богу. Пусть отдохнет. Выспится.

Завтра. Всё завтра.

Назавтра его не пустили. Послезавтра — тоже.

Потом он перестал приходить. Сам.

Через неделю приехал выписанный из Петербурга доктор — и первым делом запретил княгине вставать. С ноября до конца марта Надежда Александровна пролежала в кровати, скрестив на животе все выше поднимающиеся руки и глядя за окно.

За окном был сад.

Это всё, что у нее теперь оставалось.

Чудом уцелевший ребенок.

И сад.

Утром 31 марта 1870 года стало ясно, что до вечера Надежда Александровна Борятинская не доживет.

Это понимали все — и князь, и Танюшка, и терпеливо дремлющий в гостиной батюшка, уже дважды соборовавший не заметившую этого страдалицу, и петербургский доктор, пять месяцев проживший в доме, но так и оставшийся безымянным, чужим. Попрятались по им одним известным закоулкам и углам сбитые с толку, напуганные слуги, и сам дом застыл, сжался, будто готовился к удару извне. Только сад шумел как ни в чем не бывало — мокрый, черный, словно лаком, залитый гладким солнечным светом. Сад чавкал жидкой грязью, шуршал недавно вернувшимися грачами — и то и дело встряхивался, роняя огромные радостные капли.

Набирался сил.

И Надежда Александровна, слушая этот влажный заоконный шелест и переплеск, единственная не знала, что умирает.

Она рожала вторые сутки и последние несколько часов уже не чувствовала боли, потому что наконец вся находилась внутри нее, как будто в сердцевине тонкого, докрасна раскаленного, жидкого шара, который всё выдувал и выдувал из трубки громадный меднорукий ремесленник из Мурано. И всякий раз, когда шар, медленно поворачиваясь, вспыхивал огненным и золотым, Надежда Александровна изумленно всплескивала руками и, забыв приличия, все тянула за рукав молодого мужа, который вдруг, в незамеченный ею момент, превратился в отца и взял восхищенную маленькую Наденьку на руки, а стеклодув все округлял херувимно щеки, усердствуя, и густой стеклянный пузырь становился больше и больше, так что Наденька и боялась, что он лопнет, и хотела этого. Сквозь тягучее и алое изредка мелькали чьи-то лица, неузнаваемые, далекие, чужие, а потом отец тоже исчез, и Надежда Александровна, жмурясь от жара, осталась внутри огненного шара одна.

Нет, не одна, это она теперь держала на руках ребенка — девочку лет пяти, горячую, необыкновенно тяжелую, и девочка эта непостижимым образом была и ее дочь, и она сама. Девочка подпрыгивала, тянулась к чему-то, чего Надежда Александровна не видела и не могла, но всякий раз, когда мягкие детские кудряшки, подхваченные рдеющими шелковыми лентами, касались ее щеки, испытывала острую долгую судорогу счастья.

В том, что Борятинская умирала и не знала об этом, было великое милосердие, громадный и ясный промысел, который она ощущала так же верно, как тяжесть ребенка, сидящего на ее правой руке; и тот же промысел переполнял живительными соками мокрый сад за окном, и только шум этого пробуждающегося весеннего сада и держал еще Надежду Александровну в этом мире, точнее — она держалась за этот шум, будто за прохладную, немного влажную ладонь кого-то самого важного в жизни, родного.

Вся эта громадная, напряженная жизнь умирания никак не была видна снаружи, и для всех вокруг Надежда Александровна, измученная, с плоским серым лицом, просто лежала у себя в спальне, придавленная тяжелым, изредка шевелящимся животом, и каждые четверть часа кричала так ужасно, что в сотне шагов от дома лошади в конюшне шарахались, будто от выстрела, и копытами выбивали из стен сочную щепу. Постель под Надеждой Александровной, холодную, тяжелую, промокшую от пота насквозь, переменяли тоже каждую четверть часа —

и весь страх был в том, что эта четверть часа, отмерявшая промежутки от одной муки до другой, не менялась, не уменьшалась, хотя должна была. Это все понимали, даже нерожалая Танюшка, самолично перестилавшая гладкие простыни, ладонью проверявшая каждую складочку на очередной сорочке — чтобы не заломилась не дай бог, не принесла лишней боли.

Зареванная так, что едва видела свет сквозь слипшиеся напухшие веки, Танюшка все эти страшные дни не пила, не ела, выходила из спальни княгини только для того, чтобы шикнуть на ошалелую от усталости прислугу, но сквозь непритворную, все жилки заливающую жалость все-таки тихо гордилась тем, что всего-то ее стараниями у господ напасено вдоволь — и простыней, и полотенец, и салфеток. Уж, кажется, десятками, сотнями изводили, а в лавандой надушенных шкафах все не убывало, и на кухне вторые сутки дрожала в медных котлах тихая густая вода: одно полешко добавишь — в минуту закипит; и даже сыты в доме эти дни все были ее, Танюшкиными, умелыми незаметными распоряжениями. Ненавидела себя за гордыню эту греховную. Чего только не перепробовала — и молитву преподобному Алексию, человеку Божьему, по молитвослову вычитывала, и под коленкой себя до синевы щипала, — а все равно гордилась. А еще нет-нет да и выгадывала — быстро, будто кусок со стола воровала, — что и как будет, когда... Князь ведь — и года не пройдет — как наново женится. И конец всему тогда — власти, покою, уважению. Как бы и вовсе из дому не попросили. А то и самой наперед уйти, не унижаться. Да куда только? Ведь с тринадцати своих годков при барышне. Всю жизнь ей под ножки белые положила. Танюшка взвывала внутри себя, низко, жутко, густо, — ы-ы-ы-ы-ы! Тыкалась в край только что перестеленной постели, искала губами хозяйкину руку, но пальцы, прежде бесчувственно стиснутые, в полдень 31 марта вдруг ускользнули — побежали суетливо по одеялу, по простыням, пригладили волосы, затеребили на рукавах сорочки кружева и мережки, будто готовясь к близкой уже, немыслимо важной встрече.

Надежда Александровна обиралась.

Танюшка присмотрелась — и завыла уже в голос, открыто, забыв про подлые свои мысли, — от животной, невозможной жалости, и, словно в ответ, закричала, корчась от новой бесполезной схватки, Надежда Александровна — и на двойной этот крик сорвался с кушетки в своем кабинете Борятинский, от отчаяния за эти дни совершенно оцепеневший, прибежал, колыхая чревом, батюшка, грохнула хрупкую стопу фарфора одурелая кухарка, загомонили, сталкиваясь, слуги — кончается, ой, помилуй господи, кончается-а-а-а-а!!! И даже на гладком голубоватом лице доктора мелькнуло что-то вроде человеческого чувства.

Потрудитесь посторониться, господа! Да господа же, вы мешаете мне осмотреть княгиню!

За всеобщей бессмысленной суматохой никто не заметил, как хлопнула парадная входная дверь. Хлопнула — и снова распахнулась, да так и осталась полуоткрытой. А когда хватились — кто входил? кто выходил? — ничего так и не добились, и на полу не было ни следочка — ни человечьего, ни звериного, только пара прошлогодних листьев лежала на мраморной плитке — ссохшихся, будто обугленных, завернувшихся по краям.

Это смерть вошла наконец в дом.

Тронула занавеси. Подышала на зеркала. Поднялась, не касаясь перил, наверх. Заглянула во все комнаты — тихая, милосердная. Шум очень мешал ей, и свет, и человечий ужас, и суета. Смерть нуждалась в темноте и в укромности, но не хотела мучить Надежду Александровну до самой ночи. Она вообще не хотела мучить. Да, пожалуй, и не могла. Мучила жизнь. Смерть даровала только покой. Потому в два часа пополудни, когда смерть окончательно заполнила дом, заснули все — и челядь, и господа, и кухаркин любимец кенарь, и даже собаки. Свалились, кто где стоял и сидел — намучившиеся, измаявшиеся от чужого страдания без всякой меры. И даже сад застыл у окна Надежды Александровны, приподнявшись на цыпочки и боясь шелохнуться.

Борятинская внутри своего шара прикрыла уставшие от потустороннего жара глаза. Она больше не видела ничего снаружи — стеклянные стенки стремительно густели, делаясь непроницаемыми, а девочка, которую она держала, становилась всё тяжелее и тяжелее, брыкала толстыми ножками, вырывалась. Но Надежда Александровна почему-то знала, что отпустить ребенка нельзя, невозможно, и потому прижимала девочку к себе всё крепче и крепче, пытаясь укачать — ш-ш-ш, а-а-а, ш-ш-ш, а-а-а.

Петербургский доктор, единственный человек в доме, который не заснул, не подчинился смерти и даже, кажется, не заметил ее появления, наклонился к Борятинской, прислушался к короткому, стонущему дыханию.

Ш-ш-ш, а-а-а, ш-ш-ш, а-а-а.

Схватки не прекратились, но Надежда Александровна больше не кричала — и это ему не нравилось. Честно говоря, в усадьбе с нелепым именем Анна ему не нравилось всё: и старый неловкий дом, и такая же старая неловкая роженица, осмелившаяся взяться за труд, не всегда посильный и для молодых здоровых женщин, и князь, месяцами изводивший его своими ипохондриями. Даже воистину непристойный гонорар, который доктор заломил за свой приезд, теперь не радовал, а раздражал безмерно. Он бы давно отказался и уехал, перепоручив княгиню любому согласившемуся коллеге, но не учел того, что весна в Петербурге и в провинции отличалась столь же сильно, как нравы и моды. Март, в столице звонкий и гладкий от последних морозов, в Воронежской губернии обернулся сущим бедствием. В считаные дни мягко, почти беззвучно открылись реки, туман аккуратно, споро, будто кот простоквашу, подожрал осевший снег — и всё разбухло, полезло через край, могучее, бесстыжее, живое. Жирная, сытная воронежская грязь попросту заперла доктора в усадьбе — и до обитаемого мира было не добраться ни вплавь, ни на лошадях, ни пешком.

Доктор достал акушерскую трубку — гладкую, длинную, — еще раз сложился циркульно, выслушивая огромный сизый живот. Маленькое сердце внутри билось сильно и ровно, но уже немного чаще, чем нужно. Ребенок был жив и хотел родиться. Он был готов. И мог. Но мать не пускала его. Здравый смысл, долг и руководство к изучению женских болезней Китера наперебой требовали немедленно произвести кесарево сечение и извлечь ребенка из утробы, но — доктор еще раз приложил трубку к животу Борятинской, пробежал чуткими пальцами по туго натянутой коже — было поздно. Слишком поздно. Головка уже вошла в лонное сочленение. Ребенок оказался в ловушке. Еще пара часов, и он начнет задыхаться. А потом умрет. Сначала мать. А после он.

И это будет долгая смерть. Очень долгая. И страшная. Доктор представил себе ребенка, заживо погребенного внутри мертвой матери, и передернул горлом. Сын своего века, он вырос под мрачные россказни о воскресших в гробу покойниках и больше загробных мук, больше порки в детстве боялся летаргии.

Оставались, конечно, щипцы. Старые добрые щипцы Симпсона. Но он их забыл. Забыл. Оставил в Петербурге. В кабинете. В правом верхнем ящике стола. Идиот! Нет, дважды идиот — потому что обнаружил это только сегодня утром, беспощадно выпотрошив весь багаж. Книги. Подтяжки. Исподнее. Носовые платки. Хрустнувшая под подошвой любимая лупа. Даже если бы послать за щипцами (куда? в Воронеж? за девяносто с гаком верст?) было возможно теоретически, все равно — поздно. А уж по грязи этой несусветной...

Сад за плотно занавешенным окном шумно встряхнулся — словно злорадно хохотнул — и швырнул в стекло пригоршню громких капель.

Доктор посмотрел на Борятинскую с ненавистью. Если бы эта благородная немочь согласилась ему помочь! Если бы потрудилась хоть немного потужиться!

Ваше сиятельство!

Ш-ш-ш, а-а-а, ш-ш-ш, а-а-а.

Девочка наконец перестала вырываться, положила на плечо Борятинской горячую тяжелую голову и затихла. Сейчас заснет наконец, слава богу. Борятинская попыталась пересадить ребенка поудобнее, но не смогла — правая рука была совсем мертвая, деревянная. И такой же мертвый, деревянный был теперь воздух вокруг. Радостные жаркие переливы ушли, стало заметно темнее и прохладнее.

Шар стремительно остывал. Мир Борятинской тоже.

Вот и хорошо. Видишь, солнышко село. Танюшка наша гардины задернула. Спи, ангел мой. Спи. И мама тоже немного поспит.

Ш-ш-ш, а-а-а, ш-ш-ш, а-а-а.

Вы меня слышите, ваше сиятельство?

Борятинская молчала. От носа к губам неторопливо ползла синюшная тень. Схватка, недолгая, как рябь по воде, еще раз смяла распластанное на постели тело. Доктор машинально сверился с часами — вместо четверти часа прошло двадцать минут. Не хочет больше рожать. Не может. Устала. Провалялась всю жизнь в мягких креслах — и устала!

Доктор открыл саквояж, достал тяжелую темную склянку. Потянул было из кармана платок, но передумал. Поискал глазами — да вот же! — и подобрал с пола тонкое смятое полотенце. Зубами выдернул тугую пробку — стекло неприятно скрипнуло на зубах, холодком обожгло пересохший рот. В комнате запахло — резко, сладко, сильно. Доктор, стараясь не дышать носом, прижал горлышко флакона к сложенному вчетверо полотенцу.

Он не был первым и не собирался. Первыми были, к сожалению, другие. Первого новорожденного, явившегося миру под эфирным наркозом, принял еще двадцать с лишним лет назад Джеймс Симпсон, шотландский гинеколог, выдающейся смелости нахал, великий выскочка, которого акушеры всего мира почитали как бога, а попы едва не сожрали живьем. *Ибо умножая умножу печали твоя и зачатие твое, и в болезнех родиши чада.* В тех первых эфирных родах младенец умер. Девочка. Девочек почему-то не так жалко. Тогда Симпсон поставил на хлороформ — и преуспел. В 1853 году под хлороформным наркозом родила своего седьмого ребенка, принца Леопольда, сама королева Виктория — и муки первородного греха в Европе отменились практически официально. Но до России все доходило медленно, слишком медленно. Даже самые знатные пациентки доктора предпочитали рожать чада в предначертанных страданиях. Потому наркоза — ни эфирного, ни хлороформного — доктор не давал ни разу в жизни. Только читал в "Ланцете", как это делали другие.

Хлороформа у него, впрочем, все равно не было. Как и щипцов. И хоть малейшей уверенности в том, что он поступает правильно.

Полотенце наконец пропиталось эфиром полностью. Доктор медленно закупорил почти опустевший флакон. Конечно, ему следовало заручиться согласием. Мужа. Самой пациентки. Перечислить риски. Выслушать сомнения. Хотя бы спросить. Но спрашивать было некого. Доктор представил себе, как долго он будит камердинера их сиятельства, который только и смеет тревожить священный хозяйский сон, и как их сиятельство так же долго отказывается просыпаться, а потом еще дольше занимается туалетом и кушает свой кофий, потому что светские приличия не позволяют князю быть на людях неприбранным и несвежим, зато прекрасно позволяют его жене умереть в глуши только потому, что этот старый дурак не соизволил отвезти ее рожать в Петербург.

Надежда Александровна!

Доктор вдруг понял, что едва ли не впервые называет свою пациентку по имени, — это тоже запрещали светские приличия, условности, липкие, как паутина, и такие же невидимые. Он был человеком второго сорта. Здесь, в этом доме. И вообще. Место в самом дальнем углу стола — если к столу вообще приглашали. Да, его помощи искали, его советами не осмеливались пренебрегать. В конце концов, его боялись и даже ненавидели — как полномочного представителя смерти, обладающего правом отсрочки приговора. Но и всё это вместе не давало ему права считаться порядочным человеком.

Доктор взвесил полотенце на ладони.

Что ж, пусть. По крайней мере, он хотя бы попытается.

Надежда Александровна. Старайтесь дышать глубже и ничего не бойтесь. Я дам вам наркоз.

Борятинская чуть приподняла брови, будто изумляясь такой дерзости. Синяя тень залила ее лицо почти полностью — тень смерти, которая давно вошла в комнату и стояла у кровати, сострадательно наклонясь.

Доктор вдохнул всей грудью, словно наркоз предназначался ему самому, и прижал к лицу Надежды Александровны тяжелое от эфира ледяное полотенце.

Десять. Девять. Восемь.

Шар лопнул разом, весь — пошел хрустящими трещинами, как утренний ледок под неосторожной стопой, но вместо грязной густой воды сквозь осколки хлынул свет, такой нестерпимый, что Надежда Александровна вскрикнула, зажмурясь, и почти сразу же поняла, что потеряла ребенка.

Семь. Шесть. Пять.

Девочка исчезла, хотя Надежда Александровна была уверена, что не разжимала рук, скрюченных от многочасовой усталости. Она бы и не могла их разжать, пожалуй, не сумела бы физически, но девочки не было. Не было! Дочки! Ее дочки. Борятинская завертелась внутри безжалостного света — ослепленная, обескураженная, моргая голыми мокрыми веками.

Господи! Не вижу. Не вижу ничего. Отчего так светло?!

Она хотела позвать — но не знала как. Имя ребенка, которое она давно выбрала сама и твердо помнила еще несколько минут назад, ускользало, вместо него зудело в голове имя давно выросшей Лизы, и Борятинская отмахнулась от него, как от назойливой осы.

Не Лиза, нет.

Как?!

Перед глазами плыли, сливаясь, алые и черные пятна.

Мама! Мама-а-а-а-а!

Надежда Александровна, совсем уже слепая, вскинулась, побежала на этот крик, натыкаясь руками на какие-то голые ветки, — вокруг все хрустело, рушилось, рвалось, лопались невидимые плотные пленки, а девочка все звала откуда-то из глубины холодного сладкого света — мама! мама!

И вдруг Борятинская вспомнила.

Наташа! — закричала она в ответ. И свет разом погас.

И только в темноте, такой же непроницаемой, как свет, детский голос сказал отчетливо и сердито.

Не Наташа. А Туся.

Где-то далеко хлопнула дверь — и весенний сквознячок тотчас нежно и торопливо ткнулся в Надежду Александровну упругими холодными губами. Приложился ко лбу, к векам — будто приласкался.

Это смерть — поняла Надежда Александровна без всякого страха.

Дверь хлопнула еще раз.

Закрылась.

После этого осталась только темнота.

Когда князь наконец проснулся — последним в доме вынырнув из короткого дневного морока — всё было кончено. В спальне жены гомонили, и он поспешил на этот шум, боясь вслушаться (неужто плачут? Исусе! помилуй и обнеси!). Рванул дверь на себя, запрыгал испуганными глазами: опрокинутый таз, мокрые простыни, доктор, ожесточенно копающийся в саквояже, руки так и ходят от крупной дрожи, — князь машинально отметил — будто после боя — и тут же забыл, потому что увидел Наденьку, слава богу, живую. Она сидела в постели, остро подняв обтянутые измятой сорочкой колени, и, странно наклонив голову, смотрела куда-то вниз. Волосы, светлые, прекрасные, сбились за эти дни в большой, слипшийся от пота колтун, который пыталась разобрать зареванная пуще прежнего Танюшка, причитая про косыньки мои, косыньки, да неужто отрезать придется?

Вот кто выл, значит. Старая дура!

Ma chère âme![*]

[*]   Душа моя! *(фр.)*

Надежда Александровна отвела Танюшкины руки, будто лезущую в глаза назойливую ветку, и подняла на Борятинского глаза — почти черные от огромных, плавающих зрачков.

Тс-с! — сказала она строго. — Тс-с! Поди вон! Ты не смеешь… Нет-нет, иди ближе! Я… Мне надо тебе сказать.

Она так странно, с особым усердием складывала неловкие, словно онемелые губы, так старалась смотреть Борятинскому прямо в глаза, что князю на мгновение показалось, что жена его мертвецки пьяна — мысль настолько дикая, что он и додумать ее не посмел.

Я умерла! — сказала Борятинская звонко. — Умерла. Совсем.

Борятинский беспомощно посмотрел на доктора. Точно — пьяна. Надралась вдрызг — почище гвардейского ротмистра. Или свихнулась?

Доктор, не поднимая головы, продолжал копаться в саквояже.

И мне было видение. Я всё знаю теперь. Всё! Да что ты стоишь? Подойди же!

Борятинский подошел — осторожно, будто жена могла кинуться на него, повел даже носом, но нет — в комнате пахло только пóтом, запекающейся, умирающей кровью, будто правда после боя, и чем-то еще — свежим и сладким.

Смысл жизни теперь открыт мне. Вот, смотри!

Надежда Александровна опустила колени — на животе у нее лежал, кривя беззвучный ротик, крепким поленцем спеленутый ребенок, краснолицый, сморщенный и жуткий, как все новорожденные.

*Je le trouve adorable, cet enfant!**

Это не мальчик. Это Туся. Моя дочь. Она и есть смысл всего.

Лицо Борятинской исковеркала, почти изуродовала судорога счастья.

Борятинский снова посмотрел на доктора. Тот щёлкнул застёжкой саквояжа. Распрямился. Руки у него больше не дрожали. Наконец.

*Mon Dieu, qu'est-ce qu'il lui arrive? Je**...* Я... Я не понимаю. Это горячка?

Опомнившись, что совершил бестактность, князь перешёл на русский, приличествующий в разговоре с людьми другого круга, и доктор, сильно покраснев, ответил по-французски, с правильным, хотя и немного деревянным выговором.

La princesse et le bébé se portent bien. C'est le résultat de... — доктор замялся на мгновение, — *d'une extrême tension et d'un accouchement très long. Dans quelques heures tout ira pour le mieux***.* — Доктор вдруг вздёрнул голову и потребовал почти оскорбительно-резко. — Извольте распорядиться, чтобы мне дали лошадей. Мои услуги в этом доме больше не требуются. Я возвращаюсь в Петербург.

Князь невнимательно кивнул, он смотрел на Надежду Александровну. Надежда Александровна не отрывала глаз от ребёнка — это был новый узор их

---

*   Я нахожу этого мальчика очаровательным! *(фр.)*

**   Боже, что с ней случилось? Я... *(фр.)*

***   Их сиятельство и младенец здоровы. Это результат... чрезмерного напряжения и долгих родов. Через несколько часов всё будет благополучно *(фр.)*.

жизни, отныне и на долгие годы, навсегда, просто Борятинский еще не догадывался об этом.

Главное, Наденька была жива и здорова, здорова и жива.

Доктор сумел вырваться из раскисшей в грязи Анны только через сутки, но до Петербурга так и не добрался, хотя истратил бо́льшую часть своего баснословного гонорара на то, чтобы подхлестнуть смелость самых беспутных и отчаянных местных ямщиков. По-нильски щедро разлившийся Икорец все равно пришлось преодолевать то волоком, то по пояс в густой черной жиже, вполне уже русской — безжалостной, цепкой, ледяной.

Боже милостивый, как же холодно! Холодно! Как болит голова!

Он потерял сознание в пяти верстах от Воронежа, успев распорядиться, чтобы его непременно отвезли в больницу. Боялся тифа, заразы, э-эп-пидемии только н-не хватало. Оказалось — пневмония, от которой доктор и умер спустя три дня в просторной воронежской земской губернской больнице, в полном и ясном рассудке — человеческом и медицинском, на руках у старшего врача Константина Васильевича Федяевского.

Последними его земными словами были: "Не хочу в эту грязь. Отдайте всё науке".

Федяевский, человек сердобольный и деятельный (что и позволило ему в итоге сделать блестящую общественную карьеру), волю коллеги выполнил —

и самолично разъял тело петербургского доктора на препараты, на которых, как мыслил Федяевский, молодые воронежские лекари должны были восполнять недостаток практического образования. Однако то ли Федяевский, вообще-то офтальмолог, оказался скверным гистологом, то ли бездушные местные сторожа не вынесли долгого соседства с сосудами, полными спирта, но спустя несколько лет образцы были признаны безвозвратно испорченными и отправились на свалку (Господь милостив — на жаркую, летнюю, сухую). И только череп доктора, желтоватый, ладный, с безупречным зубным рядом, жил еще долго-долго, потому что Константин Васильевич из уважения к коллеге (впрочем, понятого довольно превратно) оставил череп у себя и хранил на столе в кабинете. Федяевский даже советовался с черепом в сложных случаях — не из суеверия, а всё из того же уважения, которое со временем переродилось просто в странноватую привычку.

В 1895 году к Федяевскому в Воронеж заехала Туся, двадцатипятилетняя, энергичная, ненадолго увлекшаяся общественной жизнью (Федяевский только что открыл в Малышеве школу для крестьянских детей, Туся хотела такую же в Анне), и весь десятиминутный визит, во время которого Федяевский, пуша ухоженную бороду, сыпал восторженными трюизмами, машинально поглаживала лежащий на столе череп своего физического восприемника маленькой крепкой рукой, затянутой в смуглую горячую лайку.

Совпадение, невозможное в романе, но такое обыкновенное в человеческой жизни.

К слову сказать, о пользе просвещения, любезнейшая Наталья Владимировна. Череп сей принадлежал счастливейшему из смертных, эскулапу, который даже смерть свою сумел обратить на пользу науки. Звали его...

Федяевский запнулся, припоминая, и Туся, воспользовавшись паузой, прервала наскучивший разговор. В экипаже она понюхала перчатку и, сморщившись, бросила ее на мостовую.

Эфир! Не выношу этот запах.

А Федяевский, маясь, как от зубной боли, расхаживал по кабинету еще несколько часов, пока не выудил-таки из немолодой уже памяти имя петербургского доктора.

Михаил Павлович Литуновский.

Вот как его звали.

Действительно — счастливейший из смертных.

———— ❖ ————

Через три месяца после рождения Туси, в июле, ночью, Надежда Александровна чувствовала себя несчастнейшей женщиной на земле. Хотя почему чувствовала? Она и была — несчастнейшая женщина. Отчаяние космами свисало с нее, волоклось следом, заполняло комнаты — пегое, пыльное, полуседое. Не давало дышать. Жить.

Всё, всё оказалось ложью — от первого до последнего слова.

Надежда Александровна переставила заплаканный подсвечник повыше — ничуть не лучше, боже мой, как же здесь нестерпимо, отвратительно темно! — и раздраженно сбросила очередную стопку книг на пол. Уклончивые французы. Велеречивые немцы. Джейн Остин и сестрицы Бронте, ради которых она, взрослая уже, стала брать уроки английского. А ведь, кажется, сами женщины — должны были понимать! Но нет, отделались салонной болтовней, ничего не значащей, никому не нужной. Борятинская мысленно перебрала сотни прочитанных романов, будто пальцами по четкам пробежала, следуя за суровой, неизвестно за какие грехи наложенной епитимьей. Сорок раз — Отче наш, сто пятьдесят — Богородице, еще сорок раз — Верую.

Нет, ни слова правды! Ни единого слова!

Романные маменьки, матушки, *maman* и даже совсем уже невыносимые благородные матери, над которыми Борятинская столько обливалась сладчайшими книжными слезами, оказались даже не пустой выдумкой, а недоброй шуткой, блекотанием злобного идиота, которого все принимали за равного, за своего. Которого, господи, просто принимали!

Молоко пришло разом, неприятно расперло изнутри — живое, теплое, никому не нужное. Борятинская дернула тесные крючки, еще раз дернула, чувствуя, как намокает на груди тонкая ткань, — об этом тоже не было в книгах, об этих унизительных, стремительно подсыхающих сладких пятнах, о том, как ноет поясница, когда наклоняешься над колыбелью, и как страшно — коротко и хрипло — дышит ребенок в темноте.

И как еще страшнее, когда дыхание это вдруг затихает.

Почему никто не написал об этом? Почему никто не предупредил?

Надежда Александровна попыталась вспомнить, как дышали ее старшие дети, — и не смогла. Детская была на антресолях — две крошечные жаркие комнаты, розовые лампадки в углу, батистовые балдахины над маленькими кроватями. Кормилицы, няньки, мамки. В кукольном этом молочном мирке царил образцовый порядок, хотя Борятинская сюда, кажется, и вовсе не заходила. Но могла зайти — в любую минуту. Это знали все. Голоса Надежда Александровна не повышала никогда, но и дважды замечаний не делала. Это тоже все знали. Даже шорох княгининых юбок, прохладный, тихий, наводил на прислугу почтительную оторопь — высокое искусство, овладеть которым мечтала любая хозяйка.

Николеньку и Лизу приносили утром и вечером — в одинаковых пышных платьицах из муслина, розовощеких, вымытых до скрипа, смущенных. Они были погодки, и князь — в те минуты, когда снисходил до этих детских свиданий, — часто путал сына и дочь и сам смеялся добродушно. Впрочем, отец он был нежный. Лизу и Николеньку почти не секли до трех лет, да и после — редко. Они и без этого росли тихими, почтительными — где-то там, во втором этаже, на своей половине. Борятинская иногда — в бальный сезон или если визитов было особенно много — даже забывала, что у нее двое детей. Что они вообще есть. Они и не болели, кажется, вовсе. Во всяком случае, она не помнила, чтобы ей об этом докладывали.

Нянек сменили гувернантки, потом к Николеньке приставили дядьку, были, помнится, бесконечные хлопоты с учителями, очень утомительные, но плоды воспитание давало безупречные. Когда семи лет Николя и Лизу допустили к общему столу, — сперва удостоился сын, следом в дальней части стола появилась Лизина чернокудрая головка, — все умилялись тому, как ловко они управляются с приборами и глазами спрашивают мать, можно ли ответить на заданный вопрос. Говорить, если к тебе не обратились, детям запрещалось настрого. Просить добавки, вообще подавать за столом голос — тоже. Надежда Александровна очень следила за тем, чтобы правильный тон в доме держался даже в таких мелочах.

Колики, зубки, ночные кошмары, дневные шалости — всё, всё прошло мимо.

Она их не любила никогда. Своих старших детей. Теперь это было совершенно ясно. И они ее не любили — да и за что ее было любить? Родители нужны для почитания. Ее собственная мать, вспыльчивая рослая красавица, всего однажды взяла ее на руки, уже восьмилетнюю, сонную, чтобы перенести из дурно устроенной на новом месте детской, и Наденька на всю жизнь запомнила тяжелое и нежное тепло, и высокую материну шею, и сережку с румяной розовой жемчужиной, которая качалась, колыхалась сквозь плывущий сон перед ее слипающимися мокрыми ресницами. Борятинская годы потом вспоминала этот миг — острого, невозможного счастья, не счастья даже, а живой животной близости с существом, частью которого она когда-то была.

Впрочем, ей, должно быть, приснилось все это.

Они с матерью в детстве, как полагается, почти и не видались. Няня тогда ее на руки взяла. Нянечка моя любимая. Няня. Когда ее отослали из дома, как отсылали рано или поздно почти всю прислугу, — мать была гневлива, не угодить, — Наденька рыдала так, что мать избила ее тростью, с которой совершала утренний моцион. А няня только причитала — Христа ради, барыня. И еще — ласточка, ласточка моя. И все тянула руки, подсовывала, чтобы попадало по ней, только по ней. Ноготь большого пальца уродливо перекошен. Отчего у тебя, няня, этот пальчик злой? А это я, ласточка моя, дудочку себе в детстве вы́реза́ла, а ножик возьми и соскочи. Так что не злой этот пальчик, а горемычный.

И что же? Жизнь прошла. Теперь она сама мать. И не скверная мать. Она любит свое дитя — пусть всего одно, последнее, но Господь милосерден и не сводит такие мелкие счеты. И что с того? Что́ исправила ее любовь? Чему помогла? Исцелила хоть один пальчик горемычный?

Борятинская смахнула со стола еще одну книжную башню. Она не заходила сюда с того дня, когда они с мужем… Не важно. С того самого дня. И кабинет одичал, отвык от нее и теперь прятал искомое, не то обиженно, не то в насмешку. Да где же ты, проклятая? Борятинская вдруг поняла, что не помнит, за какой книгой зашла сюда, что́ вообще искала.

Графа Толстого, должно быть. "Войну и мир". Единственный упомянул замаранные пеленки, но Надежда Александровна точно помнила, что не так. Тоже не так.

Она взяла какой-то том, потрепанный, мягкий, зачитанный. Может, Монтень? Ей всегда помогал Монтень.

"Опыты" послушно открылись на любимом месте. Впрочем, Монтень был любимым весь. Борятинская поднесла его к подсвечнику, поближе к восковому ровному теплу. Грудь распирало так, что кожа, кажется, не выдержит — лопнет.

"Всякий, кто долго мучается, виноват в этом сам. Страдания порождаются рассудком".

Надежда Александровна подивилась тому, как могла верить такой глупости. Пролистала дальше, раздраженно облизав палец. Бумага была тяжелая, сырая. Неприятная. Значит, зимой в кабинете плохо топили. Пока она вынашивала свое счастье. Пока ей…

Борятинская вдруг наклонила голову, прислушиваясь. В детской было тихо — она слышала это через две двери, три просторные комнаты, даже не слышала — просто знала.

Только это было другое тихо. Не такое, как всегда. Слишком тихое.

Нет!

Борятинская уронила книгу на пол и пошла из комнат, торопясь и не замечая, что забыла подсвечник и все так же странно, набок, держит голову.

Поверженный Монтень, поразмыслив, открыл новый желтоватый разворот.

"Квинт Максим похоронил своего сына, бывшего консула, Марк Катон — своего, избранного на должность претора, а Луций Павел — двух сыновей, умерших один за другим, — и все они внешне сохраняли спокойствие и не выказывали никакой скорби".

Контрабандой пробравшийся в дом сквознячок перевернул страницу, любопытствуя — что же дальше.

"Я сам потерял двух-трех детей, правда, в младенческом возрасте, если и не без некоторого сожаления, то, во всяком случае, без ропота".

Сквознячок шелестнул страницами еще раз и, соскучившись, шмыгнул под гардины, прихватив с собой ближайший, самый слабый огонек.

Свечей в тяжелой жирандоли осталось три.

Скверная примета.

И тут в глубине дома, истошно, на одной ноте, закричала, срывая голос, какая-то женщина.

Перепелка была серенькая, неприметная, сидела, вжавшись в серую же траву, так что Борятинский едва не наступил на нее и шарахнулся, споткнувшись о кочку. Перепелка не шевельнулась даже, и только по прижмуренному черному глазку ясно было — живая. Ты сдурела, что ли, милая? Или голову мне морочишь? Борятинский присмотрелся — так и есть. Рядом с перепелкой лежали несколько легких комков пыли — птенцы. Тоже изо всех сил притворялись мертвыми. Борятинский наклонился, хотел тронуть одного пальцем, и перепелка немедленно раздулась, вспушила перья, пытаясь его напугать или хотя бы накрыть всех птенцов разом. Но сразу же поняла, что напрасно, не сумеет. По спинке ее прошла волна — не дрожи даже, а боли, такой видимой, ощутимой, что Борятинский отдернул руку. Пожалел. Хотя был охотник заядлый, опытный и за сезон, бывало, набивал столько дичи, что и хвастаться совестно.

Перепелка снова застыла, как будто надеялась, что Борятинский пришел не за ней или вовсе не существует, как не существует персональной смерти. Умирают ведь только чужие. А каждый из нас втайне уверен в собственном бессмертии. Борятинский некстати вспомнил особенно удачный выезд на болота, свист крыльев, азарт, приятную боль в натруженном прикладом плече и победное первобытное возвращение домой с трофеями. Наденька, уже заметно брюхатая тогда, вышла на черное крыльцо, увидела груду чирков — едва ли не вровень с верхней ступенькой. Вокруг уже суетились бабы, картаво каркал, распоряжаясь, повар-француз, а ветерок раздувал пушистые перья, тормошил их, топорщил — и гора стреляной птицы шевелилась, будто живая. Как она тогда посмотрела, Наденька. Сперва на гору эту, потом на него...

Кыш, — пробормотал Борятинский и подпихнул бестолковую перепелку носком сапога. — Кыш, пошла отсюда, глупая. И деток своих забирай.

Перепелка трепыхнулась, точно опомнилась, и выводок, то замирая и прижимаясь к земле, то суетливо попискивая, шуркнул в заросли. Будто змея проползла. От жары всё тихо, едва ощутимо звенело — словно листья на жестяном венке, и только солнце, почти невидимое, растворившееся в сером небе, казалось не только беззвучным, но и совершенно неподвижным.

Подбежал, громко пыхтя, гончак — яркий, широкогрудый. Понюхал примятые перепелкой травяные космы, заглянул виновато в глаза. Всё прошляпил, старый ты болван, — беззлобно упрекнул Борятинский, и гончак уронил разом уши и хвост. Застыдился. Борятинский погладил его по рыжей горячей голове, почесал пятно на холке — характерное, чуднóе: будто бабочка присела, расставив белые крылья, на собачью шкуру. Шерсть под пальцами была странная, неживая.

Борятинский поднял голову — и понял вдруг, что лес тоже неживой, нарисованный. Нет, не нарисованный даже, а отпечатанный на сереньком небе, будто гравюра из детской книжки. И башня на горизонте — нерусская, зубастая — тоже была из той же книжки с давно позабытым названием. Серое вокруг сгустилось, чавкнуло — ненастоящее, опасное, и гончак, словно почуяв это, прижался боком к ноге и глухо заворчал. Ну что ты, Пилат, — укорил Борятинский. Но пес, захлебываясь от страха, заворчал громче, совсем громко, с почти человеческими интонациями — конч, конч, конч...

Кончается! — сказал тоненько детский голос.

И Борятинский проснулся.

Он лежал на диване в своем кабинете, неудобно запрокинув голову, и, должно быть, храпел ужасно. Егор, камердинер, переминался в дверях, и свеча выхватывала из темноты то его седые бакенбарды, то ряды крепко стиснутых книжных корешков. Борятинский сел, потер затекшую шею, зашарил ногами в поисках домашних туфель. Да где же, будь они неладны... А! Вот. И еще одна.

Я Пилата во сне видел, Егор. Представляешь? Все-таки лучше пса у меня не было. Восемь лет замену найти не могу...

Кончается, Владимир Анатольевич, — повторил Егор виновато, не своим, тонким, дребезжащим от слез голосом. — Надежда Александровна велели...

Борятинский не дослушал, ахнул и, на ходу запахивая халат, побежал.

В детской было жарко — как в только что виденном сне, метались какие-то исступленные бабы, совсем незнакомые. Борятинский с трудом узнал растрепанную потную Танюшку, которая отталкивала одну из баб от колыбели, очень тихой, страшной. Ни звука оттуда не доносилось. Совсем ни одного. Дышать было нечем абсолютно — будто нырнул с головой под ватное одеяло. И вонь, господи! Что за вонь! Борятинский поискал глазами жену — и не нашел. Вышла? вынесли? Таня, рявкнул он, Таня, какого черта! Где Надежда Александровна? Танюшка обернулась, и баба, которую она пыталась оттащить, улучила момент, выхватила из колыбели ребенка, маленького, твердого, как полено. Совершенно очевидно — неживого.

Танюшка всплеснула руками — да что же это! Отдайте! Но баба оттолкнула ее, забилась куда-то в угол, в кресла, и, всем телом загородив ребенка, вдруг оскалилась. Сколько раз Борятинский видел такое на охоте! Это движение боком и задом. Закрыть. Защитить. Эту угрожающе вздернутую верхнюю губу. Это отчаяние, эту ярость. Этих беспомощных и страшных матерей. Волчихи, медведицы, зайчихи. Что там зайчихи — перепелка, даже та, ненастоящая, во сне, тоже была бы рада его убить. Просто не могла. Она могла только умереть. И умерла бы. Любая бы умерла. Лишь бы не…

Смертию смерть поправ, достигшее самой основы жизни. Ее сути.

Баба вдруг прошипела сквозь оскаленные, стиснутые зубы — *Meisel, faites venir Meisel immédiatement!** — и только теперь Борятинский ее узнал.

Это была Надя. Наденька его.

Княгиня Надежда Александровна Борятинская.

Урожденная фон Стенбок.

Кучер спросонья был особенный дурак — икал, крестился, путал постромки и не поумнел, даже когда князь крепко сунул ему в зубы. Борятинский схватил

*   Мейзеля, Мейзеля немедленно! *(фр.)*

седло сам, метнулся по деннику, но Боярин, чуя кровь от ссаженных костяшек, скалился, бил копытом, а потом и вовсе надул предательски пузо, так что пришлось не по-княжески совсем, охлюпкой, но это ничего, ничего. Лишь бы успеть.

Мейзель жил в десяти верстах всего, у Боярина даже шерсть не потемнела, но Борятинскому показалось — прошла вечность, настоящая, ветхозаветная, не наполняемая ничем. Все было ночное, жуткое, незнакомое, бросалось то в глаза, то под копыта, ухало, обдавало сырыми теплыми вздохами. Хрипло, коротко, как удавленник, вскрикивала неподалеку какая-то птица и замолчала, как только Борятинский спрыгнул с коня в мокрую черную траву. Окно у Мейзеля светилось ровным ясным светом. Борятинский пошел, потом побежал на этот свет — и птица захрипела снова, как будто летела где-то рядом, в темноте, страшная, невидимая, неотвязная. И только на крыльце, колотя в дверь, когда птица не захрипела даже — заклокотала, Борятинский понял, что никакой птицы вовсе нету.

Это дышал он сам. Он сам.

Мейзель вышел сразу, свежий, спокойный, словно не спал — а может, правда не спал, сидел в комнате, нет, даже в пещере, наполненной таинственными устройствами, читал что-то умное на никому на свете, кроме него, не известном языке, размышлял. И вообразить было нельзя, чтобы человек, способный спасти Наденьку, играл в вист, кушал лапшу или прел под тяжелой периной. Борятинский растерялся, не зная, как сладить с горой нелепых светских условностей. Сударь! Нет. Милостивый государь! Нет. Не соблаговолите ли вы... Нет. Не откажете ли вы в милости... Нет. Не будете ли вы так любезны... Черт! Сначала отрекомендоваться! Борятинский вдруг понял, что стоит на чужом крыльце в халате, в мятой сорочке и домашних туфлях — растрепанный, перепуганный человек, не знающий, как обратиться за помощью к другому человеку.

Я вас узнал, князь, — сказал Мейзель просто. — Что случилось?

Борятинский попытался объяснить всё сразу, то есть вообще — всё, включая птицу, ночную езду и то, как дико, как страшно Наденька оскалилась, но снова сбился и замолчал, чувствуя себя валким косноязыким идиотом — не хуже собственного кучера. Даром что по зубам дать некому.

Всё очень скверно, — едва выдавил он. — Очень! Ради всего святого...

Мейзель помолчал несколько секунд и вдруг ушел — просто ушел, закрыв за собой дверь. И окно в доме почти сразу погасло.

Борятинский остался совершенно один, в темноте, как в детстве, и даже услышал запах только что погашенной толстыми пальцами свечи, и ровное дыхание спящих братьев, и шаги неумолимого дядьки, торопившегося к себе в комнату, к невысокому шкапчику с заветным штофом. Ужас, тогдашний, детский, никуда, оказывается, не девшийся, толкнул в горло, под коленки, лишил последних сил. Борятинский понял, что сейчас упадет, просто ляжет на крыльцо, натянет на голову халат и будет скулить, отбиваясь от невидимых демонов, пока наконец не рассветет, потому что никакой надежды не было, никакой совершенно надежды — надежды спастись, спасти жену, дочь, самого себя, даже надежды вырасти, потому что вырасти из детства оказалось просто невозможно.

Дверь открылась снова, и вышел Мейзель — с саквояжем.

Поедемте скорее, князь, — сказал он. — Где ваш экипаж?

<hr />

Боярин, удивившийся, кажется, куда больше Мейзеля, второго седока выдержал легко и на обратной дороге не сбавил ни рыси, ни темпа, так что Борятинский, сам поражаясь своей способности думать о ерунде в такой неподходящий момент, в очередной раз прикинул, что надо бы покрыть и Ласточку, и Оду, а то и прикупить еще маток. Хороший коник. Резвый. Доброезжий. Глядишь, так и наберется потом на новый выезд.

Мейзель сидел впереди, чуть светился в темноте его перчено-седой колючий затылок, горячая широкая спина Боярина мягко, сильно покачивалась, и, несмотря на то что обнимать так тесно едва знакомого мужчину было неловко, Борятинский вдруг понял, что почти совершенно успокоился. От Мейзеля пахло почти так же хорошо, как от Боярина, — какой-то сухой разогретой травой, в которой стрекотали такие же сухие, ароматные цикады, итальийские, невиданные, заблудившиеся, как он когда-то с Наденькой между Пизой и Флоренцией, в самой глубине глазастой иноземной ночи, медовой, горячей, как Наденькины губы, как их первое взрослое путешествие вдвоем — далеко-далеко, в чужой плывущей карете, по чужой плывущей земле…

Как она? — вдруг громко спросил кто-то совсем рядом, и Борятинский второй раз за эту нескончаемую ночь проснулся, испуганный, с разинутым наждачным ртом. Было все еще темно, но по краю поля уже мазнули будущим слабым светом. Мейзель, не оборачиваясь, повторил вопрос, и Борятинский снова (не слишком ли часто?) растерялся, не зная с чего начать.

Совсем себя потеряла. Из детской не выходит. Пыталась даже кормить сама…

Я про девочку. Мне сказали, Надежда Александровна родила дочь, верно?

Борятинский даже скривился, вспомнив, как самолично велел вытолкать Мейзеля за дверь. Просили передать, что в ваших услугах не нуждаются. К барыне настоящий доктор прибыли — из Петербурга-с.

Я должен принести вам свои извинения…

Мейзель перебил, невежливо, недопустимо:

Вы ничего мне не должны, князь. Как и я вам, впрочем. Девочка давно заболела? Что с ней?

Я не знаю… Мне сказали — кончается. Должно быть, уже умерла. Царствие небесное. — Борятинский быстро, стыдливо перекрестился, чтобы от самого себя скрыть, что ничего не чувствует. Да и что было чувствовать, господи? Девочка! Он едва ли два раза видел ее за все это время. Наденька не подпускала к детской никого, сама оттуда неделями не выходила…

Остановите, — приказал вдруг Мейзель. Борятинский не ослышался — не попросил, именно приказал. Боярин, словно тоже почувствовав эту тихую чужую волю, всхрапнул, сам перешел на шаг и встал у въезда в усадебный парк, непроницаемый, как будто вырезанный из черной фольги и наклеенный на такую же черную, но уже бархатную бумагу. Мейзель спешился (неприятно ловко — не по званию, не по сословию, не по чину) и быстро пошел назад.

Je vous l'interdis*!

Борятинский не закричал даже — завизжал, невыносимо, как заяц, раненый, погибающий, уже понимающий, что всё кончено, всё, совершенно всё.

Наденька, господи! Впервые за долгие месяцы снова заметила его, попросила! Что он скажет? Как объяснит?

Борятинский тоже спрыгнул с Боярина и побежал за Мейзелем следом.

Вы не смеете! Стой, мерзавец, или я буду стрелять! Князь захлопал себя по безоружному халату, одна туфля, дорогая, тонкая, тотчас позорно дезертировала, другая промокла насквозь, чавкнула, жалуясь на непотребство. Борятинский едва не упал, оскользнувшись.

* Я вам запрещаю! *(фр.)*

Подлец! Подлец! Подлец! — закричал он снова, ужасно, тонко, ломко, как мальчишка, адресуясь то ли Мейзелю, то ли себе самому, то ли Богу, но откликнулся только Мейзель, откуда-то из-за деревьев.

Сюда, — уже привычно приказал он. — Так можно спрямить к дому, я знаю дорогу.

Борятинский постоял секунду — и бросился на голос.

———❦———

В детской ничего не изменилось, Борятинская даже, кажется, позу не поменяла — так и сидела, крепко прижав к себе спеленутого ребенка. Разве что бабы перестали метаться и стояли теперь в ряд вдоль стены. Танюшка, кормилица и две няни. Поджав разом руки и губы, с одинаково постными твердыми лицами — будто в почетном карауле, нет — в ночном дозоре, потому что единственная свеча едва дрожала в круге маленького, смуглого, совершенно рембрандтовского света.

Мейзель распахнул дверь — резко, будто хотел ее выбить, и свеча тотчас заплясала, задвигалась, превращая Рембрандта в Босха. Мейзель ахнул от вони, от жары — и выхватил у Борятинской девочку, грубо, рывком. Стянул чепчик — мотнулась маленькая темноволосая головка, запавшие веки, взмокшие завитки. Мейзель попытался распеленать, накололся на булавку, вбитую в свивальник до самой кожи, господи, еще одна, еще! Свивальник все не заканчивался, метры и метры жесткого льняного полотна, закоржавевшее кружево. Как замотали, нелюди! Пальцы Мейзеля, все в йодистых коричневых пятнах, тряслись, волны вони, гнева и духоты накатывали попеременно, так что в какую-то секунду ему показалось, что он не выдержит, сорвется. Давно было пора — уже много лет. Но тут девочка шевельнулась и запищала, сначала слабо, придушенно, но с каждой минутой все увереннее, все сильнее, как будто давала Мейзелю знать, что жива, что все еще надеется на спасение.

Мейзель распеленал ее наконец, выпутал и даже зашипел от жалости: пергаментная кожа, вздутое щенячье пузцо, судорожно стиснутые синеватые пальчики. Сколько он видел таких, господи, сколько — кажется, надо давно привыкнуть, закрыться изнутри наглухо, очерстветь, но он не мог, просто не мог. Со спокойным сердцем отпускал взрослых — зарезанных, поломанных, замерзших спьяну и удавившихся с тоски, умерших от удара и болезни кишок, ращения утробы и нарыва на глазе. Делал, что мог, если не получалось — отходил в сторону с сожалением, но без боли. У взрослых был выбор, и не важно, как они им воспользовались. Выбор — был. Бог дал, Бог взял — это было про них. Про взрослых. Детям Бог не дал ничего, значит, не смел и отбирать. Поэтому каждую смерть ребенка Мейзель считал личным вызовом, прицельным, мстительным плевком в собственное лицо.

Это был его персональный крестовый поход. За детей. На деле — бесконечная битва с ветряными мельницами, конечно. Дети умирали. Крестьянские — тысячами. Тысячами! Малярия, дифтерия, оспа, холера, тиф. До земской реформы 1864 года на всю Воронежскую губернию приходилось семь врачей. После — прибыло еще сорок. Легче не стало. Хуже всего было летом — и Мейзель ненавидел его люто. Июнь, июль и август были временем самой тяжелой крестьянской работы, и если родившиеся в осень и зиму еще могли чудом увернуться от кори или пневмонии, то летние дети умирали от голода. Почти все. Почти все! Единственная больница брала с каждого страждущего шесть рублей тридцать копеек в месяц. Немыслимо дорого!

Каждое лето Мейзель бесконечно мотался из одной смрадной избы в другую, пытаясь сделать хоть что-то, хоть как-то помочь. Напрасно. Матери уходили в поле еще до света, возвращались затемно. Новорожденных оставляли на младших, чудом выживших детей, на полоумных стариков. Или совсем одних. Счастье, если в доме была корова. Если нет... В лучшем случае нажевывали в тряпку хлеба с кислым квасом или брагой, в худшем — давали рожок, самый обычный коровий рог, к которому привязывался отрезанный и тоже коровий сосок. В рожок заливали жидкую кашу. К вечеру, в жаре, сосок превращался в кусок тухлого мяса, каша закисала. В такой же кусок тухлого мяса часто превращался и сам младенец, которого сутками держали в замаранных тугих свивальниках, так что Мейзель часами потом вычищал из распухших язв мушиные личинки без малейшей надежды, что это поможет, просто повинуясь совести и долгу.

Он всё понимал, ей-богу: каторжная работа, усталость, невежество, да что там невежество — настоящая дремучесть; он не понимал только одного — почему в избах была такая чудовищная, невообразимая грязь? Почему каша в рожке, и без того дрянная, часто была с тараканами и трухой? Почему дети червивели заживо? Почему нельзя было, ладно — не вымыть, но хотя бы проветрить? Перетряхнуть кишащие вшами и блохами лежанки?

Это был вопрос не врача, а отчаянно, почти патологически брезгливого человека. Коллеги Мейзеля если и ушли от крестьян, то всего на пару шагов. Из мертвецкой в родильную палату входили в одном и том же сюртуке, и в нем же отправлялись на дружескую пирушку. Земмельвейс, попытавшийся привить медикам любовь к мытью рук раствором хлорной извести, умер в шестьдесят пятом, чокнутый, осмеянный, в сумасшедшем доме. Мейзель и слыхом о нем не слыхивал, разумеется, не догадывался, что через тринадцать лет всего воцарится карболка, врачи разом, будто не было никакого затравленного Земмельвейса, заговорят об асептике и антисептике, о стерильности, об обработке ран и рук. Просто грязь и плоть были невыносимы ему физически. И кровь. Особенно кровь. Полнейшая по сути профессиональная непригодность.

Мейзель осторожно прощупал живот ребенка — вздутый. Паучьи ручки и ножки. Огромная голова. Девочка дышала прерывисто, поверхностно. Но еще дышала. Она тоже умирала от голода, господи! Княжеская детская. Батистовые пеленки. Шелковые диваны. Та же дикость. То же невежество. Тот же смрад. Мейзель достал из саквояжа шприц, набрал камфару, долго выбирал, куда уколоть, но понял, что так и не выберет. Некуда. Игла вошла в натянутую сухую кожу. Ребенок перестал пищать, коротко застонал и снова затих.

Бабы разом перекрестились. Борятинская сидела все так же неподвижно, уронив опустевшие руки и глядя перед собой светлыми, совершенно сумасшедшими глазами.

Грязь! — заорал вдруг Мейзель. — Почему тут такая грязь?! Почему нечем дышать?!

Бабы переглянулись.

Трясовицы ходят, не ровён час… — низко, в нос, сказала кормилица, молодая, задастая баба, смуглая, гладкая, как породистая кобыла. И даже взгляд у нее был совершенно лошадиный — диковатый, испуганный, темный. Боялась, что погонят с теплого места.

Окна! Окна открыть немедленно!

Бабы снова переглянулись. Мейзель был им никто, немчура, даром что ученый. Отставной козы барабанщик. Не сама коза даже. Тогда Мейзель, не выпуская из рук ребенка, сам затрещал неподатливыми рамами, путаясь в тяжелых пыльных гардинах и ругаясь, пока предрассветный воздух наконец не оттолкнул его плотным плечом и не вошел в детскую — огромный, прохладный, квадратный, полный запаха сырой травы и гомона просыпающихся птиц.

Девочка судорожно вздохнула и снова запищала.

Борятинская на секунду вскинула голову, прислушиваясь, — и лицо ее опять захлопнулось, застыло.

Она покачала пустые руки и тихонько, ласково, на одной ноте, запела — а-а-а! а-а-а! Мейзель осторожно положил ребенка в колыбель, подошел к Борятинской и отпустил ей короткую, сильную пощечину. Голова княгини мотнулась, Танюшка ахнула и снова перекрестилась.

Борятинская прижала ладонь к распухшей щеке, и глаза ее потемнели, медленно наливаясь слезами. Ожили. Гнев улетучился, теперь Мейзелю было жалко ее так же, как ребенка. Она хотя бы страдала. Оплакивала свое дитя. Мейзель только раз видел крестьянку, рыдающую над мертвым тельцем. Август. Первенец. Жара. Другие крестились и говорили — вот спасибо, развязал Господь. Выродки! Настоящие выродки! Не люди!

Почему вашего ребенка не кормят, ваше сиятельство? — раздельно, громко, будто разговаривал с глухой, спросил Мейзель.

Как это не кормят! — ахнула кормилица и вдруг стала копаться у себя за пазухой, будто искала на дне мешка что-то важное и дорогое — соскользнувшее венчальное кольцо или завалившийся образок. — Как же не кормят!

Мейзель наклонился ниже.

Вы знаете, что ваш ребенок умирает от голода?

Борятинская посмотрела испуганно — уже совсем, слава богу, в себе.

Я хотела сама, — сказала она виновато. — Хотела сама. Но она не ест. Не хочет мое молоко. Не берет…

Кормилица закончила наконец свои поиски и вывалила на ладони голые груди — громадные, смуглые, тугие. От голода! — сказала она сварливо. — Да я мужика взрослого выкормлю, коли надо будет!

Хлопнула дверь. Мейзель оглянулся — это был нагнавший его наконец-то князь Борятинский, заблудившийся в собственном парке, окончательно утративший вторую туфлю, исцарапанный, потный, весь облепленный паутиной и невесомым июльским сором. Великолепное кормилицыно вымя так и прыгнуло ему в глаза — и Борятинский смущенно заморгал, не зная, что приличнее — смотреть или отвернуться. Все светское, привитое, вколоченное с детства, делавшее мир понятным и простым, не работало этой ночью, словно князь действительно оказался в страшной сказке.

Мейзель подошел к кормилице, осмотрел грудь, пощелкал пальцами — и кормилица тотчас поняла, брызнула ему на ладонь теплой молочной струйкой. Мейзель лизнул — и тут же коротко сплюнул. Срыгивает? — спросил он Борятинскую. Та кивнула. Кормилицу меняли? Эта третья уже, — вмешалась Танюшка, снова почуявшая в Мейзеле опасного фаворита, но не решившая еще, жрать его или угождать. — Полусотню перебрали, выбирая-то, никак не меньше.

Мейзель смерил старую горничную тяжелым взглядом и пощелкал пальцами еще раз. Борятинская тотчас поняла, послушно потянулась к лифу.

Какого черта! — возмутился Борятинский. — Что вы себе позволяете!

Но Надежда Александровна уже расстегнулась. Бледная кожа, синеватые надутые жилки. Сорок четыре года. Старуха по всем законам — и по божеским, и по человеческим. Мейзель слизнул молоко с ладони — и сплюнул еще раз. Борятинская опустила голову. Мейзель легко, как священник, дотронулся до ее макушки. То ли отпустил грехи, то ли привычно принял их на себя. Борятинская всхлипнула.

Мейзель обвел глазами детскую и сухо распорядился — окна держать открытыми, в любую погоду, всегда. Про свивальники забыть. Приготовить сахарную воду. И вот сюда поставить кушетку — для меня.

Сахарную воду? — переспросила Танюшка. — Как для кашлю?

Мейзель подумал, сморщился — просто велите принести сахар, спиртовку и воду. Много воды. Прямо сейчас! Я всё приготовлю сам.

Бабы поспешили, пихаясь локтями, сталкиваясь. Борятинский невольно посторонился, как посторонился бы, пропуская всполошившихся лосих.

Борятинская подняла голову, вытерла глаза и нос — по-детски, рукавом. Хлюпнула даже.

Почему она не ест, Григорий Иванович?

Жара. Духота. Дрянное молоко. Свивальники эти ужасные. Ей, простите, пёрднуть некуда, не то что есть.

Она же не умрет?

Мейзель подошел к колыбели, взял девочку на руки, взвесил, словно раздумывая.

Надеюсь, что нет. Но на одной сахарной воде точно не вырастет. Придется завести козу…

Простите! — Борятинский даже поперхнулся. — Кого надо завести?

Козу. Будем разводить молоко — половина воды, половина молока. Я сам буду разводить. Мы ее выкормим. — Мейзель еще раз взвесил девочку на ладони. — Красавица какая! Как вы ее назвали, княгиня?

Борятинская слабо улыбнулась.

Туся. Наташа. В честь Наташи Ростовой. Вы же читали Толстого? "Война и мир".

Нет, — спокойно ответил Мейзель. — Я не читаю ерунды. И вам не советую.

———❧———

Пять лет спустя, в 1875 году, когда в "Русском вестнике" вышла первая книжка "Анны Карениной", Надежда Александровна сидела в той же детской, глядя в сад сквозь распахнутые огромные окна. Среди яблонь носилась, играя с Мейзелем в салки, Туся, высоко задирая жирные ножки и пронзительно верещá. Она была в одной рубашечке — бегала так, по настоянию Мейзеля, до самых холодов. Никогда не болела, слава богу. Ни разу. Надежда Александровна сморгнула, перекрестилась украдкой — Мейзель не любил ни веры, ни суеверия. И напрасно — в него самого Борятинская теперь верила куда больше, чем в Бога.

После той страшной ночи ни в одном доме Борятинских, ни в одной их усадьбе не осталось ни единой книги. Громадная, годами собиравшаяся библиотека была раздарена, расточена, распылена. Уничтожена. Из воронежской усадьбы они больше не выезжали.

Надежда Александровна была счастлива. Да, счастлива. Несмотря на то что Туся — в свои пять лет — еще не сказала ни одного слова. Ни единого. Мейзель уверял, что это совершенно естественно. Ребенок прекрасно слышит, весел, смышлен, выполняет все распоряжения, живо всем интересуется. Молчание в данном случае — признак особенного ума. Не будем мешать природе, она сама всё управит.

Врал. Постыдно. Бессовестно.

Ничего естественного в Тусином молчании не было. Она была немая. Совершенно. Немтырь. Захлопнувшая шкатулка.

И самое страшное, что Мейзель не имел ни малейшего представления, что с этим делать.

Глава вторая
Отец

П

ращур его, тихий лекарь Йоганн Мозель, был живьем зажарен на вертеле.
Великая Русь. Москва. Мороз. Опричнина. Воронье.
Лето от Рождества Христова тысяча пятьсот семьдесят девятое.

Мозеля схватили на улице, худенького, перепуганного, — отчаянный заячий крик, шапка, затоптанная в грязном снегу. Он был виновен лишь в том, что оказался уроженцем вестфальского Везеля — и, значит, земляком всесильного Элизеуса Бомелиуса, возможно, мошенника, несомненно — недоучки, и — вот она глупость, вот истинная вина! — личного дохтура Иоанна Грозного, Государя, Царя и Великого князя всея Руси. На дыбе, едва живой уже, Мозель Богом клялся, что ни разу в жизни не видал Бомелиуса ни издали, ни в едином шаге, но даже Бог не хотел это слушать, даже Он.

Не отвержи мене от лица Твоего, и Духа Твоего Святаго не отыми от мене.

Нет, не внемлет. Отвернулся. Все напрасно.

По делу об отравителях царя хватали десятками. Изобретательный психопат на троне. Перепачканный кровью, прихваченный дымом допросный лист.

Всегда один и тот же. Всегда все тот же.

Жена Мозеля только вернулась от пастора, шубейки еще не расстегнула (словно не решаясь выпустить махонькую, тихо пригревшуюся на груди веру), как ворвалась перепуганная кухаркина дочка, залопотала, мешая немецкие и русские слова. Жена Мозеля поняла сразу, ахнула коротко, утробно, как от удара, и бросилась в комнату — к детям.

Трое.

Годовалая Анхен в корзинке — щеки опять красные, всю ночь басовито ныла, отращивала себе новый зубок. Четырехлетний Георг, кудрявый, как отец, такой же серьезный. И десятилетняя Ансельма. Вскочила с лавки, округлила пушистые светлые глаза — что, мама? Совсем взрослая, худенькая, на запястьях — красные костяшки. Единственная родилась не здесь. Всё, что они привезли с собой в Московию с родины.

Честные руки Йоганна Мозеля. Его доброе сердце. Лекарскую сумку.

И Ансельму.

Трое.

Время дернулось несколько раз и колом встало посреди комнаты, натопленной до малиновой одури, тесной. Жена Мозеля схватилась за горло, сжала чужими холодными пальцами, точно это могло помочь. В оконце, затянутое бычьим пузырем, заглянуло январское солнце, крошечное, жуткое, ухмыльнулось криво, как параноик, — и исчезло, спряталось за рябой птичьей стаей. Будто занавесилось.

Трое!

Что, мама?!

Жена Мозеля не ответила, только ахнула еще раз — и побежала, побежала, побежала опять, сперва перескакивая ступеньки, потом по галерейке и дальше — проулком, кривым, как судьба, еще одним, таким же коротким и страшным, потом по тракту, дальше, дальше — белесые растрепанные волосы, белесые остановившиеся глаза, так и не перевела дух до самого Ревеля и только всё прятала на груди головку Георга, тяжеленького, теплого, — не смотри, сынок, не смотри.

Но он все равно смотрел — и навсегда запомнил страшное дивное сияние снега и огненное закатное небо, прошитое колокольным гулом и торжественным вороньем.

В Ревеле мать наконец остановилась и в три дня умерла — будто опомнилась. Георга забрал проезжий вестфальский купец, рыжий, толстый, важный. Завернул в шубу и увез, прижав к огромному, как будто даже жидкому пузу, прочь, прочь от Ливонской войны, от Руси, — держись от московитов подальше, сынок, дикий народишко, дикий и трусливый, они все рабы своего царя, и царь у них такой же — настоящий зверь.

Под шубой стояла плотная, кислая вонь, от которой слезились глаза, Георг задыхался, а купец все бубнил и бубнил, гудел гулким брюхом в самое ухо. С каждой верстой становилось теплее и грязнее, они въезжали в весну, вползали в нее — медленно, неотвратимо, как будто мир действительно оттаивал, отдаляясь от Москвы. Полозья сперва стали застревать, потом заскреблись жалко, как зазябшая собака под дверью, и наконец под ногами застучали, мягко переваливаясь, колёса. Снег, долго-долго слабевший, исчез вовсе, словно его и не было. Георгу это не понравилось, он завозился, попытался пожаловаться — но не смог.

Да и купец все равно никого, кроме себя, не слушал. Вестфальская земля оказалась зеленой, кудрявой, и даже птицы тут не орали, а звучали — торжественно, радостно, слаженно, как орга́н. Невидимая точка на горизонте, к которой Георг с купцом стремились, обрела наконец очертания, словно сбывающаяся мечта: темная, самую малость зачерствевшая стена, два собора, острая геометрия крыш. Город все наплывал, наплывал, потом глуховатый стук колес сменился грохотом, и повозка въехала на центральную площадь.

Везель, — объявил купец торжественно и поставил Георга на брусчатку. Мальчик закинул голову — небо было безоблачное, яркое и совершенно пустое. Вкусно пахло горячим хлебом с анисом и кориандром, сытостью, свежей грязью и таким же сытным, свежим, парны́м дерьмом. У са́мого соборного шпиля болталась клетка, в ней дотлевало какое-то умертвие.

Георг зажмурился.

Всегда уповай на Господа, сынок, — назидательно прогудел купец, подбирая поводья. — Держись только своих. И помни, что ты — свободный гражданин свободного города.

Георг кивнул и зажмурился еще крепче. За долгую дорогу он завшивел, отощал и разучился плакать. Своих у него больше не было. Совсем.

Купец, довольный, что развязался с богоугодной обузой, причмокнул, лошадь дернула мохнатой спиной, и через несколько минут от прошлого Георга не осталось даже грохота.

С-своб-бодный, — попробовал повторить он, но не смог. Звуки стали густыми, вязкими, налипли на нёбо, как вишневый клей. Отец учил его есть вишневый клей. В Москве. У них был свой сад. И вишни.

Всё, что Георг хотел, — вернуться домой.

Когда он в следующий раз открыл глаза, то снова увидел снег. И Москву. У ног Георга стояла лекарская сумка.

По величанию как?

Двадцать пять лет. Худой, как отец, такой же упрямый. Правда, уже не такой же кудрявый. Темя словно обглодало — временем, ветром, и макушка торчала — голая, беспомощная, розовая. У отца не так было. Он подбрасывал Георга — высоко-высоко, сажал на плечи. И макушка у него была кудрявая, плотная, как руно.

Георг помнил. Макушку вот эту. Вишневый клей.

И еще — снег.

Дьяк из Посольского приказа потерпел еще немного, выжидающе вися пером, и уточнил на глухом неповоротливом немецком — не надо ли толмача.

Георгу было не надо. Двенадцать лет учебы. Ляйпциг. Штрассбург. Лейден. Оксфорд. Парис. Падова. Шесть языков. На всех заикался ужасно. Цесарский, латинский, французский, итальянский, голландский.

И русский, да. Он не забыл.

Отроком бросался к редким купцам-московитам — п-п-па-а-аж-жа-алуйте! Плюясь от радости, спотыкаясь. Тощий, нескладный. Многие чурались, шарахались, как от юродивого, обливали с перепугу грязной площадной бранью.

Растряси тебя хуеманка, залупоглазая ты проёбина!

Георг не огорчался, не унывал. Нравом тоже пошел в отца — легкий, слабый, упрямый. Грязь — та же земля. Брань — те же слова. Складывал одно к другому. Повторял внутри себя — там, где всегда говорил легко, гладко. Свободно.

Русский мат оставался свободным всегда. Только с ним Георг не заикался.

Так по величанию как?

Дуроёб отпетый.

Чиво?!

Дьяк вздернул башку, ошеломленный.

Причудилось?

Угорел?

Обожрался с вечера молочной каши?

М-м-м-мо-оэ-э...

Георг замычал привычно, без отчаяния, — обычные человеческие слова приходилось тянуть из себя, как проглоченную веревку, трудно, почти рвотно давясь. *Изблюю тебя из уст Моих.* Дьяк машинально погладил себя по животу и даже скривился от сочувствия и скуки. Все-таки каша. И правду сказать — выжрал на ночь целый чугунок. И никто ведь не неволил.

Г-г-ге-эор-р…

Да понял, понял я, болезный. А по батюшке? Отец есть? Как величали, знаешь?

Георг засмеялся даже, кивнул.

И-и-ио-о-о-о…

Дьяк покачал головой, и, не чая конца этой фонетической муке, высунул язык, и вывел по своему разумению — Мейзель Григорий Иоаннович. Иванович тоись.

Георг не стал поправлять. Зачем?

Новоявленный Григорий Иванович Мейзель вышел из приказа, щурясь на закатное солнце, на огненный снег. Россыпь ярких шаров конского навоза — будто спелые каштаны. Печные дымы, подпирающие небо, густо наперченное вороньем. Все было, как он помнил. Только лучше. Пахло прелой соломой, березовыми дровами, живыми, горячими лошадьми. Москва гомонила, визжала санями и девками, ухала, колыхалась внутри кремля темной веселой жижей и то закручивала люд гулким водоворотом, то застывала, вылупив нахальные глаза и раззявив рот.

Какая-то бабенка, щекастая, рыжая, в сбившемся платке, завела на ходу протяжную, сильную песню, но шарахнулась от пьяных стрельцов, захохотала, шмыгнула в едва заметную дверь — будто лиса в отнорочек. И только голос ее, прекрасный, высокий, еще несколько секунд звенел на морозе, пока не застыл и не рассыпался колкой ледяной крупкой.

Мейзель сам не заметил, что улыбается. Шел тысяча шестисотый год. Хорошая, легкая дата для начала новой жизни. Впереди был великий голод, продолжение Великой смуты, плач и скрежет зубовный, Лжедмитрий, Семибоярщина, первый Романов и последний защитник осажденной Лавры, но Георг всего этого не знал — и потому не боялся.

Он вернулся домой, он смог.

Он смог!

___

Рожденный при Иване Грозном Георгом Мозелем, Григорий Иванович Мейзель умер при Алексее Михайловиче Романове в своем собственном доме, окруженный взрослыми правнуками и стареющими внуками, легкий, светлый, костяной, восьмидесятитрехлетний. В 1658 году. Он никогда не искал сестер, даже не пытался, — и никогда не говорил о них ни сам с собой, ни с другими, но дочерей назвал Анхен и Ансельма, и всегда очень жалел баб — всех, любых, старых и малых, словно надеялся хоть так искупить невозможную вину.

Мать ведь выбрала его, потому что он был мальчик. Мужчина. Георг это быстро понял. Очень быстро.

Каждый обитатель тогдашнего тварного мира был чьим-то рабом — господина или государя, Господа Бога нашего Иисуса Христа, да хотя бы и просто своего дома, поля либо ремесла. Это была настоящая лестница, грубая, страшная, ведущая из дерьма до самого неба, но женщины, бедные, были ниже любого дерьма — и служили всем. Даже самые родовитые из них ценились меньше бессловесного скота. Да что там говорить — добрую корову иной раз берегли крепче, чем какую-нибудь княжескую дочку, рожденную в палатах, но не смевшую поднять без воли батюшки или мужа ни голоса, ни глаз, ни головы. От коровы был толк — молоко, приплод и мясо, а баба, даже самая сладкая, была просто баба. Инструмент для воспроизводства. Раба самого распоследнего раба.

Это было не только на Руси, конечно. "Хороша ли женщина, плоха ли, ей надо изведать палки", — так говорили везде, во всей Европе.

Так везде и поступали.

А Георг не мог. Заика, почти немой (дважды, выходит, немец), он помнил по именам и баб, и их детишек (даже умерших, которых и сами-то матери не помнили) — выговорить толком не мог эти имена, но знал, и бабы это понимали. Чуяли. Притерпевшиеся ко всему, кроме самого простого сердечного участия, они поначалу терялись, искали в Георге похоти или хотя бы корысти и, не найдя, привязывались к нему почти исступленно. Всякое могло случиться, но Мейзель блюл себя крепко и женился не удом, а головой — на тихой немочке, бледной, неяркой, как огонек дневной свечи. И так же, как от дневной

102

свечи, шло от нее ровное тепло и едва видимый, но ощутимый свет.

На маму была похожа. Очень.

Георгу так казалось.

Сам того не замечая, он жил, как велел когда-то бросивший его в Везеле купец, — держался своих и более всего ценил личную человеческую свободу. Все его дети были грамотными, даже дочери, все умели уважать себя — а значит, и других, все почитали служение делу и людям важнее служения отчизне и даже Богу. Труднее всего следовать самым простым правилам. Но Мейзели были упрямы, потому и две с лишним сотни лет спустя оставались немцами, не смешиваясь с русским миром, как не смешиваются уксус и масло.

Кроме Ансельмы и Анхен жена родила Георгу двух сыновей. Старшего назвали Йоганн, в честь деда, младшего — Георг, как отца. Оба тоже стали врачами. И с той поры в каждом поколении Мейзелей дочери были Анны и Ансельмы, а сыновья носили имена Йоганн или Георг — и не важно, что другие звали их Иванами и Григориями. И еще — хотя бы один из мальчиков в семье непременно становился лекарем. Это было словно заикание, заикание целого рода в память о мальчишке-сироте, который жрал объедки, чтобы вернуться в город, где его отца зажарили живьем. И когда история, как по ступеням шагая по державным Петрам, Екатеринам и Александрам, добралась наконец до середины девятнадцатого века, Григорий Иванович Мейзель, сам потомственный врач, не понимал только одного —

почему мальчишка этот вернулся, чтобы лечить, а не для того, чтобы всадить Иоанну Васильевичу Грозному, Государю, Царю и Великому князю всея Руси, арбалетный болт между глаз?

Почему вообще никто этого не сделал? Никто и никогда?

Подданный самой могучей в Европе империи, коренной москвич, ремеслу обучившийся в столичном Петербурге, лекарь бог знает в каком поколении, последний Мейзель ненавидел власть в любом ее проявлении — от гимназического учителя до добродушного урядника, и даже само слово "самодержавие" — важное, тяжелое, с соболиной выпушкой и черненым серебром — вызывало у него невыдуманную физическую дурноту. Самодержавие ненавидел, а снег любил. Снег — и вот это всё, неяркое, едва заметное, еще сложнее объяснимое: заплаканные болотца, стыдливую простодушную глушь, ночи, как кровеносной системой, пронизанные дельвиговскими соловьиными трелями, веселый, яростный визг полозьев, пар над крепкими лошадиными крупами, гори, гори, моя звезда…

Тоже, оказывается, передается по наследству.

———◆———

В день смерти Георга Мозеля было жарко.

Весна выдалась поздней, хмурой. Наголодавшаяся постом, ослабевшая Москва едва ворочалась по ноздри в густой ледяной грязи, и только в июне вдруг все оттаяло, распустилось и разом, опоздав на целый месяц, зацвели вишни. Город стоял белый, легкий, завороженный сам собой, словно девушка. У ворот толокся скорбный вздыхающий люд. Старого заику любили — то там, то тут взвывали неутешные бабы, мужики деликатно сглатывали, рассчитывая на чарочку, потому что хоть и нехристь был наш Иоганыч, а не скаред, так что, бог даст, поднесут на помин. Ребятня, оставшись без пригляда, втихомолку оседлала сперва забор, а потом и вовсе рассыпалась среди деревьев, гомоня и марая рты молоденьким ярким вишневым клеем. У Мозеля был первый в Немецкой слободе сад — не по-русски ухоженный, по-московски щедрый.

Мозель, с вечера не шелохнувшийся, едва связанный с этой жизнью тонкой прерывистой ниткой хриповатого дыхания, вдруг открыл глаза и попытался присесть. Старший сын его, Йоганн, сам почти старик, подхватил отца, придержал за невесомые плечи. Едва успел.

Watt is loss mit dir, Vatter? Häste Ping? Willste jet drinke?[*]

Немецкие слова мешались с голландскими, саксонскими, русскими, кёльнский диалект бодался с клеверландским, и вдруг выпрыгивало, журча, итальянское, живое. Это был их собственный койне, язык семьи московских Мейзелей, которому через пару поколений предстояло очиститься до сухого хохдойча — и окончательно обрусеть.

***

[*] Что, отец? Тебе больно? Может, хочешь воды? (Здесь и далее — кёльш, городской диалект Кёльна и его окрестностей.)

Ich w-w-will dä Schnie. M-m-mingen-n-n Schnie. D-d-do hingen däm...*

Старик не справился, устал — и просто кивнул, показывая: там, за окном.

Почти прозрачный, совершенно лысый, беззубый.

Es es doch Sommer hinger däm Finster, Vatter**.

Das ist nicht r-r-r-r-recht-t-t ... nicht r-r-recht-t-t... Dat is net r-r-r-r-ä... net r-r-r-r-ä...***

Йоганн сглотнул рыдание. Он понял наконец — несправедливо.

Да, несправедливо. Отец умирал от старости. Ничем нельзя помочь. Никакими травами, притираниями, кровопусканием даже. Просто пришло его время.

Георг откинулся на подушки, прикрыл глаза, и сын сглотнул еще раз.

Всё. Конец.

Губы старика, тонкие, сухие, шевельнулись.

Триебучий хуй, — сказал он почти беззвучно по-русски и засмеялся.

Wat häs du jesaht, Vatter? Ich han nix versande****.

Йоганн наклонился. Он плакал. Больше не мог держаться просто. Не мог.

Триебучий хуй, — повторил Григорий Иванович Мейзель.

И это были последние в его жизни слова — сказанные легко, свободно, без запинки.

---

*   Я хочу снег. Мой снег. Там...
**   За окном лето, отец.
***   Это н-н-нес-с... н-н-нес-с-с...
**** Что ты сказал, отец? Я не понял.

Двести семнадцать лет спустя, летом 1875 года, пятилетняя Туся пребывала в зените своего безмолвия.

Словно в насмешку, всё вокруг было полно звуков — журчало, пело, щелкало, вскрикивало, хрустело. Громыхало ворчливо к вечеру — далеко-далеко, у густеющего горизонта. Июль удался на диво — весной Господь дал в нужную меру и дождя, и вёдра, а в дни страды и вовсе любезно остановил время и наполнил все тягучим медленным зноем, так что каждый день, достигнув полудня, переставал двигаться и надолго замирал, громадный, огненно-круглый, едва покачиваясь на невидимой божественной длани. От отчетливого цикадного чи-то, чи-то, чи-то, сухого, нестерпимого, чесалось всё — потная поясница, лоб, глаза, даже мысли.

Многие крестьяне, торопясь уложиться в невиданную страду, оставались ночевать в поле — и несколько сероватых часов до рассвета тоже были полны безумолчных звуков. Всхрапывали, сдувая мошку, пасущиеся неподалеку лошади, жутко, будто издыхающий заяц, вскрикивала сова. И то и дело то там, то тут вспыхивала песня — переплеталась в несколько слаженных голосов и вдруг обрывалась, нырнув под бесстыдно задравшую оглобли телегу, под которой так же бесстыдно мелькали молочной спелости бабьи лыдки, прохладные, словно сами по себе излучающие свет. Черных от загара лиц не было видно вовсе, но по всем кустам вдоль межи, по-над речкой шел ритмичный, настойчивый шорох, кря-

кали, напирая, мужские голоса, рассыпались охающим хохотком женские, так что Мейзель, тоже бес-
сонный, стоя у распахнутого окна, машинально под-
считывал, сколько младенцев принесет эта страда
к следующей весне. И сколько из них доживет до
следующего лета.

Расчеты бесплодные, как и он сам. И такие же
бесполезные.

Туся так и не начала говорить. Единственная
в этом многогранно озвученном мире — молчала. Ни
младенческого лепета, ни гуления, ни попугайского
звукоподражания. Только крик — яростный, хриплый, даже не крик — ор, если что-то шло не по ее
маленькой, но вполне княжеской воле.

А еще иногда она смеялась.

Это было самое страшное, конечно. Ее смех. Не то,
что Туся молчала. Не то, что, пятилетняя, все еще
жила в детской на его собственном неуклюжем попечении, хотя должна была бы разучивать с гувернант-
кой первые французские стишки. Все это можно
было как-то поправить, изменить, просто Мейзель
не знал, как именно, и корил себя то за леность мысли, то за невежество, то за недостаток любви. Последнее было больнее всего. Туся не говорила, потому
что он был неуч и болван. Вся его вера держалась на
этом постулате. Нет, не так. Вся его вера висела над
обрывом, из последних сил вцепившись в этот слабый, едва живой, как пучок прошлогодней травы,
постулат.

Но каждый раз, когда Туся хохотала, пучок этот обрывался — и вместе с ним обрывалось и сердце Мейзеля, и его вера. Потому что не смех это был, а вой, нечленораздельный, грубый вой безумного существа.

Первый раз он услышал это, когда Тусе было девять месяцев — и обомлевшую няньку, всего-то пощекотавшую девочку, рассчитали тем же днем. Потом рассчитали еще одну. И еще. Выбирать стало не из кого — идти в услужение в дом, где всем заправлял ополоумевший немец, охотниц больше не находилось. Борятинская с большим трудом и за несусветные деньги выписала из Швейцарии бонну, чистоплотную, громадную и тупую, как симментальская корова. Русского языка бонна не знала и не хотела знать, так что сама была все равно что немая, и это раздражало Мейзеля неимоверно.

В конце концов он просто запретил бонне дотрагиваться до Туси — всё-всё делал сам: вскакивал ночью, менял замаранные рубашечки, кормил кашкой, ночевал тут же, на козетке, хотя Борятинская выделила ему отдельные покои, а в планах переустройства усадьбы значился целый флигель, предназначенный исключительно для него, но — нет, все это было слишком далеко от Туси.

Он не хотел. Не мог.

Мейзель забросил практику, пациентов, заметно и нехорошо похудел. И все-таки был счастлив. Да-с, счастлив. Первым человеком, на котором Туся задержала расплывающийся младенческий взгляд, был он. И улыбнулась впервые она тоже — ему.

Не матери. Не единокровному отцу. Не фамильной серебряной погремушке елизаветинских времен.

Ему.

Бонну тоже отослали.

Мейзель воцарился в детской один — и на подхвате терпел только княгиню. Она была бестолкова, неловка, творила порой чудовищные глупости (чего стоило только желание непременно свозить девочку к преподобному Амвросию Оптинскому — под благословение), но она любила Тусю.

Возможно, даже — не меньше, чем он сам.

Больше было просто невозможно.

По селу пополз, шелестя и приподнимая плоскую змеиную головку, слушок, что княгиня родила больную девочку — *убогую*, и слово это, уродливое, гнутое, как-то раз настигло Мейзеля во время ежедневной прогулки с Тусей, стегануло с протяжной оттяжкой по беспомощному лицу.

Ах ты, бедняжечка убогая!

Бабёнка, выметавшая из овина соломенный сор, оперлась на метлу, покачала головой, жалеючи. На круглом ее, черном от потной пыли лице далеко и страшно блеснули молодые веселые зубы.

Сентябрь стоял сухой, потрескивающий, огневой. Все боялись пожаров.

Вишь — объюродил Господь безвинную душку.

Мейзель остановился. Помешкав мгновение, опустил полуторогодовалую Тусю прямо на вытоптанную землю, чтобы не уронить. Сделал шаг, но понял, что ничего не видит — все вокруг было непроницаемо-гладким и алым от ярости, будто Мейзеля кто-то

110

заживо завернул в сырое окровавленное мясо. Он с трудом, помогая себе руками, нашел в этом красном и плотном бабёнку, полную, вообще-то, самого искреннего сочувствия, встряхнул за горло — и сжал, радуясь, как подаются под пальцами готовые лопнуть хрящи — тугие, ребристые, упругие. Живые.

Бабёнка, которую он наверняка лечил, а если не ее саму, то уж точно — ее приплод, захрипела перепуганно, заскребла босыми корявыми пятками землю, вырываясь, но Мейзель все давил и давил, трясясь от ненависти и счастья. Давно забытое возбуждение, дикое, грубое, залило ему поясницу, пах, низ живота, забилось, запульсировало в такт с чужим горлом, так что Мейзель сам едва не вскрикнул — и вдруг понял, что сейчас обмочится. Порыв этот, еще более грубый и резкий, встряхнул его — и мир, плывущий, нечеткий, снова начал проявляться — медленно, словно на дагерротипной пластинке.

Туся сидела на земле — там, где он ее оставил, и пыталась накрыть ладошкой неловкого, как она сама, навозника, вороного, блестящего, отливающего у надкрылий то в пронзительную зелень, то в гладкую синеву. Такого жука они раньше не видали, и Туся подняла на Мейзеля любопытные светлые глаза.

Geotrupidae, — тихо пояснил Мейзель и наконец разжал пальцы.

Обмякшая, осиплая от ужаса бабёнка осела, будто подрезанная серпом, завозила в пыли непослушными руками. По грязным щекам ее ползли, обгоняя друг друга, ясные слёзные дорожки. От избы, раззявив в безмолвном крике рот, бежала перепуганная белоголовая девчонка лет десяти — ее Мейзель тоже наверняка лечил.

Он наклонился к бабёнке, уже совершенно спокойный, совершенно. В себе. Произнес отчетливо, медленно, терпеливо — будто делал назначение.

В другой раз скажешь про княжну Борятинскую хоть одно кривое слово — убью. И тебя. И всех. До младенца последнего. На всё село ваше холеру напущу. Чуму бубонную. Вы и хворей таких не знаете, от каких передохнете. Так всем и передай. Поняла?

Бабёнка прокашляла что-то, давясь. Губы у нее были синие, и такая же грозовая, багровая синева плыла по шее — зримое свидетельство уже схлынувшего гнева. Мейзель машинально подумал, что, должно быть, все же повредил хрящи гортани, так что передать его послание *urbi et orbi* бабёнке будет затруднительно.

И еще — что, пожалуй, даже на каторге он обзаведется хорошей практикой.

Потому что место его было на каторге, конечно.

Второй раз. Уже второй раз.

Девчонка подбежала наконец, с размаху упала возле бабёнки на колени, затряслась беззвучно, будто тоже онемела. Дифтерит, вспомнил Мейзель. Я лечил ее от дифтерита. И еще от ветряной оспы. А до этого наверняка принимал. Может, и саму бабёнку тоже.

Я слишком долго тут живу. Задержался.

Туся растопырила перепачканные пальчики — и жук, изловчившись, улизнул. Мейзель поднял Тусю, отряхнул с шелкового платьица и горячих ножек колючие земляные крошки. Она закинула ему за шею руку, привычно приложилась головой к плечу, — и Мейзель пошел, чуть пошатываясь, назад к усадьбе, чувствуя, как горит в междуножье, расплываясь, предательское пятно. Он не обмочился, нет — это было другое. Другая влага, иссякшая еще сорок лет назад. Отобранная, как он считал, навеки. И вот — вернулось. Все вернулось, чтобы исчезнуть снова, теперь уж наверняка.

И поразил всю землю нагорную и полуденную, и низменные места, и землю, лежащую у гор, и всех царей их: никого не оставил, кто уцелел бы, и все дышащее предал заклятию, как повелел Господь Бог Израилев.

Мейзеля качнуло так, что он едва не уронил Тусю. Затылок медленно стягивала колючая шапочка апоплексической головной боли — тихого предвестника будущего удара. Меня арестуют сегодня же. Вечером. Или ночью. Арестуют и сошлют. Пять лет? Мало. Значит, десять. Она будет совсем взрослая, когда я вернусь. Вырастет без меня. Невозможно. Просто невозможно. Уж лучше самому. Мышьяк? Нет. Слишком медленно. Слишком хлопотно и блевотно. Если не повезет, могут спасти. Цианид вернее. Правый верхний ящик стола. Черная склянка. Правый верхний. Не перепутать.

Лучше сразу переложить в карман.

Никто не арестовал его ни вечером, ни на следующее утро. Никто.

На третий день, кляня неповоротливость российского карательного аппарата, Мейзель отправился в село сам. Вошел в избу, ни на кого не глядя, поставил саквояж на лавку. Бабёнка, пряча краем платка лилово-одутловатое лицо, вскинула на него налитые кровью глаза, перекрестилась. Он сунул руку в карман, удивленные пальцы впервые нашарили два пузырька, а не один. Было бы забавно отравиться тут, у нее на глазах. Во искупление и назидание. Мейзель безошибочно вынул нужный флакон и впервые медленно, не таясь, обмазал пальцы йодной настойкой. Жестом велел подойти к оконцу — и бабёнка послушно встала в жидковатую лужу света, стянула, повинуясь еще одному жесту, платок, запрокинула голову. Мейзель быстро осмотрел шею, горло, мимоходом отметив, что багровые синяки в точности повторяют отпечатки его пальцев — сегодняшних, пегих от огненно-свежих йодных пятен.

Признаки прижизненной асфиксии: многочисленные субконъюнктивальные экхимозы. Мелкоточечные кровоизлияния в соединительные оболочки век. Хрящи, слава богу, целы. Подъязычная кость — тоже.

Говорить не можешь?

Бабёнка покачала головой — нет.

Картошку копали уже?

Бабёнка покачала головой еще раз — теперь согласно. Картоху и правда выкопали еще в августе. Не меньше ста мер в погреб ссыпали — уродилась. Она хотела было похвастаться — но только засипела.

Вари каждый день по чугунку — и дыши над ней ртом, пока пар идет. Только с головой накройся зипуном каким-нибудь. Есть у тебя зипун?

Бабёнка кивнула еще раз. Последний.

Через неделю-другую петь будешь.

Мейзель подхватил саквояж. Привычно пригибая голову, вышел. А бабёнка всё стояла у окна, простоволосая, смотрела в одну точку, и в глазах ее, ровно, по радужку залитых яркой кровью, не было ни благодарности, ни страха, ни ненависти. Ничего. Даже гнева.

Через две недели она не заговорила. Вообще никогда больше. Так и осталась немой. Но расплаты не последовало. Ни единый человек в округе не нажаловался на Мейзеля ни уряднику, ни хотя бы мировому судье. Как будто так и должно было быть. Как будто он действительно обладал правом не только миловать, но и карать.

Это не принесло Мейзелю ни радости, ни облегчения — только окончательное и угрюмое понимание того, что он — не русский и никогда русским не будет. Немец не поступил бы так. Он сам бы — не поступил. Он преступил закон — и божеский, и человеческий. Причем во второй раз. И во второй раз всем оказалось наплевать на это — и людям, и Богу. А второй раз наказывать себя самому у Мейзеля уже не было сил.

К Рождеству, устав размышлять о том, чего было больше во всеобщем всепрощающем молчании — трусости или благородства, Мейзель подал прошение об отставке и, получив вольную, переехал в усадьбу Борятинских. С земством было покончено. Отныне Григорий Иванович Мейзель стал официальным семейным врачом князя и княгини Борятинских.

Марина Степнова. Сад

На самом деле — просто отцом Туси. Ее настоящим отцом.

В село он больше не заходил. Никогда. И никогда никто больше не присылал за ним из Анны, да и не только из Анны, — все обходились новым эскулапом, бывшим солдатом Чурилкиным, непропеченным, добродушным увальнем, которого назначило земство. Кривая детской смертности, чудесным образом прибитая Мейзелем до разумных даже с сегодняшней точки зрения пределов, потопталась на месте — и освобожденно рванула вверх. Надо сказать, у Чурилкина преотлично мёрли и взрослые. Лечил он истово, но скверно — не по учебникам даже, а по собственному дикому разумению, ибо медицинского образования не имел вовсе. Как, впрочем, и никакого иного. Будучи признан после ранения слабосильным, он прибился к полковому врачу, который из жалости и по вечной нехватке рук наспех обучил смирного, нелепого солдатика подавать инструмент, открывать нарывы да таскать тазы с ампутированными конечностями. Но и таких псевдомедикусов не хватало отчаянно, так что, отслужив свое, Чурилкин — не вышедший даже из фельдшерской школы — легко получил сперва одно место от земства, потом — другое.

И наконец добрался до Воронежской губернии.

Содержание ему положили обыкновенное — тысячу рублей в год, плюс три сотни на разъезды.

Мейзелю княгиня Борятинская назначила жалованья двенадцать тысяч рублей в год плюс полный пансион. Мейзель только кивнул равнодушно и при

116

случае, оказавшись в Воронеже, открыл счет в государственном банке. В 1894 году, когда Мейзель умер, двадцатичетырехлетней Тусе по завещанию отошло двести семьдесят шесть тысяч рублей — все его жалованье за двадцать три года. До копейки. Плюс одиннадцать тысяч сорок рублей процентов.

Конный завод в Анне начался на деньги Мейзеля.

Это была Тусина самая заветная мечта.

Последняя, которую он исполнил.

В детской после отъезда бонны снова настала пустая гулкая тишина — новых нянек не было, а прислуга, даже та, что просто прибирала в комнатах, молчала, опасаясь докторова гнева, и это было еще хуже, потому что говорить было надо, необходимо, Мейзель понимал это, чувствовал. Сотни и сотни посещенных им крестьянских изб были полны живого человеческого шума: в них орали, переговаривались, пели, бормотали, отпускали шутки и матюки. В этом многогулье детское не отгораживалось от взрослого ничем, даже самой условной ширмой, так что младенец рос, слушая бабкины предсмертные хрипы, болтовню братьев и сестер, сварливые ссоры родителей и их же ночное копуляционное кряхтение. Сказки (часто до оторопи жуткие), игры, жизнь, смерть — все было общее. Одно на всех. Так что говорить крестьянские дети начинали, может, и скверно, но сразу по-взрослому — минуя умилительное младенческое лепетание.

А мой-то постреленок, ишь, сукой меня уже назвал, — хвастались между собой молодые деревенские мамки.

И только Туся молчала.

Тогда Мейзель начал говорить сам — беспрестанно, безостановочно, мешая подслушанные крестьянские ладушки-ладушки с рассуждениями об организации здравоохранения и рассказами о собственном детстве, которое он, если честно, мало помнил и потому поэтизировал и любил, как можно любить только вымышленное, а не по-настоящему пережитое. Он называл и описывал всё подряд — устройство Вселенной, медведиков, нарисованных на изголовье детской кроватки, и присевшую на этих медведиков муху (смотри, это *Musca domestica* — вид короткоусых двукрылых из семейства настоящие мухи). Он мешал краски и звуки, пересказывал подзабытые мифы и объяснял природные явления, не пытаясь сочинять (сочинять он попросту не умел) и даже не особо приспосабливаясь к возрасту своей слушательницы. Мейзель просто будто наново создавал для Туси мир — и мир этот, сработанный ясно и справедливо, радостно пахнущий свежей стружкой и еще не просохшим клеем, нравился ему самому.

Устав рассказывать и вспоминать, Мейзель садился на пол, обложившись медицинскими томами и книжками ежемесячных журналов — ничего другого он, в сущности, не читал. Туся усаживалась напротив и с любопытством смотрела, как ползает по строчкам пятнистый йодистый палец. Увлекшись, Мейзель отчеркивал особо интересные места ногтем, загибал страницы, спорил с авторами, ссорился, рассуждал, мешал немецкий, русский и латынь, потом вдруг хватал "Отечественные записки" — нет, ты только послушай, что он пишет! — и зачитывал Тусе, двухлетней, хорошенькой, круглоглазой, "Письма из деревни" Энгельгардта, о которых тогда говорили буквально все. Каждой следующей журнальной книжки ждали как слова Господня. Мейзель Энгельгардта не выносил. Не его самого, конечно, — а вот этой его веры в крестьян, в их способность к совместной деятельности. Ты подумай только — совместная деятельность! Да что он знает о крестьянах, чучело кабинетное! Звери сплошь, гоминиды первобытные! Быка спьяну ободрать заживо да на кольях схватиться — вот на это их совместной деятельности только и достает.

Туся слушала внимательно, живо, не перебивая, как не слушал Мейзеля в его жизни никто и никогда. Смотрела ясными, умными глазами, иногда тянулась к заинтересовавшей ее картинке (особенно она любила случайно приблудившуюся к постельной библиотечке Мейзеля "Ниву"), иногда хмурилась — и Мейзель, для приличия поворчав, соглашался, что, пожалуй, действительно дал маху и не так уж глуп его оппонент, утверждающий, что при вскрытии расширение сердца легко перепутать с частной аневризмою.

Помнится, был у меня, любезная Наталья Владимировна, в практике такой случай... Нет-нет, а вот есть мы станем за столом и непременно подвяжем салфетку, цивилизованный человек должен быть опрятен во всем. — Мейзель набирал полную ложку молочной каши, краешком снимал лишнее с Туси-ных губ, не замечая, что сам разевает рот и старательно жует вместе с ней. — Так вот, был в моей практике случай, прекрасно характеризующий природу человеческой глупости…

Туся, проглотив кашу, кивала совершенно серьезно — и хотела дальше. Каши. Продолжения. Еще. Ей было интересно — Мейзель не сомневался. Лучшего собеседника у него не было. Лучшего собеседника и лучшего друга. Прежде, до Туси, ему вообще не с кем было поговорить.

К вечеру оба уставали — от разговоров, ежедневных длинных прогулок, от упражнений, — физическое развитие Мейзель, приверженец Локка, ценил так же высоко, как и развитие ума, — просто от бесконечного и сильного движения воздуха и света, так что Туся, растрепанная, сонная, едва стояла в тазу, пока Мейзель обмывал ей ножки ледяной колодезной водой — процедура неотменяемая в любое время года, ибо только привычка закаляет тело и делает его более выносливым к холоду.

Локк, снова Локк!

Вода из кувшина лилась тоненько и звонко, будто пела, и Туся чуть покачивалась, упираясь щекой в сюртучную пуговицу Мейзеля. Приваливалась доверчиво — как котенок, как самый обыкновенный звериный детеныш. Княгиня, пришедшая пожелать дочери спокойной ночи, стояла в дверях, мучаясь от ревности и счастья. Туся жмурилась на слипающуюся свечу, зевала, показывая розовое, ребристое, тоже очень кошачье нёбо. Мейзель сам, на руках, относил ее в кровать. Терпел, сколько мог, Борятинскую, еле слышно бормотавшую не то заклинания, не то молитвы, потом откашливался властно — вон-вон-вон, немедленно! И княгиня послушно уходила, поправив на девочке тоненькое муслиновое одеяльце. Мейзель, не дождавшись, пока закроется дверь, ревниво поправлял одеяло еще раз — как было прежде.

Присаживался на тяжело скрипнувший стул. Колени к вечеру мучило, тянуло, простреливая до поясницы. Местные бабы говорили — вся тела болит. Очень точно. Мейзель прикручивал лампу, с тихим хрустом открывал со вчера заложенный журнал. Бесслухий, он вместо колыбельных приладился читать Тусе статьи из старых книжек Военно-медицинского журнала за 1857 год. "Сифилитические язвы теперь менее часты или производят меньшие расстройства, нежели в прежнее время, — бормотал он монотонно, — вследствие, может быть, того, что введение в терапевтику йодистого потассия скорее останавливает ход третичных припадков", — и Туся, поворочавшись, смыкала тяжелые ресницы, так и не дослушав описания фунгозных раковых язв.

Спала она отлично — тихо, спокойно, до утра.

Прекрасный, здоровый, крепкий ребенок.

Образец для всякой матери.

Мейзель, давно свыкшийся с бессонницей, как свыкаются с любым, самым тяжелым увечьем, подходил к окну и иной раз до рассвета почти стоял, глядя на сад, черный, будто жестяной, и такой же неподвижный. Сад всегда был темнее неба. Даже в самые беззвездные ночи. Но стоило выйти с лампой, как сад сразу светлел, а небо, наоборот, становилось бархатно-темным, даже не нарисованным, а наклеенным. Странные причуды оптики.

Сад Мейзель признавал, но не любил — единственный, пожалуй, во всей усадьбе. Сад был нужен Тусе — для развития, для игр. Сад давал тень и прохладу, яблоки для любимого Тусиного пирога и сливу для ее же примерного пищеварения. Сад катал их зимой на специально залитой горке, весной встряхивал в кулаке шумных, веселых скворцов. Но когда он вбегал вместе с Тусей в детскую сквозь огромное настенное зеркало и останавливался, растрепанный, хохочущий, ошеломленный, Мейзель сад ненавидел. Потому что сад — смеялся, а Туся — нет. В присутствии Мейзеля — никогда. Будто понимала, что ему тяжело. Не хотела пугать.

Даже улыбалась редко.

Сколько еще он будет жить с ней в одной детской, играя в затянувшееся счастливое младенчество? Еще год? Два? Сколько допустят приличия? А потом? Что будет дальше? Самая дальняя комната в усадьбе, крошечная, белая, безмолвная? Монастырь с уставом помягче, готовый за щедрую мзду приютить родовитую немую послушницу? Когда он умрет — останется одна. Совершенно одна. Не сможет даже сказать никому, если ее обидят. Оскорбят. Ударят.

Безъязыкая. Безграмотная. Беспомощная. Калека.

Мейзель шипел от резкой, ошеломляющей боли и тряс головой, как трясут невзначай ущемленным пальцем. Он не мог этого допустить. Не имел права.

Впрочем, теперь он не имел права даже умереть. Никто из них не мог позволить себе такую роскошь — ни княгиня, ни даже князь. Но особенно — он сам, Григорий Иванович Мейзель. Чертов бездарный недоучка. Жалкий коновал. Никогда не любил людей, оказывается. Никого вообще не любил. Только обманывал сам себя. Изображал великое служение. Что толку, что он вытащил с того света сотни и тысячи чужих детей? Да он передушил бы их сейчас своими собственными руками — всех по очереди, ни секунды ни сожалея.

Лишь бы Туся заговорила.

Но она молчала.

К пяти Тусиным годам Мейзель исчерпал все средства — включая самые жалкие и дикие. Даже тайком ездил за сорок с гаком верст к известной травнице, пронырливой и дремучей старухе, — и тайком же, трясясь от унижения, давал Тусе с ложечки приготовленное бабкой гнусное пойло, и, что самое стыдное, верил, что это поможет, несмотря на то что, судя по запаху и вкусу, это был отвар самой обычной *Matricāria chamomīlla*, лупоглазой аптечной ромашки, надранной тут же, подле избы. Он попробовал, разумеется, сам. Прежде чем. Выпил залпом целый стакан — и не дождался даже поноса.

Мейзель не опустился до старцев и чудотворных икон только потому, что всю жизнь предпочитал беседовать с Богом лично — каждый вечер, коротко, по существу. Отчитывался, не оправдываясь, не прячась, не умаляя. Но и взамен требовал той же честной ясности, к которой привык сам. Уважения, в конце концов. И что же? Господь молчал, будто Туся, — упрямо, насупленно, тяжело. И тогда Мейзель перестал с ним разговаривать.

Просто вычеркнул Бога из своей жизни.

Пока 16 июля 1875 года Господь не вразумил его. Не явил ему свой насмешливый милосердный лик.

Всего на секунду.

Но Мейзель понял. Не сразу, конечно. Но понял.

Догадался.

С утра они играли в саду — в горелки, в жмурки. Мейзель будил Тусю в седьмом часу — раньше поднимались только слуги. Кто рано встает, дитя, тот всё успевает. Нет ничего страшнее для человека, чем праздность и уныние. В десять, шурша свежим полотняным подолом, в сад вышла только что вставшая Борятинская — узнать насчет завтрака. Туся подбежала, ткнулась носом в материну руку, унеслась в ягодник, и Мейзель (помилуйте, княгиня, какой завтрак? Обедать уже пора, а вы кофием интересуетесь) отвлекся на то, чтобы обсудить устройство купальни, которая уже не просто нужна, Надежда Александровна, — необходима. Второй год говорим, а всё ни с места. Битюг тут мелок, прикажите отгородить, поставить мостки. И пусть привезут чистого песку. Или хоть старый пересеют. Туся должна научиться плавать. Знаете, как говорили древние греки о никчемных людях?

Мейзель едва не произнес — они не умеют ни читать, ни плавать.

Вовремя поперхнулся.

Идиот.

Так что они говорили?

Борятинская крутанула парасольку цвета топленых сливок, солнце заглянуло сквозь кружево, быстрой веселой рябью пробежало по немолодому, тоже сливочно-бледному лицу. Щурится близоруко. Ищет глазами дочь.

Кто?

Древние греки.

Древние греки были давно, Надежда Александровна. Какой толк в том, что они говорили? А купальня нужна сегодня. Сейчас. И зимой — тоже. Ребенок должен быть как следует закален. Поэтому для холодного времени необходимо построить во флигеле полноценную писúну. Я пришлю все необходимые размеры. Могу и мастера сам найти, если прикажете. Потому что вы, простите за прямоту, набрали полный дом бездельных рукосуев. Пóлку прибить некому.

Мейзель не закончил, отвернулся неучтиво, поспешил в ягодник, туда, где только что прыгали, следуя за Тусей, махровые верхушки крыжовенных кустов. Прыгали — и вдруг остановились. Нашла что-то, должно быть. Или накололась.

Нет. Слава богу — цела.

Туся выскочила навстречу, схватила его за руку, но тут же высвободила горячие пальцы, подбежала к дереву, показала в ствол, оглянулась любопытно. Темные волосы растрепались, налипли на круглый маленький лоб. Одну ленту потеряли, кажется, еще в цветнике. Вторая тоже вот-вот соскользнет.

Туся показала еще раз — требовательно, серьезно.

Мейзель подошел, наклонился, разглядывая тугую каплю, полупрозрачную, густо-коричневую.

А-а, вот что ты нашла. Это клей. Вишневый клей. В сущности, обыкновенная камедь. Скажи — камедь!

Туся молчала, не отводя от смоляного наплыва завороженного взгляда.

Как она смотрит чудно́ все-таки. Будто слепая. Это от того, что глаза очень светлые, материны — даже не голубые, просто бледные. Как венка на запястье. Странные глаза — слава богу, хоть видит прекрасно. Довольно с него и того, что не говорит. А ресницы черные, густые. И такие же густые, темные волосы, совсем не детские — женские. Непокорные. И княгиня, и Танюшка перепробовали всё, пытаясь убрать эти взрослые, пружинящие кудри сообразно Тусиному возрасту и положению. Маленькая княжна должна была носить локоны. Туся не желала категорически. Сражалась, как лев. В конце концов ее ежеутренние негодующие вопли надоели Мейзелю, и он сам научился заплетать Тусе косы. Кое-как прихватывал скользкими лентами. Ему было можно. Она разрешала.

Вообще, похожа была на него. Очень. Удивительно. Крепкая, смуглая, ртутно-быстрая. Живая. Совершенно его дочь.

Окажите любезность, Наталья Владимировна, составьте мне компанию. Я предлагаю совершить дальнюю прогулку. — Туся кивнула согласно. — Тогда пожалуйте головной убор. — Туся кивнула еще раз, и Мейзель низко, по-крестьянски повязал ее белым платочком. Мейзель хорошо знал, на что способно здешнее солнце. Слишком хорошо.

К полудню они ушли версты за три — в поля, далеко, по привычной дуге обойдя село. Туся то резво бежала впереди, пыля твердыми босыми пяточками, то нырком бросалась в пшеницу, чтобы добыть какую-нибудь забаву — изуродованный спорыньей колос, облетевшую маковую погремушку или взъерошенную гусеницу репейницы. Ближе к часу Мейзель заставил ее обуться в маленькие, специально для нее шитые кожаные башмачки на мягкой и легкой подошве — на манер индейских мокасин. Он самолично привез лучшему в Боброве сапожнику картинку из Фенимора Купера и убедился, что болван понял, что от него требуется. Болван понял. Башмачки удались на славу, в таких можно и десять верст отмахать. Туся покапризничала для порядку, отвергая обувь, но Мейзель умел настоять на своем. Вот и обулись. Туся фыркнула недовольно, снова убежала в пшеницу. Надеялась, должно быть, на знакомство с ежом. Ей нравились ежи. Один жил подле барского дома, но в руки не давался. Дичился. Хотя молоко из плошки выхлебывал исправно.

Пусть себе носится. Проголодается как следует, будет есть с аппетитом. Как ежик.

Мейзель расстелил под просторным дубом салфетку, достал хлеб, пирожки, парниковые, на один хрустки укус огурчики, холодную телятину. Облупил яичко, потом еще одно, разрезал, радуясь оранжевому желтку. Надо было квасу захватить. Забыл, дурак. Ну ничего, скоро колодец будет — там напою.

Мейзель надломил пирожок, понюхал придирчиво начинку и вдруг забурчал постыдно пустым животом. Он понюхал пирожок еще раз — пахло капустой, перцем, зеленым луком, самой сердцевиной лета — и подумал вдруг: как, должно быть, страшно, когда твоему ребенку нечего есть. Не сейчас, сию минуту. А вообще. Сегодня. Завтра. Всегда. И взять негде. Разве что от себя отрезать.

К февралю крестьяне голодали все. Баб и детей отправляли "в кусочки". Ходить по домам, побираться фактически. Только молча. Входили, замотанные в тряпье, крестились, вздыхали. Ждали свой кусочек — в прямом смысле кусочек. Хлебный кубик — в пару-тройку вершков. Хозяйка нарезала такие заранее — если было что нарезать. Но нарезала — часто от последней краюхи. Потому что знала — завтра сама может в кусочки пойти. Чертов Энгельгардт тоже об этом писал. Не писал только, сколько детей помирало к весне от голода, распухших, отечных. Потому что, чтоб досыта наесться, сто дворов обойти надо. А ста нету. Всего десятка три. И в каждом — сами от голода пухнут. Я бы не пошел в кусочки, нет. Сразу — грабить. Убивать. Что угодно. Но Туся не осталась бы голодной. Никогда. Я бы точно не допустил.

Мейзель поправил салфетку, чтобы унять задергавшиеся руки. Он тоже готовил для голодных хлеб, да не кусочками, выкладывал в холодные сенцы целые ломти — но помногу у него не брали. Стеснялись. Или брезговали. Он не знал. К нему и не ходили почти. Таскались без толку друг к другу да к господам. Как он орал, помнится, на повара Борятинских, который по недомыслию погнал кусочников с кухни. Тусе года не было еще. Бедный француз чуть не помер с перепугу, едва от места не отказался. Теперь исправно запасает кусочки заранее, с осени, — подсушивает в печи, румянит, самолично разбирает по холщовым мешочкам. Сдобные сухари отдает исключительно детям. *Tiens, prends ça, mon pauvre petit!** Сердобольный оказался, даром что француз.

Над ухом всхрапнуло страшно, дохнуло живым жаром, и Мейзель дернулся, едва не упал, будто необстрелянный солдат. Но это оказалась тройка, глянцевитая от пота, бесшумно по мягкой дороге подкатившая из ниоткуда. Болтался под дугой подвязанный за язык колокольчик. Тоже немой. Купчик, молодой, косоглазый, ражий, свесился с облучка, проорал что-то просительно сквозь плотным столбом вставшую пыль.

Что? Не слышу.

Где тут, милсдарь, поворот на Хренóвое?

Через три версты, — машинально ответил Мейзель. — У горелой осины сразу направо. Увидите. Только не Хренóвое, а Хреновóе.

Он искал глазами Тусю, которая с головой скрылась в усатых стрекочущих колосьях. Куда она подевалась? Есть давно пора.

Да хоть Хуевóе, — покладисто согласился купчик, — мне б дорогу найти, а то десять верст скачу — то туда, то сюда, чисто леший кружит, сам упрел, лошадки пить хочут…

---

* Вот, возьми, несчастный малыш! *(фр.)*

Он еще говорил что-то, тарахтел рассыпчато, дробно, будто горох в погремушке, но Мейзель не слушал, потому что в пшенице шурхнуло — и невидимая Туся засмеялась.

Господи.

Она засмеялась!

Мейзель едва разлепил сразу пересохший рот — позвать, окликнуть, но Туся уже вышла сама, сжимая в кулаке пучок васильков — таких же сухих и колких, как и все вокруг, из-под платка посмотрела на купчика веселыми прозрачными глазами и засмеялась еще раз — звонко, коротко, ясно.

Совершенно как человек.

Мейзель подхватил ее на руки, прижал к себе судорожно, все еще не веря.

Засмеялась.

Красивая дочка у вас, милсдарь, — от души позавидовал купец. — И на вас похожа — одно лицо. И захочешь — не откажешься.

Он плел еще что-то — про свою-то, которая как наладилась кажный год рожать сыновей, а от сыновей какое на старости лет утешение, про направо, значица, через три версты, а я-то, садовая голова, всё воротил налево, и еще про скобяные отчего-то товары, — а потом вовсе уехал в свое обетованное Хреновóе. Превратился сперва в блоху, потом в точку на стыке двух желтых, шуршащих, мреющих пшеничных линий, и даже пыль, которую тройка возздела к небу, осела, и всё жужжало, переливалось через край, дрожа и сияя, а Мейзель так и стоял, улыбаясь, как остолоп, и прижимая к себе Тусю, и только когда она, соскучившись, легла головой ему на плечо, понял, что плачет.

Она засмеялась.

※

Он не накормил ее даже, так и бросил полуденный перекус под дубом. Салфетку, припасы. Всё. И с рук так и не спустил — на себе донес назад, до усадьбы, как нес когда-то ее мать. И ее саму, внутри. Тусю. Невидимую. Но живую. Живую. Туся сперва возмущалась, брыкала толстыми ножками, колотила его по плечам, по голове, поревела даже. А потом просто заснула — от усталости и обиды, а Мейзель шел, почти бежал, торопясь рассказать княгине, всем, и больше всего боялся, что умрет от жары прямо посреди дороги — и никто так и не узнает явленного чуда.

Господь услышал. Сподобил. Природа взяла свое. Неважно — как. Неизвестно — почему. Но Туся засмеялась. Значит, теперь заговорит. Непременно заговорит.

Туся проснулась неподалеку от дома. Еще раз попыталась вырваться, и Мейзель отпустил ее наконец. Поставил на дорожку. Поправил съехавший платок. Пальцами вытер со щек грязные дорожки. На мгновение прижался губами к макушке, нагретой, полотняной.

Пахло солнцем, птичьими гнездами. Васильками. Ребенком. Единственным на свете. Родным.

Он взял Тусю за руку и повел мимо конюшни к дому. Из открытой двери ударило вкусным жаром: свежим навозом, соломой, пропитанной едкой мочой, нагретым за день цветочным сеном. Тяжело гудели полоумные летние мухи и вполголоса пел что-то такое же басовитое, унылое кудрявый конюх Андрей, мерно шурхая невидимым скребком.

Зацвятало сине море, ой, да зацвятало сине море алыми цветами…

Какая-то лошадь взвизгнула — должно быть, от боли, — стукнула копытом, и Андрей, охнув, замолчал, а потом невнятно, сквозь зубы, сказал — ах ты, блядина лютая! — и, не удовлетворившись, обложил сверху по матери — посложнее, с подворотом. Мейзель поморщился, но Туся остановилась, отобрала у него руку — и засмеялась снова.

И только в этот момент все своды в голове Мейзеля наконец сошлись.

Наутро на конюшне для Туси выделили угол — постелили ковер, обложили вокруг свежим сеном. Мейзель самолично поговорил с конюхами, велел, чтобы всё как обычно, как всегда, княжне необходимо дышать навозом, это хорошо для легких, да чего вы за шапки хватаетесь, я же сказал — всё как всегда. К лошадям не допускайте только. Потопчут — я вас своими руками поувечу.

Он внес Тусю в конюшню. Опустил на ковер, высыпал горсть деревянных чурбачков, проверил, не колет ли сено. Не кололо. Туся озиралась любопытно, и глаза у нее в душистой полутьме блестели совсем по-звериному. Мейзель поцеловал ее в лоб. Вышел.

Присел у входа в конюшню, откинулся к стене. Никуда не торопясь, с наслаждением закурил.

В конюшне стояла оглушительная, непривычная тишина. Даже лошади боялись шелохнуться. Туся, соскучившись, быстро заснула, и Мейзель унес ее, сокрушаясь, что снова ошибся. И сам себя успокаивал — нет. Одного раза мало и для статистики, и для эксперимента. Мы будем повторять, слышишь? Повторять и повторять. Пока у нас не получится.

Лошади привыкли к Тусе на третий день. Конюхи — на четвертый. Андрей снова завел свое сине море с алыми цветами, потом обложил хуями старую капризную матку, не желавшую идти на перековку, мимоходом шуганул по матушке прилетевших поживиться навозом воробьев.

Конюшня наполнилась привычным, плотным, живым шумом.

Про Тусю все забыли. Перестали замечать.

Она заговорила через две недели.

Первым в жизни словом урожденной княжны Натальи Владимировны Борятинской стало слово "залупа".

ГЛАВА ТРЕТЬЯ

Дочь

До шести лет Туся верила, что ее отец — Боярин. Не знала, а именно верила. Конечно, был и настоящий отец — ничего почти для нее не значивший. Парадный портрет на стене и дагерротип на туалетном столике матери спорили друг с другом, состязаясь в непохожести, сбивая с толку. Усы были разной длины. Бакенбарды — разной масти. Только мундир одинаковый. Еще стопка писем — вся вмещалась в не очень большую шкатулку. Не перевязанные ничем, ничем не надушенные. Деловые.

Мать просматривала их бегло, в конце обеда, на отлете держа размашисто исписанный лист. Слава богу, у его сиятельства все благополучно. Танюшка, подавшая письмо на серебряном подносе, кивала облегченно — все прочие к судьбе князя оставались замечательно равнодушны. Мейзель заканчивал сражение с жарким. Туся глазела в окно или возводила из хлеб-

134

ных шариков бастионы — вольность, для ребенка ее возраста и положения совершенно недопустимая. Гувернантка, отчаявшись добиться соблюдения самых элементарных правил приличия, предпочитала кушать в своей комнате. Скоро и эта попросит расчет.

Очередная безымянная мадемуазель. Новая. Снова ненадолго.

Воспитывал Тусю Мейзель. Сообразно собственным представлениям о том, как следует себя вести маленькой княжне. После того как Туся заговорила, власть его усилилась стократно. Он решал в доме практически все. Невысокий, крепкий, бесшумный, был всюду одновременно — и фактически стал в усадьбе управляющим.

Мог бы, наверно, стать и хозяином. Если бы захотел.

Но он не захотел.

Князь уехал из Анны, когда Тусе не исполнилось и трех лет. Позорно ретировался. Да что там — попросту удрал, сначала в Петербург, на службу, которая не помогла, как не помог и Александр Второй, товарищ князя с детства — самый настоящий товарищ, друг. Сашка и Володька — они выросли вместе, вместе были не раз сечены за шалости, вместе волочились по молодости за одними и теми же красавицами — то за Бороздиной, то за Давыдовой, одной из любовниц они даже вполне по-братски обменялись, и женились тоже почти одновременно, причем оба счастливо, а вот теперь…

Князь быстро заморгал, отвернулся неловко, император так же неловко потрепал его по плечу — ну полно, полно, брат, что ты разнюнился, как баба. Поедем лучше к Катеньке моей, она как никто умеет утешить. И они поехали, но и Катенька Долгорукова не помогла, хотя Борятинский честно улыбался, и пил чай, и подержал на коленях пухлощекого незаконнорожденного Гогу, стараясь не думать об императрице, вполне законной, и о ее детях, которых он тоже в свое время качал и на коленях, и на сапоге. Или это Николя любил так забавляться? А может, Лиза? Черт, как Сашка сумел устроиться так ловко, как он сам постыдно прошляпил свою единственную жизнь? Еще эти визиты невозможные, кто это вообще придумал — визиты?

Заехать к императрице Борятинский так и не осмелился, потому что тогда пришлось бы объясняться с Наденькой, которая с девичества была с Марией Александровной нежно близка, все они вчетвером когда-то были друзья — он с Сашкой и Наденька с Машей, молодые, прекрасные, богатые, влюбленные. Дурили, веселились — сказать нельзя. Чистые дети. Они с Сашкой крепость ледяную как-то построили — по всем законам фортификации. А потом по всем правилам военного искусства подвергли ее осаде и захватили. Вместе с Машей и Наденькой. Смеялись все до упаду. Снежками кидались. Женатые уже. Властители мира. Счастливые дураки.

Только не придется объясняться больше — ни с Машей, ни с Наденькой. Не с кем объясняться. Нечего объяснять. Да и некому. Ни Сашки нету больше, ни Володьки. Были и сплыли.

…Что? Простите. Еще чаю? Да, благодарю. Прелестный, прелестный сынок у вас, Екатерина Михайловна. И как бойко говорит уже. Удивительно развитой.

Блюдце тоненько дрожало в пальцах — драгоценный прорезной фарфор. Корниловский. Надя очень такой всегда любила. Александр Второй делал строгие совиные глаза — опять нюнишься? Соберись! Заведи себе такое же новое счастье! Старое не помеха новому, жизнь одна, брат, лучше вспомнить и пожалеть, чем пожалеть, что нечего вспомнить.

Борятинский честно попробовал, но не смог — закрутил с одной красавицей, потом с другой, добросовестно ворочал неподъемные ледяные жернова светского романа, поражаясь глупостям, которые приходилось говорить и выслушивать, а когда один из бастионов выкинул белый крахмаленный флаг и дело дошло наконец до будуарной возни, жалко бежал, потому что вдруг услышал, без особого пыла шаря в неудобных, нескончаемых юбках, тающий, легкий аромат не то ромашки, не то еще какого-то простецкого цветка, — и тотчас увидел скошенным глазом знакомый флакон, хрустальный, с тяжелой пробкой, Надя такими всегда душилась, а он никогда не мог запомнить, болван, хотя она говорила — вот же, как ты не помнишь никогда, это же мои любимые, — и точно, любимые, родные, на чужой шее, молодой, высокой, которая мгновенно стала гадкой, нестерпимой, покрылась порами, мерзкими волосками, и он просто смахнул с себя эти юбки, гадливо, будто таракана со скатерти, и выбежал вон, по-мальчишески пламенея ушами, заботясь не о репутации уже, потерянной безнадежно, а только о том, чтобы не разрыдаться при этой светской блуднице, при всех, при всех.

Уже на улице, задохнувшись от мороза, он понял, что выскочил без шинели и что воздух вокруг, синий, петербургский, искристый, тоже пахнет Наденькой, только зимними ее ду́шками, которые он как раз почему-то выучил — *Parfum de fourrure* от Ралле, — щекотный, хрустальный аромат, свежий, влажный, как снежная крошка, летящая из-под копыт. Как они на тройке с Наденькой кататься любили! На Святки как-то раз так понеслись, что кучера в сугроб вывалили, и хохотали оба, как в детстве не хохотали, и он все шарил одной рукой, поводья искал, а другой Наденьку к себе прижимал, и духи эти, меховые, веселые, на губах у нее были и в ду́шке, в ямочке у самого горла, и он все носом тыкался в эту ду́шку, в эти душки́, в рыжие, горячие, такие же веселые соболя.

С девками тоже ничего не вышло. Даже с самыми лучшими. С самыми дорогими. Все равно не получилось нового счастья.

Слава богу, война хоть началась — послал Господь. Смилостивился. Русско-турецкая.

Но и война не помогла. Нет.

Только писать — изредка, чтобы не надоесть.

Он писал.

Надежда Александровна откладывала письмо — и оно ложилось, покорное, виноватое, рядом с ножом, запачканным сливочным соусом. Коровье масло было свежайшее, свое. Да все было свое, а что не было — так станет. Борятинская и сама не заметила, как под мягким, почти неощутимым нажимом Мейзеля из безупречной светской дамы, утонченной книжницы превратилась в настоящую помещицу, хозяйку доходной усадьбы, которая из прелестной дорогой безделицы потихоньку становилась кормилицей. Конечно, деньги у княгини и без усадьбы — куры не клевали. Главное оказалось в том, свои эти куры или чужие.

Поначалу хозяйство было для нее чем-то диким и чуждым. Неопрятные мужики, косноязычные, темные, которых она так искренне, всем сердцем, жалела, норовили обмануть на каждом шагу или хотя бы сжульничать и цели своей неизменно достигали, земля стояла в запустении либо сдавалась в аренду — нелепо, полосками, так что Борятинская долго не могла понять, чьей прохваченной маками и васильками пшеницей любуется — своей или чужой — и можно ли сорвать колосок или ее поволокут за это к мировому. Коровники стояли худые, скот болел, за яйцами и птицей посылать приходилось в деревню — и все было мелкое, кислое, битое паршой или червивое, притом что местные черноземы можно было мазать на хлеб и лакомиться. Чистый черный ароматный жир.

Все валилось из рук, тревожило, раздражало.

Слава богу, Мейзель был рядом, помогал, советовал, глазами показывал — когда кивнуть, когда отказаться. Иной раз просто распоряжался сам — и всегда толково, не просто с умом, а с выгодой для усадьбы. Вечерами, когда Туся засыпала, они подолгу засиживались вдвоем в гостиной — то за маленьким самоваром, оставшимся от прежней хозяйки, а то и за рюмочкой наливки, тоже добытой из нескончаемых, кажется, кладовых.

Они все еще были здесь гостями. Все еще не обжились. Нет.

Борятинская вертела в пальцах серебряную рюмочку, тайком облизывала липкие губы — пахло черной смородиной, переспелыми грушами, летней ленивой жарой. Мейзель, откинувшись в креслах, тихо объяснял, рассказывал, строил планы.

Вот сами судите, Надежда Александровна, у вас под окнами — сад громадный, а прибыли от него никакой. Вы хоть знаете, сколько мер яблок в этом году в яр свезли?

Что значит — свезли? — рассеянно спрашивала Борятинская, от наливки ей хотелось спать и почему-то смеяться.

А то и значит. Свезли и закопали. Про сливу и прочую ботанику я и не говорю. У вас воруют все, как у пьяной, но даже после этого возами выкидывать придется. А можно было хоть свиньям скормить. Все больше пользы.

Но у нас нет свиней.

И скверно, что нет! На рынке за мясо втрое переплачиваем.

Борятинская смеялась наконец, представив себя свиновладелицей.

Я не хочу свиней, они же грязные, Григорий Иванович.

Прикажете убирать — будут чистые. А еще умней — консервный завод свой открыть, у пруда и место подходящее имеется. Сами всё будем делать — свое. И варенье, и пастилу, и сухофруктов наготовим, а если еще винокуренный заводик поставить…

Оба замолкали на мгновение, прислушиваясь, не проснулась ли Туся.

Но — нет, это был князь, вернувшийся с прогулки, — быстрые шаги, слишком быстрые, чтобы быть хозяйскими, даже мужскими.

Наверху тихо закрывалась дверь.

И оба — Борятинская и Мейзель — сами не замечали, что с облегчением переводят дух.

Слава богу, не зашел. Не помешал.

Борятинская поправляла волосы — юным, прекрасным жестом, но Мейзель словно не видел, а может, действительно не видел, в конце концов, достаточно того, что он любит Тусю, что они оба ее любят, соединяясь в общей точке, будто две стороны какой-то удивительной геометрической фигуры. Хотя — почему удивительной? Три стороны — значит, это треугольник, звонкий, озорной, музыкальный, тронешь его палочкой — и дзиньк!

Борятинская испуганно вздрагивала, открывала глаза — в воздухе еще висела последняя длинная нота часового боя. Стрелки, сжавшись в одну, показывали полночь, и никакого Мейзеля не было — сидел, верно, возле Тусиной колыбельки или, может, спал.

И ей пора!

Спать, спать, спать…

Борятинская поняла вдруг, сразу — словно долго пыталась рассмотреть невнятную мазню на расхваленной всеми картине, а потом нашла наконец нужный поворот головы и увидела и прелестный домик под сдобной крышей, и дорогу, завитком легшую возле круглого холма, и закатное многоцветное небо. Хозяйство подчинялось той же логике, что и сад, — всё питало всё и всё от всего зависело, а потому шло своим единственным чередом, и следовать этой логике было так же естественно, как вообще жить — рождаться, взрослеть, размножаться и тихо уходить в сытную, всех питающую землю. Борятинская поняла смысл совокупных усилий, человеческих и природных, и уловила плавный безостановочный ход большого годового круга, состоящего из многих малых циклов, каждый из которых был в свою очередь и важен, и незаменим. В саду, в полях, в коровнике, на конюшне царила гармония, которой Надежда Александровна прежде не находила ни в книгах, ни в ежедневной жизни.

А главное, в этом общем живом и животном ритме жила ее Туся.

Обрастить новый мир подробностями было и вовсе делом нехитрым. Узнать и сравнить цены, найти нужных, удобных, верных людей. Запустить незаметный маховик всеобщей работы. Дом требовал от нее тех же усилий, а с домом Борятинская всегда справлялась прекрасно. Единственное, что далось ей с трудом, едва ли не с мукой, — это мужики. Мейзель уверял, что они всегда себе на уме и доброту принимают только за слабость. Будете им спуску давать, княгиня, они вас сожрут и косточки обгложут. Не верьте ни одному никогда. Они крестьяне, им положено быть жестокими. Земля по-другому не разрешает. Но как только они поймут, что и вам выгода выходит, и для них кусок останется, — тут они вас уважать и начнут.

Так и оказалось.

Борятинская, в прошлом страстная почитательница Джона Стюарта Милля, научилась азартно, до хрипоты торговаться, не поведя бровью приказывала выталкивать самых несговорчивых взашей, а любые попытки повалиться ей в ноги и порыдать прерывала равнодушным "это, батюшка, в церковь тебе, а у меня полы соплями мыть не принято".

Она не уступала ни полушки, но зато в сезон давала работу сотням рук, пообещала справить в Анне новую церковь — и слово свое сдержала. О школе больше не было и речи — сеять просвещение в селе действительно не было смысла. Зато имело смысл сеять лен — исключительно выгодная оказалась культура.

Мужики побухтели, но смирились. Сила была на стороне Борятинской. Сила и деньги. Этот язык они понимали преотлично. К тому же княгиня не лютовала с процентами — долги брала отработками, за честный труд платила не скупясь и всегда умягчалась при виде бабы с младенцем. Местные, смекнув это, приладились отправлять с самыми важными просьбами обвешанных приплодом молодух, иные даже по соседям набирали — и совместное существование усадьбы и округи вплотную приблизилось к утопическому идеалу. Мужики на ярмарках хвастались, что наша-то барыня — ух, ей чего в рот ни положь, по самые дальше некуда отхватит, а ваш граф как есть обалдуй, кисель недотепный, тютя!

Так к пятидесятому году своей жизни княгиня Надежда Александровна Борятинская, урожденная фон Стенбок, превратилась в самую настоящую барыню. Она, разумеется, не научилась отличать сеялку от жатки, как и прежде, поздно ложилась и поздно вставала и, бывало, целые часы проводила в прелестной праздности — вышивая или за фортепьянами, но, даже никуда не торопясь, она теперь решительно всё успевала. Потому что не было больше в ее жизни ни суетности, ни суеты, которыми полнились когда-то целые дни в Петербурге, бесславно растраченные на визиты и балы.

Хозяйство сделало ее наконец счастливой.

Либерализм и гуманизм были посрамлены. Но взамен им действительно появились свинки — и Борятинская самолично каждый день после обеда заходила в свинарник, чтобы полюбоваться мытыми, розовыми, как младенцы, поросятками да почесать за ухом голландского борова, чудовищного, насупленного, заросшего черной редкой щетиной и больше похожего на еще не изобретенный Циолковским грузовой дирижабль, чем на живое существо.

Консервный заводик с сушильней тоже работал — не в полную пока силу, но в яр яблоки больше никто не возил. Варенье да пастила в Воронеже хорошо пошли, пастила особенно. А что князь уехал — так он и прежде часто уезжал. Мужчинам вечно дома не сидится.

Надо бы сообщить князю, что рожь не уродилась.

Да стоит ли, Надежда Александровна? Всегда сами разбирались — и на этот раз, бог даст, управимся. Грибом возьмем. Говорят, в Европу нынче возами белые отправляют. А мы чем хуже?

Борятинская кивала согласно и поворачивалась к Тусе, осоловевшей от скуки и еды.

Père te salue, ma chérie*.

Это была неправда. Князь ни слова о дочери не писал. Не спросил про нее ни разу, будто сам был ребенок и верил, что если зажмуриться покрепче, то бука тебя не увидит.

Et il me demande de te faire mille baisers**.

Княгиня тянулась через стол — приласкать, пригладить локоны, банты, поймать быстрыми жадными губами лоб, если повезет — горячую тугую щечку, но Туся только плечом дергала, негодуя. Не любила целоваться, никогда не нежничала, как положено девочке. Не приседала, не семенила, не строила глазки. Терпеть все это не могла — как и сладкого.

Княгиню это искренне огорчало. Пирожное у нее всегда подавалось отменное. Летом ягода под битыми сливками, благо за малиной теперь следила она сама. Мороженое из своего молока, со своими цукатами. Зимой компот, да с фантазией — под пламе-

---

*   Отец тебе кланяется, милая *(фр.)*.
**   И велит целовать тысячу раз *(фр.)*.

нем, бланманже или самые разнообразные пироги, до которых Борятинская стала большая охотница.

После отъезда мужа она пополнела, посвежела, даже помолодела будто — и теперь все чаще была Мейзелю неприятна физически. А вот когда Тусю носила — отечная, страшная, — хороша была, как всякая мученица, живая и неподдельная. Он прямо любовался.

Où vas-tu, ma chérie? Il n'est pas convenable de quitter la table sans y avoir été invitée.

Но Туся уже спешила прочь, на ходу ловко стянув с разоренного стола кусок хлеба.

А ежели по нужде приспичило, Надежда Александровна, — под стол прикажете ребенку лужу напустить? Неприлично ограничивать свободу живого существа без всякого смысла — это приводит к рабской косности ума.

Мейзель бросал на стол запятнанную салфетку — и выходил за Тусей, едва не столкнувшись в дверях с лакеем, оснащенным овальным блюдом с десертом.

Мороженое, эх!

Сладкое Мейзель, в отличие от Туси, любил. Но проводить ее до конюшни считал своей обязанностью. Да не обязанностью, что за ерунда. Радостью. Пройти эту сотню шагов вместе. Если удастся — рассмешить. И слушать, слушать, как Туся говорит, хохочет, как переливается; любопытно прыгая со слова на слово, ее новый, живой, человеческий голосок.

---

* Ты куда, милая? Неприлично выходить из-за стола без разрешения *(фр.)*.

Освободившись от немоты, Туся заговорила сразу чисто, целыми предложениями — по-русски и по-немецки. Вернее, на той смеси медицинской латыни и московско-посадского суржика, которую привык считать немецким сам Мейзель. Еще до того, как прибыла гувернантка (первая из череды несчастных мадемуазель, увольнявшихся так часто, что никто в доме и не пытался запомнить их имена и привычки), Мейзель с изумлением обнаружил, что пятилетняя Туся знает грамоту — и бойко читает с листа про себя самые сложные тексты, правда, переворачивая книгу вверх ногами. Выходит, научилась сама, пока сидела напротив, маленькая, хмурая, в те заветные их одинокие вечера, когда он, устав болтать, просто читал все подряд, до хрипоты, сам плохо понимая, что он бормочет и зачем.

А она, получается, понимала. Еще одно явленное чудо. Впрочем, почему явленное? Рукотворное. Его собственными руками сотворенное.

Это Мейзель не знал еще главной Тусиной тайны — она умела читать не только вверх ногами, но и зеркально, в прямом смысле — через зеркало, стоявшее в детской, огромное — от пола до потолка. Вечерами, когда Мейзель сидел на полу, распахнув очередную книгу, Туся, полуоткрыв рот, смотрела, как плывет его отражение в темной амальгаме, как мягко колышутся книжные страницы, причудливо переливается огонек свечи и тает перевернутый заоконный сад. Зазеркалье завораживало ее совершенно — так что сначала она научилась читать наоборот, потом — вверх ногами. И только в самом конце уже, говорящая, вполне очеловеченная, освоила привычную людям грамоту.

И никогда никому не сказала про это свое странное умение, сохранившееся до конца дней. Всего один раз в жизни пригодилось.

Только до двери, — сказала Туся строго, и Мейзель послушно кивнул. Конюшня была ее местом, ее собственной свободой, и Туся отстаивала право на эту свободу с недетским упрямством. Он сам ее научил. Этому. Вообще всему. Лучшему, что знал и умел.

Правда, медицина, к его тихому огорчению, не интересовала Тусю совершенно. Только лошади. Ничего, кроме лошадей. Будто она не заговорила в конюшне, а там и родилась. Впрочем, может, переменится — и не раз. Он сам в детстве обожал играть на губной гармонике — мечтал по трактирам выступать, людей радовать. И где она теперь, та гармоника? Сейчас и вспомнить смешно.

Только до двери, — повторила Туся, и они остановились.

Из прямоугольного проема пахнуло живым подвижным жаром, где-то в глубине заржал радостно Боярин — почуял Тусю.

Мейзель вынул из кармана несколько кусочков сахара, протянул Тусе.

Тут вашему Боярину просили передать…

Туся зажала сахар в кулачке, засмеялась — теперь она любила смеяться — и благодарно потерлась носом о его сюртук. Будто сама — жеребенок.

Спасибо, Грива!

Грива — так его называла. Не Григорий Иванович — Грива. Одно из первых ее слов. Гри-ва. Почти так же тепло, как па-па.

Даже теплее.

Боярин заржал еще раз, грохнул нетерпеливо копытами, из конюшни выставил морду конюх Андрей и тотчас при виде Туси заулыбался. В башке сенная труха, былки какие-то — верно, дрых, мерзавец.

Через час я тебя заберу. Ровно через час!

Но Туся уже не слушала, конечно.

Хорошо, если через два часа ее оттуда выманишь. Упрямая, как чертенок. Вообще не понимает, что такое — нет. Не умеет.

Мейзель пошел назад, к дому, но вдруг остановился, оглянулся встревоженно — вскрикнула? Нет, послышалось. Отсюда вход в конюшню казался совсем темным, будто вырезанным в стене, и только стояли внутри — косо и часто — пыльные световые столбы, и от этого сложного черно-белого перебора у Мейзеля неприятно зарябило в глазах. Деревья, небо, конюшня — все быстро дернулось в сторону, будто поезд, отправляющийся со станции, и снова вернулось на свое место.

Мейзель крепко потер горячий лоб, уши и отругал себя за то, что вышел без картуза.

Уже возле самого дома среди деревьев мелькнуло быстрое светлое пятно — и голова у Мейзеля снова закружилась. Чудится, что ли? Нет.

Здравствуйте, Григорий Иванович.

Еле слышно.

И ресниц не подняла.

Бормотнула — и к черному ходу.

Он даже ответить не успел.

Да и не больно-то стремился.

———◆———

Про нее так и хотелось сказать — чистенькая. Бледные щеки, бледный платок, белая, тихо хрустящая от крахмала блузка. Даже юбка — и та белая. Монашка наоборот. Единственная радость — стеклянные бусики под самую шею. Как льдинки. Или леденцы. Только граненые. Иногда, поймав солнечный луч, вдруг пускали вокруг маленькую веселую радугу. Будто улыбались за нее.

Заходила всегда с черного хода, стояла прямо, не присаживаясь, пока не позовут. Не из гордости, не ради ненужного унижения. Вообще, цены себе не знала — совсем. Просто за день насидишься, а так хребту хоть немного роздыху. И чаю не надо, благодарствуйте. Утром еще дома выкушала две чашки.

Пирожка хоть возьмите, не побрезгайте. Хороший пирожок, с вязигой. Как живой, дышит.

Я с собой возьму, коли позволите. Потом. На дорожку. Для дочки.

И снова застывала у стены — тихая, ясная, прямая. Как свет.

Обиженная таким демонстративным несоблюдением политеса кухарка орала в сторону девичьей — Арбузиха пришла! — и разворачивалась задом, грохая сердито посудой.

Фря какая, ты подумай, а! Никакого уважения!

Имя Арбузиха не шло ей вовсе. Местные вечно нахлобучивали на баб мужнину фамилию — как здоровенный малахай, набекрень: Шилиха, Степаниха, Лещиха. Будто по лишнему пуду прибавляли — от щедрот. Красота в Воронежской губернии всегда измерялась чистым живым весом. А в Арбузихе этих пудов и трех не набиралось. Немочь бледная. И кто только позарится? На самом деле была — Катерина Андреевна Арбузова. Мещанского сословия. Вдовица. Гениальная без преувеличения портниха. Всё умела — и парижский лиф, и английский рукав, и юбку-семиклинку. С картинки любую вещь кроила. На глазок. Разве что шляпки не могла. Да и то потому, что материалу подходящего не достать.

Когда-то (впрочем, очень недолго) Мейзель Арбузиху уважал — по-настоящему, как мало кого уважал. За неприметную твердость. Нет, не так. За веру в себя, в свою правоту — какую-то раннехристианскую, древнюю, почти мученическую. За то, что не сдалась и даже не собиралась. За то, что выбрала ребенка — не себя.

Мейзель такого у местных почти не встречал. Да и не только у местных.

Арбузиха потеряла мужа и родила дочку в один день — и Мейзель оказался причастен к обоим таинствам разом. Были Арбузовы хреновские, кормились, как многие в селе, со знаменитого конного завода: Арбузов, рыжий, сутулый, рябой, служил в заводской конторе, Арбузиха сидела дома, не разгибаясь обшивала и свою семью, и мужнину — братовьев, невесток, свекра со свекровью, детишек — сплошь чужих. Своих Господь не давал до тридцати лет, но она вымолила, упросила, мозоли на коленях себе настояла, но понесла.

Дай мне детей, а если не так, я умираю.

Арбузов всплакнул даже, как узнал, — он частенько точил слезу, умилительный был человек. Добрый. Жену пальцем ни разу в жизни не тронул. Да что там! Женатый уже, себе хозяин, а курицу зарубить не мог. Всё отца просил, благо отстроился рядом. Бабы друг другу соль через забор передавали.

Летом, вечерами, Арбузовы садились на крыльцо, заросшее душным чубушником, и Арбузиха заводила "Не шей ты мне, матушка, красный сарафан". Мужнин тенорок, слабенький, сладкий, но удивительно верный, вьюном, как дворняжка, вился вокруг ее голоса, огромного, золотого, каким-то чудом помещавшегося у Арбузихи внутри — и на слободе как будто становилось светлее. Соседки одна за другой распахивали окна, вываливали на подоконники грандиозные груди, моргали мокрыми глазами, подхватывали сперва кто во что горазд, вразнобой, а потом всё слаженнее, дружнее. Мужики иной раз даже не выдерживали — вступали. До темноты, бывало, и "Колокольчик", и "На заре ты ее не буди", и народного столько перепоют, что заслушаться можно. С другого конца села за умилением люди приходили.

Хорошо жили очень. Ладно.

Принимать первенца пригласили Мейзеля, за деньги, — слава богу, не голодранцы какие. Честные мещане. Мейзель приехал, выстучал Арбузихино выпучившее пуп пузо, покачал недовольно головой — роженица была слабогрудая, узкозадая, как борзая. Не родит, нет. Либо сама помрет, либо ребенок.

Как начнется, вызывайте. Полагаю, через месяц. Не раньше.

Его вызвали на следующий день. К Арбузову. Разгром, внук знаменитого Полкана Шестого, рослый, выхоленный, цыбастый орловский рысак, одним ударом размозжил тихому конторщику голову. Никто так и не понял, какая нелегкая занесла Арбузова в дальний паддок и что он искал под копытами у жеребца, но Разгром не просто сбил его с ног, но, уже поверженного, прижал коленями к земле и грыз, как собака. На крики прибежали конюхи, но было, конечно, поздно. Слишком поздно.

Когда Мейзель приехал, из живого у Арбузова остался только один глаз, плавающий среди густой черно-красной каши. Все остальное было изуродовано так, что Мейзель, видавший охотников, заломанных медведем, на мгновение отдернул взгляд. А ведь думалось, ко всему уже привык. Ан нет. Господь найдет, чем удивить чада свои.

Височная кость. Кажется, теменная тоже. Ключица. Возможно, обе. Плечо, рёбра — почти наверняка. Плюс укусы — изжеванная, грязными лохмотьями висящая плоть. Одежду придется просто срезать.

В комнате мельтешили какие-то люди, сталкивались, причитали, загораживали свет, и только Арбузиха стояла молча, прижавшись к выложенной дешевеньким изразцом печке. Прикрывала незаконченным шитьем громадный живот. Мейзель мимоходом заметил и вздувшиеся вены на ее висках, и не до конца подрубленный подол длинной детской рубашечки. Крестильная, должно быть.

Помрет. Совершенно точно — помрет.

И он. И она. Оба. А заодно и ребенок.

Троих разом он еще не терял.

За распахнутыми окнами осторожно собирались сумерки — всё еще летние, слабенькие, как пятая заварка. В комнате пахло чем-то острым и вкусным — должно быть, лошадиным пóтом, всюду валялись тряпки, перемазанные свежей кровавой грязью, но все равно было чисто. По-привычному чисто, всегда. Редкость. Большая редкость. Мейзель повел носом — нет, не пот. Вишневые листья, укроп, живое горячее дерево, запаренные свежим кипятком дубовые кадушки. Арбузиха собиралась солить огурцы. Все собирались. Август.

Хлопнула дверь, вбежала простоволосая растрепанная старуха — верно, мать Арбузова, завыла гнусным мужским голосом. И, словно придя в сознание, закричала наконец и сама Арбузиха — коротко, страшно, низко, как кричат только от внезапной и непосильной физической боли.

Помоги, батюшка! Спаси за ради Христа!

Мейзель так и не понял, кто это просил. И кого.

Он помешкал еще секунду — и принял решение.

Мейзель провозился почти до утра — напрасные, никому не нужные муки. Спина, колени — всё ломило, раскалывало почти нестерпимо, глаза резало и жгло от пота. Теперь уже совершенно точно — от его собственного. Ему никто не помогал — все толклись в соседней комнате, грохали, вскрикивали, плескали водой, передвигали что-то тяжелое, обслуживая Арбузова, который умер, наверно, около полуночи. Мейзель понял это потому, что Арбузиха, прежде метавшаяся на постели, вдруг перестала и двигаться, и кричать — и только шипела изредка сквозь стиснутый обкусанный рот. Не то втягивала воздух. Не то выдыхала. Он надеялся на щипцы, но накладывать их было не на что — и от усталости и злости Мейзель совершал ошибку за ошибкой, а потом и вовсе перестал принимать участие в этой нелепой мистерии.

Может, еще раз надавить на живот? Нет, зря. Всё зря.

Черт, пить как хочется. Невыносимо.

Эй, кто-нибудь! Воды принесите немедленно!

Не убоишися от страха нощнаго, от стрелы летящия во дни, от вещи во тьме преходящия, от сряща и беса полуденнаго. Падет от страны твоея тысяща, и тьма одесную тебе, к тебе же не приближится, обаче очима твоима смотриши, и воздаяние грешников узриши. Яко Ты, Господи, упование мое; Вышняго положил еси прибежище твое. Не приидет к тебе зло, и рана не приближится телеси твоему.

Светает, должно быть. Уже девяностый псалом читают.

Мейзель встал и, не глядя на Арбузиху, вышел из комнаты. Ощупью нашел в сенцах ведро, кружку, долго и гулко глотал теплую железистую воду. Потом вышел на крыльцо.

Было еще темно, но небо далеко, на самом краю, уже побледнело, чая и будущий свет, и воскресение из мертвых, и то там, то тут, торопя чудо, взрывались криком невидимые петухи. Нежно и коротко взмыкнула в хлеву проснувшаяся корова. Позвала хозяйку. Пахло горячей мокрой землей и смородиновым листом, свежим, промытым. Дождя ждали всю неделю. И он прошел наконец, стеснительно, ночью, своим положенным чередом.

Почему-то хотелось думать о Боге, и Мейзель думал о нем — простыми необязательными словами, без горечи и сожаления, как о дожде. Бог — был. И дождь — тоже был. И между ними существовала связь, очень правильная и настолько простая, что Мейзель дивился, как это не понимал ее раньше, а вот теперь только понял — и немедленно забыл, но это тоже было хорошо, правильно и просто. Небо, забор, две пожилые яблони — всё вдруг задрожало, качнулось, тронулось с места, поплыло — и Мейзель, вздрогнув, схватился за перила крыльца, хлопая влажными растерянными глазами. Он с силой потер уши и выкурил две папиросы — ошеломляюще вкусные, горькие, — прежде чем заставил себя вернуться назад, к людям и смерти.

Осторожно прикрыл дверь. Прошел в комнату, стараясь не глядеть на вытянувшееся на столе тихое тело.

Да будут чада его в погубление, в роде единим да потребится имя его. Да воспомянется беззаконие отец его пред Господем, и грех матере его да не очистится. Да будут пред Господем выну и да потребится от земли память их.

Арбузихи не было.

Только зияла у распахнутого окна смятая, разоренная, волглая от пота и крови кровать.

Мейзель нашел Арбузиху на кухне через несколько очень долгих и неприятных минут, едва не укрепивших его в существовании самых диких и нелепых суеверий. Свеча в его трясущейся от усталости руке прыгала, прыгали вместе с ней причудливо ненормальные тени, выхватывая то смуглую близорукую лампадку, то угол стола, то котелок, полыхнувший медным жидким огнем — и тотчас погасший. Оглушительно пахло загодя начищенным чесноком, сухим укропом, с вечера замоченными в корыте колючими огурцами.

Арбузиха сидела на кадушке раскорячившись, подобрав юбки и свесив растрепанную голову, — так что Мейзель целую секунду видел только ее ноги, очень светлые, очень голые, и неожиданно темные, грубые волоски на голенях, почему-то нестерпимо стыдные, так что он слабо ахнул и зажмурился, будто мальчишка, впервые дотянувшийся до банного оконца — хотя какую-то четверть часа назад созерцал все Арбузихино естество, сизое, намученное родами, всё в свалявшемся, заскорузлом от крови белесом пуху.

Арбузиха подняла голову, улыбнулась и боком, как тряпичная кукла, сползла на пол. Опомнившийся Мейзель едва успел ее подхватить — и тут же опустил. Арбузиха легко, словно была жидкая, растеклась по полу. Она все еще слабо и бессмысленно улыбалась.

Мейзель наклонился.

На дне запаренной кадушки лежал, быстро, как жучок, суча крошечными лапками, ребенок, перепачканный белым и красным, с налипшим на рыжеватую головку смородиновым листом. Живой.

Мейзель схватил его, обтер сперва обшлагом сюртука, потом, опустившись на колени, краем Арбузихиной юбки.

Девочка.

Господи боже!

Да какая крепенькая.

Арбузиха заворчала, завозилась, глаза ее, еще пьяные от пережитой боли, потемнели совсем по-звериному, и Мейзель торопливо подсунул ей ребенка, убедился, что тот зачавкал, принялся есть, не успев даже закричать.

Добрый знак. Ест — значит, дышит. Дышит — значит, будет жить. Хотя бы сегодня. Сейчас.

Он сделал свое дело.

Хотя, черт, при чем тут он? Это все она. Сама.

Мейзель, кряхтя, распрямился, посмотрел на Арбузиху с уважением.

Надо же — догадалась. Малограмотная тихая мещаночка — а подчинилась силам природы, подумала о гравитации. А он, старый и всему обученный болван, не подумал. Давил, как в книжках написано, на живот.

Мейзель вышел, еще раз напился в сенцах воды и принес Арбузихе полную кружку. Поставил на пол, поближе к локтю. Снял с головки ребенка смородиновый лист. Усмехнулся, поняв, что ни мать, ни младеница ничего не заметили — обе задремали после трудной работы, убаюканные псаломным бормотанием и не знающие, что в соседней комнате лежит на дочиста выскобленном твердом столе такой же твердый уже Арбузов, нежный влюбленный муж и, надо думать, превосходный отец.

Счастливые.

Вдовица и сирота.

На крыльце Мейзель столкнулся с местным батюшкой, черным с похмелья и недосыпа, лихо отсалютовал ему лекарским саквояжем и с наслаждением потянулся. Утро разворачивало над Хреновы́м огромные прохладные паруса — голубовато-розовые, свежие, тугие. Отдохнувшие лошади были особенно хороши в ходу, так что Мейзель добрался до дома всего через час, с аппетитом позавтракал горячим калачом, икрой, свежими яйцами и заснул прямо за столом — не дождавшись желаемого кофия и блаженно улыбаясь.

Смотревшая за хозяйством старуха, горбатая, бестолковая, нерасторопная, взятая из чистой милости, в чем Мейзель не признался бы ни за что на свете, вытерла ему испачканный желтком подбородок, прикрыла ноги пуховым платком и, поразмыслив, перекрестила.

Дело с жеребцом, напавшим на человека, замяли по-тихому. По уму Разгрома надо было выхолостить, а то и вовсе пристрелить или отравить, но никто не собирался разменивать драгоценного производителя на ничтожного конторщика, который, сам дурак, полез куда не просят. К тому же быстро выяснилось, что покойный Арбузов тайком и весьма несчастливо играл на бегах и был весь, как коростой, покрыт какими-то невыполнимыми обязательствами, мятыми расписочками, просроченными векселькáми. Личности, начавшие приходить за этими расписочками и векселькáми, были такого низкого и гнусного пошиба, что, не помри Арбузов вовремя, он бы почти наверняка угодил под суд. А как только стало ясно, что Арбузов умудрился задолжать даже собственный дом, немедленно заговорили о том, что к Разгрому он сунулся не просто так, а чтобы жеребца попортить, а то и вовсе загубить… Зловонная эта жижа вся выплеснулась на вовсе уж ни к чему не причастную Арбузиху, да так, что брызги долетели даже до Мейзеля.

За какие-то несколько недель дом забрали за долги, мужнина родня, затаившая на невестку обиду за то, что, сучка такая, рожала, пока муж помирал, просто стряхнула ее, как сопли с пальцев, и была Арбузихе с младенчиком прямая дорога на Хреновские пруды — топиться. Но она справилась. Пришла к Мейзелю, да открыто, днем, без утайки. С узлом барахла, на которое не позарились даже кредиторы. На крыльце переложила ребенка поудобнее, звякнула колокольцем. Сказала, глядя в сторону, — мне бы перезимовать только. Хоть в сараюшке. Лишь бы крыша. А я вас взамен с головы до ног обошью. Я хорошо шью. Не пожалеете.

И — не заплакала. Носом только подвигала — забавно, как кролик.

Тем же днем Мейзель снял Арбузихе угол в Анне — у двух почтенных старичков, лишив всю округу повода для увлекательнейших пересудов. Заплатил вперед за полгода — и забыл, закружившись в обычных осенних инфлюэнцах да дифтеритах, благо ни сама Арбузиха, ни дочка не хворали. Или хворали — но, слава богу, без него. Пару раз Арбузиха приходила сама — один раз с сюртуком, действительно превосходным, сшитым без единой примерки, на глазок, другой раз — еще с какой-то обновой, которую Мейзель, торопясь к больному, не взял, только велел напоить Арбузиху чаем да спросил, уже выходя, — девочка как?

Господь милостив, Григорий Иванович. Растет. Уж первый зубок на подходе. Кричит ночами очень. Прям надрывается.

Мейзель приостановился, вынул из саквояжа склянку с лауданумом.

На-ка вот, давай вечером по три капли на полстакана воды, но не больше! А мак не смей ей жевать, слышишь? Не смей. А то нажует такая, лишь бы самой выдрыхаться… А потом на поминках воет — за какие такие прегрешения?

Арбузиха вскинула на Мейзеля глаза, зеленые, тихие — словно лесная лужа, и закивала мелко, будто собиралась склевать что-то невидимое, рассыпанное на столе.

Дочку она назвала по августовским святцам — Анна.

Нюточка.

Нюта.

За нее одну только и держалась.

Она еще раз приходила, кажется, но уже Мейзеля не застала.

Когда в феврале он заехал к старикам, чтобы заплатить за жилье еще за полгода, выяснилось, что ничего не надо. Арбузиха управилась сама. Теперь это Мейзель не застал ее — Арбузиха обзавелась заказами, шила и детское, и женское, была нарасхват.

А уж такая жиличка, Григорий Иванович, такая жиличка, и сказать нельзя. Как родную мы ее полюбили. Ее да вот еще Нюточку. Послал же Господь утешение на старости лет.

Нюточка сидела тут же, в горнице, на полу, сусля хлебную горбушку. Была она рыжая, в отца, и замечательно толстощекая. Мейзель погладил ее по макушке, машинально проверив родничок. Под пальцами мягко подалось — незащищенное, живое.

Все в порядке. Почти зарос.

Больше он про Арбузиху, признаться, не вспоминал и даже не собирался, пока не увидел Борятинскую. Княгиня, способная поспорить чистотой крови с любым из орловских рысаков, оказалась сложена точно так же, как вдовая портнишка, — те же слабые члены, узкая, немного впалая грудь, бледные, почти мальчишеские бёдра, покрытые вечными красноватыми мурашками. И Мейзель тотчас вспомнил кадушку, на которой разродилась Арбузиха, — гениальное абсолютно решение; только, разумеется, никакой кадушки не будет, хотя это было бы забавно — княгиня на кадушке, но он придумает кое-что получше.

И действительно придумал — специальное кресло, настоящий родильный трон, удобный и роженице, и ему самому, с ремнями для ног, великолепным обзором и даже с подлокотниками и мягкой спинкой, так что княгиня в родах могла не только отдохнуть, но и вздремнуть, коли того пожелает. Столяр, которому Мейзель принес чертежи, посмотрел на него с испугом и перекрестился.

Это зачем же такое? А сидушка как же? Неужто вовсе без нее?

Тебя не спросили. Делай, как велено.

Столяр еще раз перекрестился и сделал, как велено.

Мейзель даже уселся в готовое родильное кресло сам — примерился, не удержался. Всё было покойно, ловко, умно. Ребенок должен был выскочить из княгини Борятинской, как пробка из бутылки, — в специальную корзинку, которую Мейзель лично выстлал новеньким полотном.

Но получилось так, как получилось.

Кресло, кстати, отлично сгодилось на растопку. Мейзель своими руками разрубил его во дворе — аккурат на Крещение. Дерево вскрикивало на морозе, коротко, сочно, как живое, и над головой Мейзеля, и даже над рубахой стоял крепкий пар, седой и совершенно лошадиный.

А вот Арбузиха у Борятинских осталась.

Притулилась. Пристроилась. Прижилась.

Мейзель в свое время привел ее к княгине, не особо надеясь, что доморощенные хреновскúе рукоделия придутся по вкусу Борятинской, каждый туалет которой стоил как хорошая изба. Просто хотел посмотреть их рядом на самом деле, прикинуть шансы. Сравнить.

Но Арбузиха угодила и сшила душегрею, от которой Борятинская пришла в настоящий восторг. Мейзель, впрочем, списал это на положение княгини, пагубное, как известно, не только для фигуры, но и для разума женщины. За душегреей последовала сорочка, тончайшая, просторная — с богатой черноузорной вышивкой и золотым ремнем на оплечьях — такие местные бабы носили только по престольным праздникам. А потом уж месяца не случалось, чтобы княгиня не заказала у Арбузихи что-нибудь новое — себе, а потом и Тусе. Самая главная стала заказчица.

Это было, конечно, странно. Борятинская, которая в Петербурге одевалась у Бризака, а еще чаще выписывала туалеты сразу у Ворта, из Парижа, — и Арбузиха с ее стеклянными бусиками и вечным белым платочком. Но ведь сошлись они — и характерами, и вкусами, и всем, да так, что Борятинская, никогда не терявшая с теми, кто ниже по званию, ровного, безупречно вежливого тона, иной раз выходила к Арбузихе, улыбаясь не по обязанности, а по сердцу.

Обе, сами о том не догадываясь, ждали этих ежемесячных встреч.

Арбузиха кланялась с достоинством, всякий раз удивлявшим княгиню, доставала готовое шитье, раскладывала на столе — и ткань взлетала и опадала с восхищенным вздохом. Ах!

Вы где этому научились, Катерина Андреевна?

Нигде, вашсиятельство. Матушка покойная шить мастерица была, вот я сызмальства и приспособилась.

Шила и вправду невероятно. Смотрела на картинку, на заказчицу, потом говорила негромко — сукна пойдет столько-то аршин, сутажа столько, еще снура шелкового пять вершков да пуговиц двадцать две штуки. Всего на пятнадцать рублей восемь копеек. И никогда не ошибалась. Было в ней тихое упрямство, почти незаметное, несгибаемое. Не упрямство даже, своеволие. Выслушает все про выбранный фасон, и про фестоны, и про рукавчики, и про то, что пройма вот такая должна быть, кивнет, мерки снимет и принесет через неделю совсем другое платье. И пройма не там, и рукавчики другие, а фестонов и вовсе нету, но зато так по фигуре сидит, что заказчица от зеркала глаза отвести не может. И грудь появилась, и бока ушли, и талия прямо как в журнале — сама изогнулась.

Но многие бранились, конечно. Все испортила, дура! Тебе чего шить велели? Не платили даже. Арбузиха не обижалась, слова не говорила поперек — никогда. Не имела такой привычки. Довольствовалась тем, что есть. Но себя не теряла. Не мельтешила угодливо, не пресмыкалась. Не могла. А когда княгиня Борятинская у нее шить стала — и вовсе зажила хорошо. Вместо угла сняла квартирку в две комнаты. Нюточке кровать купили — отдельную, свою. Шубку справили — серую, на белочках. Не сама Арбузиха шила, заказала — у лучшего скорняка. И все равно, вашсиятельство, пришлось рукава надставлять, выросла птичка моя за лето — не угонишься.

Вот они о чем еще говорили с Борятинской — о дочках своих. Арбузиха тоже была поздняя и страстная мать — и так же, как княгиня, не имела конфидентов для обсуждения этой страсти. Поэтому, второпях обсудив новый заказ (Борятинская быстро убедилась, что своеволие портнихи сулит ей только выгоду, и потому, не споря, просто ждала каждого нового платья, словно рождественского сюрприза), они начинали рассказывать о собственных дочерях — разом, вперебой, не слушая, но при этом прекрасно друг друга понимая, как умеют только женщины. Да они и были в этот момент — самые обычные женщины, счастливые самки, радующиеся своему приплоду.

Материнство словно отменяло все сословные условности, и Борятинская с Арбузихой с замечательным простодушным бесстыдством обсуждали детские какашки и отрыжки, воспалившийся почечуй, этот тайный и надоедливый спутник любой беременности, и даже собственные роды.

Да зачем же на кадушке? Какая странная фантазия. Это вы сами придумали, Катерина Андреевна?

Да куда мне, вашсиятельство, на кухню я добрести хотела — к Владычице перед смертью приложиться, у нас Казанская Божья Матерь в аккурат на кухне обреталась, да чую — сил нет никаких, не дотащусь, так я на кадушку и присела. А как села — так всё в минуту и закончилось. Григорий Иванович потом говорил — закон я, сама не зная, соблюла, потому что все эти тяготения по закону особому нам назначены. Он так и называется потому. Закон тяготения. И правду сказать — очень было тяжко. Я уж и ангелов видала — крохотные такие, мельтешат — чисто мошкара, только сверкают очень. Слава богу, что Григорий Иванович рядом был — не допустил. Уберег.

А я без него рожала. Одна совсем. Тоже думала, что умру.

Обе замолкали на мгновение, будто заглянув в незнакомую церковь.

Но хлопала дверь, Танюшка вносила чай, запах горячих булочек — розовый, сдобный, упругий, — и вместе с ней входила настоящая неотменяемая жизнь.

Там вас с сеялкой второй час ждут, Надежда Александровна. И насчет ужина надо распорядиться. Пора.

Борятинская кивала неохотно — упрек был по адресу, опять она заболталась, потеряла счет времени, забыла, что хозяйка, что у дома свои правила и права. Вставала из кресел. Арбузиха, не поднимая глаз, вставала тоже, принималась сворачивать шитье. Танюшка на нее даже не глядела — не удостаивала. Не ревновала — просто терпеть не могла.

Блаженненьких при доме только в прежние времена привечали, барышня. Нам-то уже совестно — по-новому живем, на чугунке ездим. А коли так скучно невтерпеж — левретку можно завести. Или мопсинку.

Говорила негромко, но чтоб Арбузиха слышала.

Ладно тебе, ступай. Разболталась! И принеси там, у меня в спальной, на комоде, приготовлено.

Танюшка выходила, возвращалась со свертком вощеной бумаги.

Чай остывал, никому не нужный. На булочках подтаивало нежное молодое масло.

Это для Нюточки, Катерина Андреевна. От Тусеньки моей.

Арбузиха кланялась благодарно, укладывала сверток среди своих отрезов и лоскутов, наперед зная, что, не развернув, отнесет в монастырь — для бедных. Не из гордости. Просто Борятинская, как и многие богатые люди, привыкла вершить исключительно умозрительное книжное добро. Она отдавала горничным свои старые платья — и никогда не видела на них этих платьев, и не хотела знать их судьбу, и точно так же — бездумно, но с самыми благими намерениями — отдавала Арбузихиной дочке наряды, из которых Туся выросла, ни на секунду не заботясь ни тем, что наряды эти шила сама Арбузиха, ни тем, что Туся, вообще-то, младше Нюточки и ниже на несколько вершков, так что Арбузиха при всем желании не могла порадовать дочку княжескими обносками. Перешить и продать эти кукольной красоты одежки заново Арбузиха считала делом недостойным, так что просто жертвовала в монастырь — и всякий раз заказывала два молебна. Ивану Ивановичу Арбузову — за упокой. И Надежде Александровне Борятинской — за здравие. А княгиня, отпустив портниху, до вечера ходила, полная ти-

хой горделивой радости, знакомой всякому человеку, совершившему добрый поступок.

Обе они поступали по совести — и прощали это
друг другу.

Нюточка была старше Туси на полтора года. С пяти
лет ходила с матерью по заказчицам, только к Борятинским ее не водили. Так ни разу ее с собой Арбузиха и не взяла — будто стыдилась или боялась чего.
А чего было бояться? Что рассказанная Нюточка окажется лучше настоящей? Так она сызмальству вести
себя была приучена строго. Арбузиха голоса на нее
сроду не подняла, не то что руки, а Нюточка все равно не балованной росла, скромной. Помогала даже.
Худенькая, изящная, всегда наряженная неброско,
но удивительно к лицу, подавала матери то портнов-
ское мыльце — разметить будущую вытачку, то тол-
стенькое бархатное сердце, плотно ощетиненное
булавками. Могла наметать что-нибудь по указке,
подрубить подол крошечным бисерным швом, но,
признаться, к портновскому делу была непригодна.
Над шитьем откровенно изнывала и, главное, не
умела соотнести вместе штуку ткани, куски выкрой-
ки и живую заказчицу.

Фантазии не имела все это оживить.

Арбузиха все видела и втайне огорчалась, что
ремесло ее пропадет, никому не нужное, и что придется передавать дело в чужие, зато способные
руки. Сама она пяти лет рукава уже втачивать умела. Видела просто, как надо, — и всё. Зато Нюточка

гладью вышивала как никто — лицо от изнанки ни
за что не отличишь, по дому всё могла переделать,
что ни попроси, — и, вообще, была матери во всех
делах наипервейшая помощница. Да, голос еще
унаследовала — пела замечательно хорошо, верно.
И обещала через несколько лет стать настоящей
красавицей.

Это не только Арбузихе так казалось.

Отцовская морковная масть у Нюточки обернулась красивым медовым отливом. Даже брови и ресницы у нее были яркие, медные, и так же ярко сияли
на бледненьком аккуратном лице глаза — синие,
будто эмалевые. Портили Нюточку только зубки,
мелкие, редкие, да неуловимо зверушечья манера
быстро взглядывать исподлобья — не то беличья, не
то мышиная.

Будто она боялась, что ее ударят. Или заранее всё
знала. Примерялась к судьбе.

Ей девятый год пошел, когда Арбузиха умерла.

10 апреля 1877 года, во вторник, на Светлую сед-
мицу.

В монастыре сказали — прямо в рай отлетела ду-
шенька. Отмучилась.

Мамочка моя.

Мама.

Борятинская хватилась только через месяц с лишним — в Анне началось огромное строительство, гал-
дели подрядчики и артельщики, подводами свозил-
ся отборный брус, спелый, пропеченный кирпич,

визжали, вгрызаясь в сочную древесину, дружные пилы — и в суматохе этой, веселой, живой, не мудрено было забыть об очередном туалете. Борятинская решилась отстраивать новый дом, точнее — поддалась наконец Мейзелю, который с того дня, как Туся заговорила, только и делал, что атаковал княгиню, словно несносная осенняя оса.

Если вы изволите жить в заточении, Надежда Александровна, то и продолжайте, можно хоть в избу перебраться, коли душа святости просит, а то и вовсе — в хлев. Хотя в хлеву не в пример чище будет. Но у вас дочь растет, вы не можете воспитывать ее в дикарском уединении. Я бы сказал — не смеете, ваше сиятельство. Ежели бы сам смел так говорить.

Смел, разумеется. И был прав, прав, прав!

Борятинская в сотый, кажется, раз поправляла волосы на затылке, воротнички, трогала по очереди каждую безделушку на столике и, наконец, прикладывала ладони к прохладному оконному стеклу — словно этой сетью мелких ненужных движений можно было унять тоскливое беспокойство. Сад, вместо того чтобы помочь, паясничал — шутовски подмигивал, встряхивал головой, похохатывал, шумно выдыхал. Борятинская закрывала его покрепче, задергивала гардины и отходила от окна, сердясь на целый свет, на саму себя. Рамы скрипели, не слушались, на подоконниках лежала тонко молотая пыльца, листики, лепестки, даже сушеное мушиное крылышко, переливавшееся драгоценно.

Она не хотела изменений. Боялась.

Любила этот дом именно таким — старым, нелепым, своенравным. Любила кухонные запахи, контрабандой проникавшие в столовую, хищный ночной хруст древоточцев, даже ретирадное место, расположенное на провинциальный манер — сбоку парадного крыльца — и обдававшее визитеров внезапным залпом теплой простодушной вони.

Впрочем, никаких визитеров не было.

Именно об этом Мейзель и говорил.

Они жили на необитаемом острове.

Едва купив Анну, Борятинские наделали в местном обществе радостного переполоху. Соседство с княжеской четой из настоящего большого света сулило округе множество выгод и просто взаимных удовольствий. Соседи, ближние и дальние, жаждали дружбы, сплетен, званых вечеров, взбалмошных летних балов — неожиданных и шумных, как хлопушки.

Но Борятинские не спешили.

Им дали месяц, чтобы обжиться, — и уж в августе-то непременно. На Яблочный Спас. На Медовый. На худой конец, на Холщовый.

Но прошел август, воду освятили, сняли яблоки, порадовались первому новоурожайному хлебу, а из купленной Анны не присылали ни записок, ни приглашений. Заготовленные приветственные речи и сшитые по случаю туалеты дам впустую томились в ожидании. Это было вызывающе нелюбезно. Оскорбительно даже. Некоторым пришлось унизиться до расспросов слуг — но напрасно, напрасно. Усадьба молчала, демонстративно неприступная, грозная, как бастион. Поэтому, когда осенью вдруг прошел слушок, что Борятинские намерены поселиться в Анне навсегда, общество возроптало.

В октябре Борятинский собрался наконец приехать в Воронеж, чтобы отдать три визита, положенных всякому новому дворянину, поселившемуся в деревне: губернскому предводителю дворянства, архиерею и губернатору.

Все трое встретили его весьма холодно.

Губернатор Владимир Александрович Трубецкой, большой хлебосол и кутила, так и вовсе позволил себе прямой упрек — что же вы, любезный князь, чураетесь нашим скромным обществом? Нехорошо, обижаете всех, обижаете. У нас, конечно, не Петербург, но еще Карамзин писал — помните? — и крестьянки тоже любить умеют. К слову сказать, что же вы без дражайшей супруги? Моя Мария Алексеевна буквально мечтает о знакомстве. Она у меня в попечительном о бедных комитете, так что княгине найдется, куда приложить свои усилия, ежели, конечно, судьба неимущих ее тревожит. Да и вам дел отыщется немало. Губернии нашей нужны и деятельные руки, и выдающиеся умы — и все мы, князь, на вас надеемся.

Борятинский, едва высидевший положенные четверть часа визита, вышел от губернатора весь в пятнах стыда. Что он мог сказать? Что угодил в эту чертову Анну как кур в ощип и сам теперь не знает, на кого надеяться? Что дражайшая супруга его не может ни о ком попечительствовать, потому что всякое утро блюет на весь дом, словно извозчик после разговин? И что не судьба неимущих ее беспокоит, а ее собственная судьба, потому что на сорок пятом году оказаться брюхатой...

Борятинский захлебнулся дымом, швырнул папиросу, втоптал ее по солдатской привычке намертво, чтобы не выдала ни огоньком. С ненавистью посмотрел на собственные сапоги. Два шага — и уже грязный как черт.

Большая Дворянская была не вымощена, а попросту засыпана грубой скрипучей щебенкой. В воздухе стояла мелкая водяная мга, облепляла лицо мокрой паутиной. Истошно, будто зарезанный, орал разносчик. Дамы были одеты ужасно, волочили за собой сырые захлестанные подолы. Липы почти облетели. Возле застоявшегося Боярина толпились зеваки со свиными рылами — обсуждали легкую, изящную эгоистку и стати рысака.

Всё было серое, лежалое, жалкое — и его собственное чертово сиятельство тоже.

Борятинский понял, что отчаянно хочет домой, в Петербург. Еще лучше — на войну. Совсем хорошо — на войну и напиться со своими до поросячьего визга. Он растолкал зевак, сел в скрипнувшую коляску, подобрал поводья, причмокнул — и Боярин, темный и гладкий от влаги, султаном приподнял хвост и пошел прочь броским, длинным ходом...

Больше из Анны Борятинские не выезжали.

После рождения Туси было не до визитов, не до визитов было и когда стало ясно, что девочка родилась больной, увечной, уж Борятинский в этом не сомневался, его Мейзелю было не надуть. И увечность эта тяжелой липкой жабой давила на сердце, будто это он сам, князь, был слабоумным немым, не способным даже на самое жалкое мычание.

Это было унизительно.

Иметь такую дочь.

Унизительно и обидно.

И еще унизительней было то, что Наденька делала вид, будто ничего не происходит, и то и дело схватывалась, чтобы бежать в детскую. И лицо у нее в эти минуты глупело от нежности, становилось отталкивающим, почти безобразным.

Они по-прежнему никого не приглашали. И их никто не приглашал. И двери в спальную комнату жены так и были заперты. Борятинский сначала проверял — потом перестал. Смирился. Они теперь виделись лишь за столом, да и то приходилось довольствоваться больше Надиным затылком, убранным прелестно, но по-новому, по-другому. После рождения дочери она перестала завиваться и собирала волосы наспех, простым тяжелым узлом, будто девчонка незамужняя.

Ей всё было к лицу. Только лица он почти не видел.

А потом Туся пошла.

В прежние времена детей содержали в детской, пока не наберутся ума-разума. Пока не вылупятся в человеков из несмышленых назойливых зверят. И его дети так воспитывались. И он сам. Но Мейзель и на этот счет имел собственное мнение — свобода ребенка не должна ограничиваться ничем. И неприятная, смуглая, толстенькая, пугающе бесшумная девочка заполнила собой весь дом. Его умственно неполноценная дочь. Они были всюду одновременно — громогласный доктор и… и она. Словно выдавливали Борятинского из усадьбы, да что там — из самой жизни.

Князь всё реже выходил к столу. Всё чаще уезжал с самого утра — бесцельной, бессмысленной тенью мотаясь по округе. Завидев экипаж, крестьянскую телегу или пешего, сразу сворачивал — в лес, в поле, куда угодно, гнал Боярина, не привыкшего ходить под седлом, пока обоим хватало дыхания.

Потом долго стоял, уткнувшись лицом в горячую лошадиную шею.

Будто преступник.

Ему было стыдно.

Впервые в жизни.

Немыслимо, невыносимо, чудовищно стыдно.

Никогда прежде Борятинский не совершал ничего такого, чего можно было стыдиться. Даже в детстве. Разве что единожды, когда он, лет, кажется, четырех, оттолкнул ногой мамку, пытавшуюся натянуть на него теплые чулки, и изругал старой дурой. Отец выпорол его тогда особенно сильно и после, поставив перед собой, рыдающего, красного, икающего, твердо, как взрослому, объяснил, что значит быть князем. Быть мужчиной.

Борятинским.

За спиной отца стояли негодующей стеной сотни великих воинов, былинных богатырей, государственных мужей в лавровых венках и тогах. Бакенбарды, усы, эполеты и выпушки, бриллиантовые звёзды на шелковых лентах. Бронзовые с золотом рамы. Почерневшие холсты. Шестнадцатое колено от Рюрика. Пятьсот лет воплощенного благородства, незапятнанной чести и дворянского достоинства.

Ни один из Борятинских никогда не унизил себя, обидев слабого.

Ни один не лгал.

Не пресмыкался.

Не предавал ни себя, ни Бога, ни Государя.

Один твой ничтожный поступок посрамит честь всего нашего рода.

Ты понял?

За дверью причитала тихонько перепуганная мамка. Боялась, что засекут Володеньку. Голубчика ее. Лапушку. Деточку золотенькую.

Сохранивладычицаипомилуй.

Борятинский всхлипнул еще раз. Размашисто, всем рукавом, утер разом сопли и слёзы.

Он понял.

И никогда в своей жизни не унижался, не лгал и не предавал. Никогда не был пренебрежителен с чернью, но и не заискивал перед высшими. Он был беспощаден, но не жесток на войне, бесстрашно стрелялся с равными и крепко берёг солдат, хотя и лупил их, бывало, по мордасам за тупость, лень и непослушание. По младости охотно наставлял рога неосторожным мужьям, но ни разу не оскорбил изменой собственную жену. Он не крал из казны, не угодничал, не искал выгодной дружбы, хотя другом детства имел императора Александра Второго, с которым — один из немногих — был на "ты" без всяких условностей и заминок. По праву настоящего товарищества.

И кровь свою за Россию и Государя он проливал не иносказательно, а взаправду. Вот она — честь его, сабельная, огнестрельная, вся на шкуре написана. Багровые, грубые шрамы и наплывы. Наденька щекой всегда прижималась, водила пальчиком — бедненький, очень болит?

Теперь — очень.

У него была хорошая, честная, ясная жизнь.

Ему нечего было стыдиться.

Нечего.

Пока жена его не родила урода.

Его ребенок был урод.

Значит, и сам он — тоже.

Господь покарал его. Ни за что. Без всякой вины. Просто так.

Это было невыносимо. Унизительно, страшно и невыносимо, будто рухнуть с головой в горячее бездонное дерьмо.

Он не заслужил. Весь их род не заслужил. Все они были теперь замараны. Порченая слабая кровь. Гнилая.

Борятинский утирал лицо, как тогда, в детстве, всем рукавом, вскидывал себя в седло и снова пускался в призрачное кружение по полям и долам до самого поздна, чтобы тихим татем проскользнуть с черного хода в ненавистный сонный дом, пробраться на цыпочках к себе и долго-долго лежать, прислушиваясь, не захнычет ли в темноте ребенок.

Но она и во сне была немая.

Только хохотала иногда — не хохотала даже, рычала с подвывом, как ожившее чудовище из Абердинского бестиария.

Слюна на подбородке.

Маленькая красная пасть.

А Борятинская ничего не замечала. Не хотела замечать.

Даже когда князь под наспех выдуманным благовидным предлогом уехал в Петербург.

Даже когда он без всякого уже предлога не вернулся.

Туся была с ней, рядом. Живая, здоровенькая, веселая. Сперва всё молчала, да. А потом — заговорила. И как еще! Прибывшая наконец гувернантка с изумлением обнаружила, что Туся еще и грамоте знает, да как бойко, читает по-русски и по-немецки, сама выучила.

Не иначе как чудо.

И сама Туся была — чудо. Божий дар.

Родилась именно у нее. Осенила.

Это было главное.

Большего Борятинская и не хотела.

Но Мейзель был прав. Дальше жить в уединении было невозможно. Анна, чья судьба была стать доходным имением, в которое владельцы заглядывают на месяц-другой раз в пять лет — по денежным делам или со скуки, — совершенно не была приспособлена под постоянное жилье. Старый дом после рождения

Туси хоть и оброс двумя флигелями, но не стал ни просторнее, ни удобнее. Десяток тесных комнат мало подходил для приема гостей, которые, приехав на денек, имели обыкновение оставаться на недели и даже на месяцы. Так было принято повсеместно, и Борятинская, у которой в Петербурге был открытый стол, понимала, сколько слуг, хозяйственных помещений и усилий понадобится для того, чтобы ежедневно накрывать для всех желающих хотя бы три десятка кувертов.

Она была обязана жить по чину. И дочь к этому приучить.

Из Воронежа вызвали архитектора, обходительного хитрого толстячка, который сразу предложил отказаться от перестройки — дорого выйдет и без толку, ваше сиятельство, лучше сразу поставить новый дом, например, в классическом стиле. Он шуршал непонятными чертежами, сыпал терминами, показывал литографии, на которых в прелестной дымке таяли прелестные колонны, но Борятинская, как только поняла, что сад придется вырубить, иначе никак, архитектору немедленно отказала.

Она засела за секретер и за пару недель запустила громадную, искусную машину связей — дружеских и родственных. Собственно, письма да любовь к красивым туалетам и составляли то единственное, что Борятинская сохранила из прежней жизни и что связывало ее с миром, который она так охотно и добровольно покинула. Все эти годы она ежедневно не менее часа проводила за перепиской — обычная рутинная обязанность светской женщины, от которой нельзя отступить, как нельзя одеться не к лицу или позволить себе дурное расположение духа на людях. Но Борятинская обладала даром очеловечивания самых заурядных вещей — и не только не порвала ни одной дружеской ниточки, но, напротив, укрепила всех своих респондентов в мысли, что нет ничего более естественного для богатой светской женщины, чем стать матерью в сорок четыре года и удалиться в глушь.

Ее не забыли. Ей помогли.

Новый архитектор приехал в первых числах мая 1877 года. Нелепый, дерганый, неуместный. Взъерошенный. Представился коротко, будто пес зубами клацнул, — Бойцов. Так и отзывался на Бойцова.

А где Бойцов?

Это по распоряжению Бойцова.

Да зачем это Бойцову?

Это оговорено с Бойцовым?

Будто в тетрадке гимназической.

Возраста он был совсем не архитекторского — всего двадцать восемь лет. Юнец, годный только на то, чтобы очинять наставнику карандаши да перья, но, поди ж ты, уже успел построить Рукавишникову особняк в Нижнем, да, говорят, недорого — и удивительно изящный. Предъявленные фотографии подтверждали и наличие особняка, и его неоспоримые архитектурные достоинства. Цена работ княгиню не тревожила вовсе — при первой же встрече она распорядилась: мне нужно, чтобы вы сохранили сад. Я понимаю, что дом обречен, но расстаться с садом не готова.

Бойцов вскочил (очень неучтиво), подошел (не спросив разрешения) к окну, выглянул, по-мальчишески перевесившись. Был он некрасивый, тоже как-то очень по-мальчишески — весь заросший по лбу и щекам бугристыми прыщами, долговязый, с мягким бесформенным ртом. Но смотрел хорошо, умно.

Вы позволите мне осмотреть усадьбу, княгиня? Нет-нет, никаких провожатых, я люблю один.

Борятинская только плечами пожала — после Мейзеля привыкла ко всему.

К вечеру следующего дня Бойцов принес ей с десяток шероховатых акварелей, и на каждой влажно переливался сиреневым и голубым сказочный дворец с галереями и переходами, зубчатый, легкий, огромный, точно из детской книжки. Вокруг дома вскипал сад, тоже акварельный, зеленовато-белый, весенний.

Борятинская отвела дальнозоркую руку, завороженная.

Но позвольте, это же…

Ваш новый дом, княгиня. А вот тут, — Бойцов очеркнул плоским ногтем правый флигель, — тут ваш старый дом. Мы спрячем его внутри нового. Немного перестроим, облицуем заново. Сделаем левый флигель в том же стиле. Будьте покойны, никто никогда не заметит разницы. Люди видят только то, что хотят увидеть.

Борятинская не нашла что возразить.

Это была правда. Слишком чудесная, чтобы в нее поверить.

А сад?

Старый сад останется на прежнем месте. А вокруг левого флигеля придется разбить новый, чтобы сохранить надлежащую симметрию. Так что у вас будет два дома — и два сада.

Бойцов вдруг засмеялся от радости, и Борятинская засмеялась вместе с ним, будто дом был уже готов и оставалось самое веселое, счастливое: сочинять шторы, подбирать мебель, расставлять, гармонизируя пространство, безделушки, шкатулочки, вазы, полные цветов, срезанных тут же, под окном.

Да, разумеется, цветник можно разместить вот тут, но я бы советовал…

Оба по-школярски склонились над рисунками, и Бойцов, высунув от усердия язык, проводил поверх нежных акварельных мазков четкие карандашные линии, взрослые и сухие, писал крошечным почерком крошечные круглые цифры и буквы, и Борятинская, которую время от времени он, сам не замечая, отодвигал локтем, чтобы не мешала, стояла так близко, что слышала даже запах от его неопрятной тужурки — не то пота, не то недавно засохшей краски.

Дверь отворилась, и без спросу, без стука вошла Туся, как всегда — растрепанная, краснощекая, в сбившихся чулках. Кисейный подол хорошенького платьица, пальцы, даже нос — в черных земляных пятнах. Мелькнул призрак негодующей гувернантки, но ее жестом осадил вездесущий Мейзель — и вошел следом.

Придержал Тусю за плечо, тихо напомнил — проси, а не доноси. Доносчику — первый кнут.

А вот тут, — продолжал увлеченно Бойцов, — тут будут хозяйственные постройки. Здесь может жить управляющий…

Туся нахмурилась.

А где будет жить Боярин? — спросила она громко.

Бойцов обернулся и поперхнулся даже.

Борятинская ахнула на пятна, но тут же засмеялась, поняв. В кулаке Туся крепко сжимала прошлогоднюю морковку, непристойно крупную, грязную, явно добытую в погребе. Боже мой, она уже и до погреба добралась!

Где будет жить Боярин?

Бойцов, едва ли хоть раз в своей взрослой жизни говоривший с ребенком, растерянно посмотрел на Борятинскую. Потом на Мейзеля.

Боярин? Но, простите…

Это вы меня простите за неловкость. Боярин — это жеребец. Туся у нас страстная лошадница. Позвольте я представлю вас друг другу. Это моя дочь Наташа. А это Бойцов… — Борятинская поискала в воздухе подходящее имя-отчество, но не нашла и просто прибавила — наш архитектор. Он построит нам чудесный новый дом.

Мейзель вскинул брови — оспаривая решение, принятое без него. Борятинская, много лет оттачивавшая искусство замечать только то, что ей угодно было замечать, наклонилась к Тусе и укорила ласково.

Ты же знала, что я занята, милая. Нельзя вот так прерывать беседу. Это неучтиво.

Но мадемуазель не позволяла мне взять морковку!

Первый кнут! — тихо напомнил Мейзель, и Туся тут же поправилась.

Вели, чтобы мне всегда давали моркови для лошадей, *maman*. Иначе я сама буду брать, как сегодня.

Хорошо, милая, я распоряжусь.

Туся повернулась к Мейзелю торжествующе.

Видишь, Грива, *maman* мне позволила!

Тем не менее, — ответил Мейзель спокойно, — просить ты все еще не умеешь. Ты требуешь. Это другое.

И пусть другое, — сказала Туся. — Зато у меня будет морковь.

Она подошла к Бойцову и прямо, по-мужски протянула руку.

Наталья Владимировна Борятинская, — представилась она.

Бойцов, которого отец последний раз высек в шестнадцать лет — за взятый без спросу кусок хлеба, — молча потряс горячую грязную ладошку. Ему на секунду показалось, что он просто спит или бредит — от усталости и нервного напряжения. Он всю ночь рисовал и придумывал этот дом. Нет, он рожал его всю ночь — и чудом разрешился от великого бремени.

Ему был нужен этот заказ. Необходим.

И княгиня еще не знала самого главного.

Туся дернула его за панталоны.

Так вы построите конюшни? Там должно быть светло. И просторно. Боярину сейчас тесно, он сам мне сказал. И другим тоже тесно.

У вас много лошадей, княгиня?

Бойцов по инерции говорил с Борятинской, не в силах поверить, что в мире взаправду возможна деловая беседа с девочкой чуть выше его колена. Впрочем, может, у князей так принято. Бойцов родился на хуторке недалеко от Нижнего. Отец его был однодворцем. Половина крестьян жили лучше, чем они.

Это у меня много лошадей, — надменно отрезала Туся. — *Maman* их не любит и не понимает. Но мне надо еще больше. Покажите, где будет конюшня.

Бойцов перевернул один из листов, — опрокинув и сад, и флигель, — и быстро, уверенно начал набрасывать конюшню. Туся, двумя коленями забравшись на стул, следила за ним очень серьезными, очень светлыми глазами.

Это не так, — вдруг сказал она, — это поить неудобно будет. Перенесите! И вот тут башенка должна быть. Вы сами разве не видите?

Бойцов послушно переделал рисунок, парой штрихов обозначил готическую башенку, круглую, с узкими стрельчатыми оконцами. Манжеты у него, и без того плачевные, посерели от грифельной пыли. Он снова высунул от стараний язык, и Туся машинально повторила за ним. Теперь оба казались ровесниками.

Княгиня и Мейзель переглянулись. Борятинская сморщила губы, но удержалась от улыбки.

Вот так хорошо? — Бойцов пододвинул лист Тусе.

Она, секунду подумав, кивнула.

Да, хорошо. Но надо спросить еще. У Боярина.

Она спрыгнула со стула — ловким, точным, необыкновенно гармоничным движением, которое единственное выдавало в ней ребенка из очень богатой и родовитой семьи. Все они умели двигаться, как греческие боги. Почему — Бойцов не знал. Он — не умел. И не пробовал даже. Не пытался.

Вас как зовут? — спросила Туся, запрокинув к нему хорошенькую кудрявую голову, и Бойцову почему-то показалось, что это она выше его, а не он. — *Maman* сказала, но я не запомнила.

Петр Самойлович Бойцов.

Нет, это долго очень. Я не люблю. Просто — Бойцов. Пойдемте, я представлю вас Боярину.

Туся взяла Бойцова за руку и потянула за собой.

Бойцов растерянно оглянулся на Борятинскую.

Я не сказал главного, княгиня, — пролепетал он. — У меня нет официального права на проведение строительных работ. Дело в том, что я не имею должного образования…

Это неважно все! Пойдемте!

Княгиня кивнула — это действительно было не важно. Теперь.

Дверь за Тусей и Бойцовым затворилась.

Мейзель подошел к столу, просмотрел рисунки, пожал плечами выразительно.

Окрошка какая-то. Впрочем, если вам угодно, Надежда Александровна…

Он понравился Тусе.

Да, я заметил. Пусть строит. А для официальных подписей наймем кого-нибудь другого. Дороже, правда, встанет.

Он понравился Тусе, — твердо повторила княгиня.

Стройку заложили в начале июня. Бойцов обещал управиться за год — и слово свое сдержал. Новый усадебный дом в Анне получился огромным и нарядным. Праздничным. Борятинская была несказанно счастлива.

А Бойцов, получивший превосходные рекомендации, быстро вошел в моду и построил по всей России еще с десяток великолепных усадеб, одна страннее и причудливее другой. И всякий раз на конюшне была Тусина башенка. На удачу.

Разрешение на строительные работы он так и не получил, как никогда не получил и надлежащего образования.

Самоучка. Выскочка.

Умер в 1918 году. А может, в 1919-м.

Никто не знает — от чего и где.

Тогда многие так умирали.

В первых числах июня привезли новую книжку парижского *La mode* — и Борятинская, на минуту всего и открывшая журнал, опомнилась только через час — новый дом, еще не существующий, уже требовал соответствия, так что она мысленно подсчитывала дневные платья: никак не меньше пятнадцати на сезон, а вот вечерних выйдет… Нет, это немыслимо — юбки стали еще у́же, и так ходишь, как спутанная, лишь бы не упасть. А вот так собрать гирлянду вдоль турнюра — очень умно, а если еще и вместо цветов пустить листья, то выйдет и просто, и с большим вкусом.

Впрочем, Арбузиха сама что-нибудь придумает — еще лучше.

Борятинская вдруг подняла голову, задумалась, покрутила в пальцах немолодой серебряный колокольчик. Бойцов обещал в новом доме электричество и сонетки на шелковых снурках, тоже электрические, невиданные. Позвонила, все больше раздражаясь. Еще позвонила. Вышла сама. А что же это — Арбузова давно приходила? То есть как? Отчего же? Все только глаза прятали да руками разводили — ну никакого ровно толку от того, что в доме столько прислуги. Всё приходится самой.

Мейзель только хмыкнул — и расценивать это можно было как угодно. Он тоже ничего не знал, нет. А предположениями не имел обыкновения делиться.

Будьте любезны, немедленно пошлите узнать.

Ей доложили через час, сразу после обеда. Танюшка сама и сказала, выждала нужный момент, когда и со стола собрали, и Туся на конюшню унеслась, и Мейзель с Бойцовым в сад вышли: у Бойцова такой табак был вонький, что княгиня сразу сказала, чтобы курить только на воздухе, ну и Мейзель за ним увязался, про войну с турками рассуждать, как раз новую объявили, мало нам будто старых было, ну да турку мы спокон веку били и будем бить — и говорить даже не о чем.

Танюшка наклонила по-собачьи голову, прислушалась к силуэтам мужских голосов за распахнутыми окнами. Ну ты подумай, уже про кирпичи разведывает. До чего же досужий немец, чистый бес неотвязный!

Барышня, вы просили про Арбузиху узнать…

Борятинская даже руками замахала и сказала тоненько, как в детстве всегда говорила, — да что ты врешь! Как это — умерла?! Почему? И замолчала, только все по столу шарила, будто ослепла или с ума сошла. Из-за портнишки какой-то, прости господи!

Голоса́ за окном тотчас смолкли, и быстро вошел Мейзель — бес, как есть бес, как услышал, как догадался? — подсел к столу, забормотал что-то прямо Борятинской в ухо, заурчал, как голубь, когда голубку замолаживает, да еще глазами зыркнул — мол, пошла отсюда! Да вот хер тебе, паскудник, пока мне барышня не прикажут, с места этого не сойду, хоть ты усрись… Всё.

Махнула ручкой, слабо так, а у самой по щекам так и льет, на носу даже капелюшка повисла мутная, и сам нос красный уже — чисто вишню налило, — платочек-то в рукавчике, барышня, за манжеткой прямо, утром еще, как всегда, положила, — еще раз махнула, — всё-всё, нету меня, нету… а бес всё бормотал, гулил, воркотал, так что ничего не разобрать, но из-за закрытой уже двери Танюшка все же услышала, как барышня еще раз выкрикнула — а как же девочка?

И немцево удивленное — какая девочка?

И больше ничего.

Тем же вечером ее и привезли.

Нюточка стояла на пороге гостиной вся какая-то стиснутая, деревянная: черный, неровно повязанный платок, монастырское уродливое платье, мешковатое, линялое по швам, бесконечно усталое. Она смотрела прямо перед собой огромными голубыми глазами — и ничего не видела, как дневная сова, только жмурилась изредка, будто от сильного света. Надеялась, что все вокруг исчезнет само собой, исправится — и станет, как было.

Пожалуйста, Господи, ну, пожалуйста же!

Нарядная шуршащая женщина подбежала к ней, обняла, затормошила шумно, запутала в лиловых юбках, по щекам мазнуло нежным кружевом, что-то колючее больно впечаталось в щеку — сережка? Да, сережка. И бусики. Как у мамы. Только не играют. Скучные. Не горят. Нюточка мгновение подержалась глазами за прохладные жемчужины, попробовала их пересчитать, но не сумела — и снова зажмурилась. Пахло тоже лиловым — тяжелым, влажным, грозовым, не то от самой шумной женщины, не то от огромной вазы, из которой лезла, выпирая, как опара, сырая неопрятная сирень.

Женщина стиснула ее плечо, поворачивая то туда, то сюда, — а вот это Григорий Иванович Мейзель, наш доктор, а вот это… Таня, да что ты стоишь? Где Туся? Тусю приведите немедленно! Открой глазки, Нюточка, что ты? Открой глазки! Тебе не больно? Боже мой, бедная сиротка, бедное несчастное дитя!

Нюточка послушно открыла глаза — с того самого дня, как она, как мама, как она с мамой… Мельком увидела хмурого коренастого мужчину в сюртуке, какого-то пепельного, с круглыми брылами вокруг неприятного бритого рта, а потом девочку лет семи, смуглую, плотную, черноволосую, в тонком розовом платьице маминого шитья, на кушаке — кисейный розанчик, мама все учила такие собирать, вот так сложишь кисейку, вот тут продернешь, и гляди, как живой цветочек родился, только ниточкой вот тут и тут прихватить. Платье на женщине тоже шила мама — шелка этого лилового на весь дом тогда было, по всему столу разложено и на полу даже. Как ледок гладкий.

Нюточка сглотнула, подчиняясь ладони на плече, ласковой, но непреклонной, присела неловко — не то поклонилась, не то нырнула — и снова закрыла глаза. Два месяца почти ее переставляли, как вещь, чужие руки, передавали туда и сюда, направляли, незнакомые голоса говорили ей, куда сесть, что взять, опускали на колени в церкви, сажали на табурет, совали в рот холодную, липкую кутью, блинцов, блинцов сиротке положите! Тоже холодные. Невкусные. На Масленую с мамой вместе еще пекли, на двух сковородках сразу, да с припеком, и со снетком, и с яблочками, и смеялись обе, и в муке перепачкались, и кухню мели, а потом чай пили долго-долго, и мама все на пальчик ей дула, пальчик она себе сковородкой прижгла, дула-дула, целовала, приговаривала — небось, до свадьбы заживет, — и всё про домик мечтала, какой они домик скоро себе купят да какой огород разобьют, а под окошком самым малинку посадят и для варенья, и для запаха, и чай на малине самый духовитый, мама любила. Очень. Всегда листа сушеного с лета запасет, у соседей просила, чтоб нарвать. Всё свою малину завести хотела.

Скучала сильно по своей. А на мясопустную субботу первый раз закашлялась. Десятого марта. У отца на могилке. Они на все родителевы субботы к нему ходили. Сыро было очень, под ногами так и чавкало. Очень весна выпала ранняя. Так и пело все за окном, текло, капало. До самого конца.

На Страстной неделе мама уж не вставала. А все верила, что обойдется. Доктора не хотела — чего по пустякам серьезного человека суетить, сами, Нюточка, с тобой управимся. Господь не оставит. Ты чайку мне еще вскипяти, милая, уж больно мне хорошо от чайку, дышится легче. Так Нюточка с самоваром и пробегала, и щепу сама колола, и воду таскала, да так ловко всё, мама нарадоваться не могла. Присядет в подушках, чашку возьмет и все дует, дует, нюхает, улыбается. И такая красивая — на щеках будто розы темные лежат и глаза смеются. И ты со мной чайку попей. Сахарок-то постный остался у нас еще? Так и пили вприкуску. Нюточка с желтым, лимонным, а мама — с розовым, ягодным. Хорошо, сладко! Чайная пара у них была — белая, с цветочками. Красивая очень. Для них двоих. Пропала после похорон куда-то. Все пропало.

На Пасху Нюточка сама в церковь пошла. Будто большая совсем. Одна. Всю службу отстояла, молилась, дух ни разу не перевела и крестным ходом со всеми прошествовала. Вместе. Два огонечка — и свой, и мамин — до самого дома донесла, ни один не затушила, не расплескала, и всю дорогу загадывала, что вот если не погаснет мамина свечечка, то непременно она до Троицы еще на поправку пойдет, а то и раньше. И все такое было вокруг… такое мягкое, светлое, как мама, будто и небо улыбалось, и улица, и дождик крошечный, нежный, не дождик даже, а словно облачко, внутри которого она шла и берегла огонечки, и другие люди тоже шли, хорошие, добрые, и пахло из каждого дома поросенком жареным да куличами, оранжевый такой запах, вкусный, с перцем, с изюмчиком, с бледным миндальным молочком, и от запаха этого все кружилось в голове и снаружи кружилось, радостное, легкое, и за три дома стало слышно, как мама кашляет, — тоже легко, легче как будто, не так страшно, как раньше, и свечечки радостно горели — обе, ровненько, тепло, неугасимо, а за плечами, в котомке, грели спину и поросенка кусок, и куличи, и цветные яички, и жирная плачущая пасха в пергаментной бумажке.

Всего им с мамой монашки дали на разговины.

И свечки она донесла.

Донесла.

Не споткнулась даже ни разу. Ни разу на них не выдохнула.

А мама все равно через день умерла.

Во вторник. Десятого апреля. В полдень.

Нюточку за самоваром послала — а сама умерла.

Одна.

Нюточка тогда на кухне как услышала, что мама кашлять перестала, так и подумала: вот, сбылось, даже раньше, чем на Троицу, внял Господь, и монашки помогли, они за маму все время молиться обещали — не соврали, значит, и сбылось, и заторопилась от радости так, что палец себе щепой с размаху занозила, самовар этот проклятущий, но это ничего, мама подует-поцелует — и до свадьбы заживет.

Так и вбежала — без самовара, с пальчиком вытянутым.

Мама, подуй!

А у нее кровь на подбородке. На груди. На одеялке. Везде.

Пятна красные, жидкие, живые.

Больше Нюточка ничего не увидела, потому что зажмурилась. Не хотела. И глаза уже очень долго не открывала, только слышала и чувствовала, руки, руки, руки, всё переставляли, дергали, куда-то вели. Она на кладбище даже глаза не открыла и не видела ничего, только лицом и губами ее два раза во что-то твердое и холодное ткнули — и всё, молоток застучал кругленько, дробно, что-то запрыгало, загрохало, будто град вдруг припустил, да такой крупный, и все завыли, заплакали, заголосили, и только она стояла в своей тесной маленькой темноте, и держала сама себя за руку изо всех сил, и ничего не видела, не хотела, а только слышала, как кто-то рядом совсем шептал сокрушенно — ты гляди, бесчувственная какая, ни слезинки не проронила, на мать в гробу не взглянула даже, а ведь покойница души в ней не чаяла, пылиночку кажную сдувала, чего уж говорить, видно, в отца пошла, гнилое семя, преступное.

Но она все равно не заплакала.

А потом град отстучал, закончился, и ее опять повели, только уже далеко, долго, и под ногами не чавкало, а пылило мягко, хорошо было, тепло, сухо, даже сквозь веки всё сияло, переливалось — алое, черное, золотое, как пасхальные яички, так и остались дома, одно всего и съела украдкой, и кулича всего кусочек, жалко, хороший вышел у монашек кулич, вкусный, и все такое было весеннее, радостное, что она забыла даже, откуда идет, куда, и улыбалась, потому что пахло листиками молодыми, липкими, и горячей землей, и цветочками первыми, желтыми, а потом перестало пахнуть, и она просто легла на землю и заснула, крепко-крепко, очень спать хотела все время — мама кашляла сильно, особенно ночью, спать не давала, и она сердилась, забранилась даже спросонья один раз, заплакала, устала потому что очень — да уймись наконец, проклятая, я спать хочу, — и мама зашептала виновато — простидоча-простидочапростидоча — и все равно кашляла, давилась, только тихонько, в подушку, а потом перестала, стихла, огонечками пасхальными исцелилась, потому как она все огонечки до дому донесла, вот и вышло чудо — мама поправилась, сажает малиновые кустики под окном, напевает про матушку и красный сарафан, а дом такой беленький-беленький, круглый, гладкий, вот как яичко вареное облупили, и ставни на нем голубые, и платочек у мамы — тоже праздничный, голубой.

Небесный.

Чужие руки подхватили Нюточку, понесли, но она уже ничего не чувствовала, не знала и только улыбалась с самого дна своего громадного долгожданного сна — так хорошо, радостно, что дьякон, который ее нес, тощий, бедолажный, измученный желудочным катаром, библейским многоплодием жены, невыносимой, бездонной какой-то, тоже библейской нищетой и потому привычно, устало жестокосердный, — даже он дернул острым уродливым кадыком и на ходу переложил девочку поудобнее, привалил головкой к плечу. Буркнул семенящим рядом черным старухам — личико платком сироте прикройте, неровен напечет, — но они не слышали будто, бесшумные, мягкие, неумолимые невесты Христовы, и он изругал их вслух свечными ведьмами и пошел так, чтобы его собственная тень падала на Нюточкино лицо, — петлистой, странной, нелепой дорогой, самой долгой и глупой в его жизни, и все вычитывал в голове из пророка Илии про облако величиной в ладонь человеческую, которое по воле Божией тотчас покрыло небо, все звал облако это, но не дозвался, а только всмятку, до мокрого мяса сбил себе обе ноги худыми скверными сапогами.

Но личико Нюточкино уберег.

И этим сам спасся.

Она проснулась через много часов, совершенно одна, на чем-то твердом, узком, открыла глаза — и будто не открывала, так было вокруг темно, и сыро, и неподвижно, и сразу поняла, что ее закопали вместе с мамой — за бесчувствие, за то, что бранилась тогда, ночью, на маму, и так напугалась, что кричать не могла и шевельнуться даже, и только лежала вытянувшись, и ощущала вокруг гробовые доски, близко-близко, сырые, смолистые, — они тихо потрескивали от напирающей со всех сторон земли, прогибались, сжимались, и шуршали за ними шустрые, бледные черви, прожирая себе страшную дорогу, и звучал далеко-далеко слабый виноватый мамин голос — простидочапростидочапростидоча, и она бормотала в ответ — простимамапростимамапростимама, пока не догадалась, что не в могиле она вовсе, а в аду, и крошечная красная точка в углу темноты — зрак диавола, который следил за ней, прижмуренный, желто-алый, жуткий, неживой, то приближаясь, то удаляясь, и она все смотрела в этот зрак, не моргая, и повторяла простимамапрости, пока чернота вокруг не посерела — мягко, будто тряпкой мокрой провели.

И сразу тихо и торжественно выплыли из небытия стены, сводчатый потолок, оконце, крупно зарисованное решеткой, иконостас в углу и лампадка в красной плошке, не страшная совсем, тихая. Святая. За окном заблаговестили гладко колокола, и в ответ им тотчас бойко застучал ловкий топорик, запахло вкусным, живым дымом, завизжала радостно, громыхая цепью, собака, и напевный женский голос ласково сказал — ах ты ж, блядина ненасытная, оголодала? Ну жри, жри — и тотчас, без паузы, поверх чавканья и глухого стука миски, завел низко и задушевно *хотя Ты и во гроб сошел, Бессмертный, но уничтожил силу ада и воскрес как Победитель, Христе Боже* — и оборвал праздничный кондак, будто кто-то нитку перекусил у самого шва.

Дверь отворилась, и вошла монашка, худая, черная, будто составленная из сухих граненых угольков, сказала — вставай, сиротка, — и она встала, потому что это монашки ее к себе забрали, ради мамы, мама им помогала очень, чем могла, на бедных и просто так, игуменье даром обшивала, будто чувствовала, и они порадели о сироте, все ее так теперь называли — сиротка, сирота, и она, раздавленная своей непреложной виной, истово старалась угодить, всех во всем слушала, только не понимала, почему темно все время, почему все такое черное и серое, и все жмурилась, моргала, и ее бранили за гримасы дьявольские, а один раз даже немножко посекли, для вразумления только, а потом приехала повозка, красивая, на двух колесах, и ее повезли — опять далеко — на рыжей лошадке, чух-трюх-чух-трюх, мягко, хорошо, никогда она на такой повозке не ездила, и она смотрела во все глаза, удивляясь, что, смотри ж ты, уже и лето пришло, сады цветут-припекают, и что не все черное вокруг — спина у лошадки вон как горит, будто золотая, на каждой шерстинке — искра живая, и дом какой огромный, куда ее привезли, больше церкви, прямо невиданный, и комнаты, и женщина в лиловом, и мужчина пепельный, злой, и девочка в мамином платье, которая все смотрела исподлобья, будто не знала, что делать, и она сама тоже не знала, потому что опять за нее решали чужие руки, отвели ее в комнатку, сказали — это теперь твоя комната, новая, и твоя новая кроватка, твои новые платья, и твоя новая сестричка, — а пепельный мужчина каркнул за дверью громко — бред! Тифозный причем, горячечный! Уж простите меня, княгиня, но вы несусветную глупость творите, недопустимую! Отдайте ее воспитанницей куда-нибудь, и дело с концом! Вы о Тусе подумали? Какое влияние на нее это может оказать? А женщина в лиловом ответила — это мой дом и моя дочь, и я сама решу, что для нее допустимо, а что — нет!

И дверь хлопнула, а потом еще одна, и еще — все дальше и дальше, и девочка в мамином платье спросила наконец — ты кто? И она не знала, что ответить, и только поклонилась еще раз, как мама учила: вот так головку наклони, а ресничками прикройся, люди не любят, когда им в глазки-то смотрят пристально, неловко им это, в тягость, — она и рада была не смотреть, только слушала, и все опять шептались — сиротка, бедное дитя, — а потом женщина в лиловом придумала говорить — Аннет, и она стала Аннет, отзывалась, и всех слушалась, всех до одного, каждому угождала, прикрывалась ресничками, не смотрела в глаза, садилась, куда велено, вставала, шла и понемногу, полегонечку приспосабливалась, обвыкалась. Только глаза по-прежнему закрывала на полуслове, вдруг, будто засыпала. Но ее за это не бранили больше. И не секли. Один Мейзель пепельный рот набок кривил и чмокал сердито, будто зуб гнилой изнутри подсасывал. Но она все равно закрывала.

Так и осталась привычка. На всю жизнь.

И Нюточкой ее больше не называли.

Никто и никогда.

Он ее возненавидел.

Сразу, как только она вошла. Нет, как только вошла Туся и они встали рядом — всё понял сразу, и задохнулся даже, от ненависти, от стыда. Забытые уже судорожные толчки тяжелой крови, поджатая ощетиненная мошонка, скрюченные в сапогах невидимые пальцы. Он пережил это и больше не хотел, нет. Не хотел сравнивать, видеть, что твой ребенок не такой, как другие, что он — хуже. Он уже ненавидел крестьянских детей — всех, скопом, лепечущих, балаболящих, припевающих, свиристящих — потому что они говорили, а Туся нет. Но она — даже немая — была смышленей этих уродливых дикарят, живее умом, красивее в конце концов, она была счастливее, росла в непотребной роскоши и такой же непотребной любви — он даже за это цеплялся, мстительный, страшный, несправедливый, как ветхозаветный бог, бормотал, что зато ни порок не будет в твоей жизни, *Liebling**, ни подзатыльников, ни зуботычин, ни толчков, ни голода, ни люэса, ни калечащей нищеты, а они все передохнут, вот увидишь, передохнут без всякого смысла и пользы, нелепые, жалкие, нажеванные, как кислый мякиш пополам с гнилой слюной, безобразные, а ты будешь нежиться в шелках, *Mäuschen*** моя, хоть я и не выношу этот чертов шелк, скользкий, холодный, но ты будешь в нем нежиться и будешь счастлива — долгую-долгую безмятежную жизнь, потому что если кто-то в этом мире и достоин абсолютного счастья, то это ты, только ты. И никто больше.

Это прошло, когда Туся заговорила.

---

*   Дорогая *(нем.)*.
** Мышка *(нем.)*.

Когда он всё исправил. Они вместе исправили.

И вот — вернулось, хлестануло прямо по лицу, как отпущенная недоброй рукой тяжелая ветка, как пощечина — незаслуженная, подлая, публичная, и Мейзель снова сравнивал свое сокровище с другим ребенком, с другой девочкой, чужой, неприятной, и эта девочка была лучше.

Лучше Туси.

Несравнимой. Несравненной.

Лучше!

Не своими как будто глазами, сверху и немного справа, он не смотрел даже — оценивал, словно собирался купить дорогую безделушку и выбирал одну из многих, самую драгоценную. Да, эта, несомненно, хороша — изящная даже в уродливом платье, запястья, щиколотки ломкие, хрупкие, тонкой чистой лепки личико, огромные ресницы, розовато-рыжая нежная прядь вдоль бледной щеки. Статуэточка. Вот — поклонилась слегка, с таким достоинством, будто во дворце родилась, а не в кадушке. И Туся рядом — как дворняжка беспородная: широкошеея, коренастая, коленки в корках — старых и новых, наростами, волосы вечно спутаны, бант сполз на глаза, вот — шмыгнула носом, глядит на новую девочку с веселым любопытством, как на все она глядит, еще раз шмыгнула носом, поправила бант мальчишеским резким движением, просто головой мотнула. На щеке царапина. Под ногтями — вечная конюшенная грязь. Никакой щеткой не вычистишь.

Да разве хоть кто-нибудь усомнится, кто из них маленькая княжна?

Мейзель должен был понять. Сделать выводы. Прямо тогда, в тот самый момент. Но не смог — не смог признаться, что это он во всем виноват. Он. Не Туся. Даже не Нюточка. Только он. Это оказалось трудно — во второй раз. Подойти к зеркалу и, глядя себе в глаза, признать правду. Непосильно трудно. Потому что когда-то давно, так давно, что он не сумел бы сосчитать прошедшие годы и хоть чем-нибудь их измерить, он уже стоял перед зеркалом, крошечным, подслеповатым, и даже черные оспины на амальгаме не могли замаскировать его вину, приглушить хоть немного ее ослепительное сияние... или не вина это сияла, а бритва, опасная, узкая, ледяная, сама себя наводящая, и он помнил, как трясся тогда, несмотря на жару, от холода, ужаса и стыда, и только пальцы, стискивающие бритву, были твердыми и не дрожали.

Пальцы признали его вину.

И бритва признала.

И он сам наконец признал.

А теперь — не мог.

Это было низко — воевать с ребенком, которого когда-то принял. Вынул пусть не из матери, а из кадушки — но вынул, своими руками. Крошечного, горячего, живого. Мейзель до сих пор помнил, как снял с мягкого плисового затылочка налипший смородиновый лист. Руки его помнили.

Это же просто девчонка, совсем маленькая. Никому не нужная. Сирота. Сама налипла, как тот самый листок, так пусть останется, живет — в конце концов, Тусе нужна наперсница, подружка, чтобы было с кем визжать, играя в горелки, сидеть в кровати до самого света, вышептывая первую любовь, — не тебе же она будет рассказывать, старый олух, о мерзавце, который скоро, очень скоро, через какой-то десяток лет (сморгнешь — и не заметишь) посмеет украсть ее сердце? Станет второй Танюшкой, добровольной служанкой, будет любить Тусю, холить, лелеять, нянчить ее детей, ее саму нянчить, когда я умру, — я сам научу, покажу, объясню, как надо, какую жилку прижать, когда болит голова, чем выпаивать, если кашель. Меня не будет, а она останется, будет любить Тусю, пусть только посмеет не… — потому что я ведь умру, как бы ни тщился, ни старался, и Туся останется совсем одна, совсем одна, может быть, через тридцать лет, а может — через секунду, потому что бух-бух-бух — сердце прыгает, там, здесь, всюду, нет, не могу, не могу, это выше моих сил.

Мейзель зажимал мизинец левой руки, стискивал до синевы, замедляя сердечный бой, не бой даже — перебой.

Это низко. Недостойно. Подло даже. Ненавидеть ребенка.

Но он ненавидел.

И все сделал, чтобы Нюточки не было. Чтобы ее сослали. Выгнали. Вернули, откуда вынули, — в приют, в монастырь, к чёрту лысому в ступу.

Он хотел даже, чтобы она умерла. Продумывал подходящий диагноз. Мечтал. Какая-нибудь глотошная позлее. Инфлюэнца. Нет, к чёрту — Тусю еще заразит. Лучше чахотка, как у матери. Скоротечная. Быстро, просто, почти без мук. Я даже буду ее лечить. Обещаю. Буду, Господи, Тусей клянусь! Хотя вылечить просто невозможно.

Княгиня слушать не хотела. Привязалась к Нюточке — и впервые в жизни проявляла чудеса не милосердия (взять в богатый дом воспитанницу было делом обыкновенным, не дар, не милость, а самый заурядный долг), а справедливости. Всё, что раньше получала только Туся, теперь делилось строго пополам: девочки были одинаково причесаны и одеты, их учили одному и тому же одни и те же учителя, и даже перед сном Борятинская целовала их, строго соблюдая очередность: сегодня первая Туся, завтра — Нюточка. Чтобы никому не было обидно.

Любое лакомство тоже разделялось поровну, и когда из Петербурга выписали апельсины (в коробках, набитых стружкой, причем каждый оранжевый угреватый шар был завернут в нежнейшую папиросную бумагу), то княгиня разнимала каждый заморский шар на две части, скрупулезно отсчитывая дольки, чтобы не обделить и не обидеть ни одну из своих дочерей.

Обеих теперь так называла — богоданные. Старая святоша.

Только Туся засовывала апельсин в рот, торопясь, давясь, заливая пальцы и подбородок соком, — а Боярин будет апельсины? а почему, Грива? а я все равно хочу его угостить. А Нюточка лакомилась медленно, деликатно, на ней никогда ни пятнышка не было, ни соринки, ни волоска из прически не выбьется, никогда не побежит вперед, не перебьет, не спросит лишнего. Только вечером иногда в гостиной вздохнет судорожно и прижмется щекой к коленям Борятинской, будто спрятаться хочет. Борятинская вздыхала в ответ, наклонялась, трогала губами рыжеватые легкие волосики. Теплые.

Toussia, ma chérie, viens, maman veut t'embrasser, elle aussi.*

Туся отмахивалась — она расставляла на ковре деревянных лошадок, вырезанных специально для нее бобровским столяром, большим, надо сказать, умельцем. Двух местных мастеров Туся безжалостно выбраковала — это разве бабки?** Таких бабок не бывает! И голова чересчур мала. А бобровский, сам лошадник, угодил — нарезал из липы целый табун: и арабских, и орловских, и даже одного першерона, необыкновенно густого, капитального, с широченной спиной и громадной гривой, которая деревянной волной спускалась жеребцу до самых игрушечных колен.

Княгиня сумасшедшие деньги за этот табун заплатила — а уж раскрашивала лошадок сама Туся, месяц целый всякий день кисточкой водила, прорисовывая каждую прядочку, самую жалкую жилку. И вороные были, и соловые, но все больше — гнедые, конечно. Как Боярин. И как только терпения хватило? Училась при этом скверно. Ни к чему усердия не было. Только к лошадям.

Борятинская вздыхала снова, гладила Нюточкину макушку — легко-легко. По-настоящему нежно.

---

 *   Туся, милая, иди, мама тебя тоже поцелует *(фр.)*.
** *Бабка* или *путо* — нижняя часть конечности лошади.

А Нюточка, пряча лицо в теплые юбки, думала — мамой пахнет, это мама шила, мама, мамочка моя, — и все терлась щекой о плотную ткань, все прижималась судорожно, так что дыхания не хватало. Целый год почти. А потом княгиня другую портниху нашла и платья мамины сослала, все до одного. Нюточка так и не узнала, куда именно. Просто перестала к коленям Надежды Александровны прижиматься. Руку целовала — много-много раз, будто клевала, — и все.

Никто не заметил, слава богу.

Даже Мейзель.

Очень был строгий. Не любил ее.

Да она и сама себя не любила.

Простимамапростимамапростимама.

26 июня 1878 года новый барский дом в Анне был наконец достроен. Княгиня обошла его, едва сдерживаясь, чтобы не побежать по прохладным, солнечным анфиладам, — всё было полно света, воздуха, предвкушения детского счастья и при этом продумано до мелочей — по-взрослому, по уму. Часть мебели уже привезли, уже ползали в гостиных на коленях обойщики с кропотливыми молоточками, затягивая стены плотным муаровым шелком, и штуки этого шелка, многоцветные, тяжелые, будто невиданные сказочные бревна, лежали повсюду, так что приходилось их переступать.

Всё кругом вкусно пахло деревом, краской, совершенно новой, свежей жизнью.

Всё было полно будущего.

Бал по случаю новоселья назначили на первое сентября, и заказаны были уже сотни приглашений, маленьких, изящных, цвета слоновой кости, и Борятинская радовалась и тому, что подпишет каждое, и тому, что меню на три праздничных дня все еще предстоит обсудить с поваром, который прямо сейчас инспектировал кухни, оглаживая циклопические плиты и гортанно каркая от восторга. Платья тоже были готовы — и для нее, и для девочек, на все три дня, вот-вот прибудут из Парижа, будто знатные путешественницы, сразу несколько десятков коробок, проложенных шелковистой бумагой. Разумеется, Ворт — настоящий волшебник, но как безумно, безумно жаль, что Арбузиха не дожила. Уж она бы нас нарядила…

Борятинская на мгновение туманилась прошлым горем, уже полностью ручным, прожитым, прошлогодним, не страшным, — и забывала о нем, потому что — нет, нет, что вы делаете? Это зеркало надо перевесить напротив окна. Неужели неясно? Молодой, в мае только заложенный сад, стеснительный, редкий, плыл, отражаясь, в гладкой амальгаме, и успокаивался наконец на новом месте, Борятинская была уверена, что навсегда. А где Григорий Иванович? Он видел свои покои? Что значит — нигде нет? Найдите немедленно!

26 июня было для Мейзеля самым невыносимым днем в году. Сорок семь лет уже. Подумать только. Целая жизнь, громадная, не каждому смертному выпа-

дает такую прожить. А он — прожил. И — видит бог — прожил достойно. Так зачем ты корчишься тут, в самом глухом углу старого сада? Зачем сидишь, потный, прямо на траве, зажимая ладонями уши?

Ом-м-м. Ом-м-м.

Забудь. Любой бы забыл. Пора. Хватит. Достаточно. Но — нет.

Снова, Господи!

Ом-м-м. Ом-м-м.

Точно, как в тот день. 26 июня 1831 года.

Хватит, Господи! Я больше не могу!

Вонь какая невозможная.

Это невыносимо, просто невыносимо!

Мейзель встал, взъерошенный, красный, пошел, ускоряя шаг и на ходу обирая с панталон сухие травинки, листья, ему нужна была Туся — просто взять ее на руки, за руку, просто услышать запах, прижаться щекой к волосам, просто чтобы была рядом, рядом.

Где она? Где?

Пустая детская.

Пустая комната для занятий.

Еще одна дверь.

Еще.

Хлоп! Хлоп! Хлоп!

Гувернантка, которой положено было в этот час читать с девочками из французской истории, обнаружилась в своей комнатке с бездельными пяльцами.

А где, собственно?..

Зажурчала, закартавила, перекатывая в горле соловьиные почти шарики, захлопала розовыми веками.

Пошлапрочьстараядура!

Французского Мейзель не знал. Не по чину ему был французский.

Boyard! Boyard! Boyarin!

На конюшне, разумеется.

Отказалась заниматься и удрала на конюшню.

И правильно, и умница моя.

Мейзель выскочил из дому, пометался, не понимая, куда идти — к старой конюшне или новой, перемены, на которых он сам настаивал, сейчас раздражали неимоверно, всё, всё выбито из колеи, ничего не поймешь.

Старая конюшня зияла черным проемом, внутри стояли, накренясь, призрачные солнечные лучи, наполненные невесомыми мушками. Мейзель замедлил шаг. Переехали, значит. Из конюшни раздался — словно в ответ — залп хохота, и чей-то неузнаваемый голос проорал сквозь этот хохот матерную частушку, такую грязную, что Мейзелю показалось, что он не только руками, но и всем лицом вляпался в свежее, теплое еще дерьмо. И обтереться нечем.

Из конюшни выкатилась следующая частушка — такая же мерзостная, но на другой голос, задыхающийся от смеха, звонкий, и Мейзель остановился.

Нет.

Нет!

Не веря еще, но уже не сомневаясь, он вошел в конюшню — и темнота, мстя за июньский полдень, разом, резко, со всех сторон ударила его по глазам, ослепила мгновенно. И из темноты этой, из алых и белых пятен, выплывали понемногу, словно вылупляясь, пустые гулкие денники, заплаты светлой соломы на глиняном полу, хохочущие растопыренные пасти, одна щербатая, заросшая бурой шерстью, торчащие бороды, мокрые дёсна, громадные языки, какая-то болезненно-белая тряпка в углу, Мейзель сморгнул — нет, не исчезла — и в самом центре…

Нет!

Нет!

Эть, эть, эть, поп как начал ее еть!

Растрепанная. Потная. Корячится, умирая со смеху, не поет даже — выхаркивает бранные слова. Палка какая-то между ног — разлохмаченный квач. В кулаке, тоже хохочущем, звякает — бубен? — нет, уздечка, начищенные медяшки стреляют во все стороны тонкими огненными лучами, босые пятки в глине, рыжей, как говно, то же самое говно, что ползет сейчас по его щекам, наплывает медленно на губы.

Мейзель попытался схватиться за солнечный столб, но не смог, зашарил раззявленной рукой в воздухе, теряя равновесие.

А из этого уда да малафьи на три пуда!

Красное лицо. Соломенная труха в волосах, на висках, на шее даже. Лохматая. Ноздри навыворот.

Маленькое чудовище. Балаганный уродец.

Целую секунду Мейзель видел то, что всегда видел только князь Борятинский. И целую секунду, как и родной отец, не любил Тусю — целую страшную секунду, отобравшую у него бог знает сколько лет жизни — десять? сто? всё обещанное посмертное спасение?

Белая тряпка в углу вспорхнула как живая, вскрикнула отчаянно — не надо, пожалуйста, ну не

211

надо! — и Мейзель, поймав ладонью долгожданную твердую стену, понял наконец, что это Нюточка, перепуганная, всхлипывающая, пытается остановить Тусю, отобрать у нее жуткий квач — не надо, не надо, пожалуйста! Это грех, грех!

И тут один из конюхов оглянулся. Андрей, совершенно спокойно узнал Мейзель. Андрей, Смирнов сын, двадцати осьми лет от роду, лучший в усадьбе конюх и наипервейший красавец. Туся его обожала.

Андрей перестал смеяться.

Мейзель кивнул ему — почти светски, мол, ничего-ничего, продолжайте, я на минуточку! — и лицо Андрея перекосила судорога страха, такая же уродливая, как хохот, который все еще прыгал по конюшне, потихоньку слабея, словно истаивая, потому что они оборачивались один за другим, мертвея, хотя он ничего не делал, просто стоял, опираясь на стену, уже не рукой, а всем телом, пока не замолчала и Туся, последняя, не увидела его тоже, и в глазах ее был такой же ужас, как у всех остальных, одна Нюточка ничего не видела, потому что зажмурилась и бормотала, по-детски пришлепывая губами: *Вход и исход мой, веру и жительство мое, течение и кончину живота моего, день и час издыхания моего, преставление мое, упокоение души и тела моего…*

А потом и она смолкла.

Может, потому что почувствовала, что Мейзель ее простил.

Стало очень тихо. Только гудели в прохладной темноте под самым потолком крупные мухи и в одном из денников — а ведь все казались пустыми —

тихо всхрапнул растерянный Боярин. Глаза у него в полумраке переливались чистым, влажным каштановым блеском.

Именно в этот день. Именно 26 июня. Почему не завтра? Не вчера?

Мейзель развернулся и пошел прочь.

Твердым неторопливым шагом.

Грива! — позвала Туся хриплым сорванным голосом. — Грива! Это такая игра!

Но он не оглянулся.

Не вышел к ужину.

Не поцеловал Тусю на ночь — впервые за всю ее жизнь.

А наутро, за завтраком, запретил ей ходить на конюшню.

Одно скверное слово — один день без лошадей. Два слова — два дня. И так далее. Решай сама. Считаешь ты, слава богу, отменно.

Туся засмеялась — и длинно, гнусно выматерилась.

Борятинская вскрикнула, выронила чашку, тоже вскрикнувшую, обреченную.

Мейзель промокнул рот салфеткой, встал и изо всех сил, с оттяжкой, ударил Тусю по губам.

Война была объявлена.

Тем же днем рассчитали всех конюхов — выкинули вон. Андрей, складывая пожитки, кривил рот то так, то эдак, но не выдержал — сел и расплакался, утираясь кулаком. Место было хорошее. Сытное. Да и к лошадкам привык. Барышня опять же — как дочка родная. Он сунулся было в дом — взывать о милосердии, но столкнулся с Мейзелем и повернул назад. Назавтра в конюшне сновали уже другие, чужие люди, пугали лошадей непривычным запахом, незнакомыми ухватками. Туся видела из окна, как выводили Боярина, и он шел, грустно ссутулив плечи и мелко ставя блестящие копыта. Скучал.

Она спрыгнула с подоконника, побежала из детской — и обеими руками ударилась в неподвижную дверь.

Ее заперли. Грива ее запер. Никто никогда не запирал ее. Ни разу в жизни. И мама позволила!

Поначалу Туся не поверила — ей шел девятый год, это был возраст великой гармонии, абсолютного и счастливого доверия миру, мало того, она сама и была центр этого мира, радостного, огромного, многоцветного, словно граненое пасхальное яйцо. Грива не мог так поступить. Она любила его больше матери, и уж точно не меньше лошадей. Грива тоже был — она сама, только большой, взрослый. Он был ее руками, если она не могла дотянуться до желаемого. Ее ногами, если она уставала. Грива выпутывал ее из ночного кошмара, потного, горячего, цепкого, высвобождал сперва ручки, потом ножки. Целовал горькими табачными губами в темечко и висок. На Гривиных оранжевых йодистых пальцах она училась считать. Под его рассказы засыпала вечером.

Грива не мог запретить ей то, что она любила больше всего, — и он об этом знал. Не мог запретить ей жить.

Это было крушение всего Тусиного мира.

Просто невозможно.

Но Мейзель был неумолим. На конюшню Тусю пускать перестали. В первый день она просто рыдала до заложенного носа, а потом закатила потрясающую истерику — продуманную, подлую, очень женскую, в трех действиях и четырех актах, с бросанием на пол и расцарапыванием лица, так что в ужас пришла не только княгиня, но и сама Туся, которая вдруг, на пике своего лживого деланного воя, сама перепугалась, что больше не сможет успокоиться никогда, и от этого принялась икать и квакать еще громче и страшнее.

Мейзель вылил ей на голову кувшин ледяной воды и долго-долго держал на коленях, трясущуюся, мокрую, судорожно ахающую на каждом вдохе. Прижимал к себе изо всех сил. Прятал под сюртук. Грел собственным теплом. А потом обработал изодранные щеки йодом, поцеловал в лоб — и наутро, услышав за завтраком матерщину, снова отменил конюшню.

Туся была в ярости.

Они воевали целую неделю — безжалостно, повзрослому, всерьез. Туся осипла от постоянного крика, в кровавых подсыхающих бороздах были теперь не только ее щеки, но и предплечья, икры, даже лоб. Она почти не спала, ничего не ела и швырнула в гувернантку чернильным прибором, тяжелым, литым, так что по обоям расплылось жутковатое, причудливое лиловое пятно, — но ругаться не перестала.

Гувернантка, милая старая девушка, жалко и трогательно привязанная даже не к Тусе, а ко всему дому, попросила расчет и съехала незамедлительно, так что Нюточка, про которую никто и не вспомнил, осталась совсем одна — и просто сидела в детской, зажмурившись и зажав уши ладонями. Княгиня плакала у себя и нюхала соли. Танюшка шепотом советовала послать за батюшкой, чтобы отчитать бесов. Боярин, недоумевая, почему его лишили каждодневного сахара, тянул из денника шею, всхрапывал, высматривая маленькую подружку. Перебитую посуду и зеркала никто не считал. Переезд был отложен, бал по случаю новоселья застыл, недовоплощенный, будто не до конца родившийся мыльный пузырь.

Только Мейзель был невозмутим.

Никто и никогда не заставит меня отменить решение. Даже ты. Это был договор. И мы оба будем его соблюдать. Это и называется — уважение.

А потом Туся сломалась. Она перестала выть, села на пол, закусила губу и заплакала наконец тихо, одними глазами, а когда Мейзель потянулся ее обнять, просто отползла, как зверек, и забилась в щелку между креслом и книжным шкафом, прикрывая голову.

Я не могу, не могу, — бормотала она, — не могу, Грива, я плохая, скверная, я не могу, они сами, сами…

Мейзель опустился рядом, кряхтя, неудобно упираясь коленом во что-то твердое, многоугольное.

Что ты не можешь? Перестать браниться?

Туся кивнула. Плечи ее задергались, но она несколько раз вздохнула — прерывисто, глубоко — и справилась. Не разрыдалась.

Мейзель дотянулся до Туси и за шкирку, как котенка, вытащил ее из укрытия. Приподнял мокрое измученное лицо, неузнаваемое, страшное, опухшее, и на мгновение сам ужаснулся тому, что наделал.

Это ребенок, господи. Просто ребенок. Мой. А я дрессирую ее, словно животное.

Я же воспитывал ее в полной свободе, умственной и физической, вне сословных условностей, в совершенной и всеприемлющей любви. Не позволял уродовать ее разум и душу правилами, которые сам считал нелепыми. Что значит — ребенку не дозволено говорить без разрешения за столом? Что же — два часа ждать, ежели прямо сейчас любопытно? Учил естественным наукам и естественным чувствам. Никогда не лгать. Ничего не скрывать. Смотреть людям прямо в глаза и самой отвечать и за мысли свои, и за поступки. А мысли и поступки должны быть чистыми — как шея и ноги. Ежевечернее купание в ледяной воде. Ежеутренние упражнения в саду. Арифметика. Астрономия. Астролябия, которую он выписал аж из Петербурга к Рождеству и уложил под елку, укутав в сто папиросных слоев и украсив лентами. Как Туся ахнула, развернув последний шуршащий полупрозрачный лист! Как засмеялась! Как прыгали у нее в глазах праздничные свечные огоньки!.. Лапта и горелки. Крикет и звонкие зимние коньки. Она сама убирала свою постель, сама управлялась с пуговицами и застежками. Скакала верхом лучше любого деревенского мальчишки. Никогда не унижала слабых. Вообще ничего не боялась — ни грозы, ни леса, ни омута, ни людей.

Я питал свою девочку лучшим, что могло дать человечество, — и что же?

Где я снова ошибся, господи? Что опять сделал не так?

Кто-то взял сердце Мейзеля, приподнял, словно взвешивая, и быстро, мягко сжал в невидимом кулаке. Пол качнулся, ухнул вниз, и Мейзель на очень короткий и очень жуткий временной промежуток повис в беспомощной и безмолвной пустоте, понимая, что умирает — и что это совсем не страшно. А наоборот — справедливо. Но Туся еще раз тяжело, со стоном, вздохнула и привалилась головой к его сюртуку, прямо к сердцу, и кулак тотчас разжался, так что Мейзель, обливаясь по́том, понял, что в очередной раз получил отсрочку — правда, теперь не от каторги, потому что не на каторге ему место, а в аду, в самом настоящем аду, если, конечно, предположить, что таковой существует…

Ты не можешь перестать браниться? — повторил он, и Туся кивнула устало, как очень взрослый человек, пытающийся притерпеться к собственному горю.

Это просто слова. Ты можешь не говорить их.

Туся покачала головой, не соглашаясь.

Не могу. Они сами.

Глаза у нее отекли так, что едва открывались. Щелочки. Ресницы отяжелели, перепутались — не разлепить.

Нет, можешь. Это дурная привычка, вот и всё. С дурными привычками можно бороться. До́лжно бороться. Если ты разумный человек.

Мейзель едва ворочал языком. Сердце после остановки опасно разогналось, прыгало в голове и в горле, то вспухая, то сжимаясь в колючую точку.

Знаешь, как отучаются от дурных привычек?

Меня высекут?

Почему ты так решила?

Мадемуазель сказала, что непослушных детей непременно секут.

Мадемуазель — старая дура. Жаль, что ты не раскроила ей голову чернильницей.

Туся попробовала засмеяться, но не смогла. Он тоже не смог.

Прости, что я ударил тебя тогда, за столом. Я не должен был. Никто вообще не должен. Бить людей недопустимо. Детей — особенно. Ты простишь?

Туся кивнула.

Больше никто и никогда тебя не ударит — пока я жив. Никто и никогда.

Это была неправда. Просто Туся не знала об этом. Не должна была знать. Что он просто старик. Ладно, почти старик. Одинокий, неудачливый, никчемный. И дальше будет только хуже. Он не сможет защитить ее от целого света. Она должна сама. Сама. Стать уместной. Притвориться, что такая же, как все. И он обязан ее научить.

Почему я не могу ходить на конюшню? Это же мои лошади. И конюшня тоже моя.

Нет, не твои. Имение принадлежит твоей матери. Оно станет твоим, только когда она умрет.

Мама любит меня. Она умрет, если так нужно.

Ты просто не знаешь, что это такое — умереть.

Я хочу к лошадям. К Боярину.

Тогда не бранись. Это грязные, ужасные слова.

Конюхи их говорят.

Когда никто не слышит.

Я слышу. Лошади тоже.

Конюхи не знают, что ты слышишь. А лошадям все равно.

Им не все равно! Им нравится! Они даже смеются.

Они смеются над тобой. Этого никто не должен делать. Даже лошади.

Туся посмотрела непонимающе.

Смеяться хорошо. Ты сам говорил, Грива. Что хорошо, что я смеюсь. И что раньше я не умела.

Это другой смех, Туся. Плохой. Когда ты сквернословишь — ты жалкая. Слабая. Потому конюхи и смеются. Они смеются над тобой. Ты не можешь быть жалкой и слабой. Не имеешь права.

Но ведь конюхи бранятся, — повторила Туся растерянно. — И никто не смеется. Иногда только. Мы играли в тот день. Просто веселились. Ничего плохого.

Она не видела никакого смысла в его словах. Не поймет, нет. Ничему не научится.

Конюхи — мужчины. Мужчинам можно браниться. Иногда. Очень редко.

А почему я не могу?

Потому что ты женщина. Все и так считают тебя жалкой и слабой.

Кто считает?

Все.

Все меня любят. Это неправда. Я знаю, чувствую.

Это не так, Туся. К сожалению. И станет только хуже, когда ты вырастешь. Тебя не все будут любить. И почти никто не будет жалеть. Ты богата. Из хорошей семьи. Ты всегда будешь на виду. Ты должна быть, как все. Женщина не может себя потерять. Не может быть жалкой. Это хуже, чем умереть.

А мужчина может?

У мужчин всегда есть шанс оправдаться. Смыть оскорбление кровью. Исправить делом. Мужчина может изменить мнение о себе. Доказать, что он стал другим.

А женщина?

А женщина — нет.

Туся молчала, опустив голову.

Мейзель видел ее макушку, спутанные, растрепанные кудряшки. Неделю голову не мыли. Не причесывались. Завшивеет так, господи. Он хотел снять с пробора соринку, налипла, видно, когда по полу каталась, дурочка, но Туся резко отдернулась, вскинула сухие расширившиеся глаза.

Тогда я не хочу быть женщиной, Грива! Не хочу и не буду!

Это невозможно, милая. У тебя нет выбора.

Ты сам говорил, что у человека выбор есть всегда!

Туся смотрела в упор, с надеждой, как смотрела на него всякий раз — когда надо было достать ускакавший под диван мячик, определить вид пойманной бабочки или понять, что такое биссектриса. Она в него верила — просто и ясно, без всяких сомнений, как верят только дети да немногие, очень старые монахи.

Я не хочу быть женщиной!

И тут Мейзель понял, что делать.

Я тебя научу, — сказал он. — Научу. При одном условии: браниться ты все равно перестанешь. Навсегда!

Как?

Дай руку. Нет, лучше левую, удобнее.

Он взял ее за лапку — мягкую, липкую, замурзанную. Родную. Показал место, самое нежное, на внутренней стороне руки. Почти около локтя.

Как только захочешь выбраниться — ущипни себя вот здесь. Изо всех сил. И сама себя остановишь. Попробуй.

Туся вдохнула поглубже, открыла рот — и вскрикнула. Он сам ее ущипнул. Опередил. Тонкая кожа побелела и начала медленно наливаться багровым. Туся несколько раз втянула воздух носом — заложенным, отечным, — но не расплакалась. Справилась.

Больно, да?

Кивнула. На руке, под дермой, расплывалась темная венозная кровь.

Это хорошо. Боль — твой лучший друг, Туся. Твой советчик. Боль кричит тебе, что надо остановиться. Что ты не права. Отрезвляет. Делай так всякий раз — и сама не заметишь, как перестанешь говорить мерзости.

Кивнула еще раз.

И тогда я стану мужчиной, Грива?

Нет. Мужчиной ты не станешь никогда. Но я обещал научить тебя быть не только женщиной.

Сейчас?

Нет, потом. Сейчас надо умыться. Поесть. И хотя бы попробовать причесаться. Ты похожа не на девочку из приличной семьи, а на самку папуаса. Я уже рассказывал тебе про папуасов?

Мейзель встал — неожиданно легко, словно этот разговор сделал его молодым, возможно, даже бессмертным. Поднял с пола Тусю, радуясь ее привычному теплому запаху, живой тяжести и огорчаясь, что больше не приходится носить ее на руках — выросла, уже выросла, и как быстро, непростительно быстро, недопустимо, — так вот почему женщины повторяют это снова и снова, зная наперед все муки, зная, что могут умереть в родах, что самого ребенка может забрать Господь, бессмысленный и немилосердный. Был бы я женщиной, родил бы двадцатерых. И всех бы носил на руках. Вздор. Я бы родил только Тусю. Ее одну.

Я люблю тебя. И всегда буду любить. Поэтому ты сможешь все. Со всем справишься. Поняла?

Туся не ответила — она спала, приоткрыв рот, и лицо у нее было все еще опухшее от слез, но уже совершенно спокойное, мягкое, детское, и Мейзель сам отнес ее в кровать, и просидел рядом до утра в кисельном полузабытьи, и всю ночь Туся крепко сжимала его указательный палец, как делала, когда училась ходить, и один раз отчетливо сказала — Грива? ты где, Грива? — и он наклонился и зашипел тихонько — ш-ш-ш-ш, я тут, тут, — и она снова заснула, улыбаясь; в темноте царапины на ее лице казались тенями, тонкой сетью, которую набросило на них двоих будущее, и Мейзель все пытался сдуть эту сеть, но не мог. Не мог.

Туся проснулась только через сутки — ближе к обеду. Абсолютно здоровая, веселая, как прежде. Умяла холодную телятину, простоквашу, целую тарелку пирожков, и они с Мейзелем, набив карманы сахаром, пошли на новую конюшню, необжитую, просторную, пахнущую свежей древесиной и пока совсем еще немного лошадьми.

Боярин встретил их ржанием — почти визгом, отчаянным, жалобным, детским — и принялся часто-часто обирать хохочущей Тусе лицо, голову, плечи горячими замшевыми губами, будто целовал, и на это было неловко смотреть, как неловко смотреть на новобрачных наутро после свадьбы. Так что Мейзель отвернулся, махнул рукой — и к нему поспешил, приседая на каждом шагу от угодливости, Андрей, которого велено было вернуть еще накануне вечером, Мейзель сам и велел, и теперь на ходу сухо распоряжался, нет — приказывал, и Андрей, ставший с перепугу меньше ростом, все продолжал приседать, мелко кивая каждому слову Мейзеля, будто старичок, перенесший удар, — ножкой косит, ручкой просит.

Ты меня понял, надеюсь? — спросил Мейзель, и Андрей закивал совсем мелко, но тут на него сзади напрыгнула Туся, обхватила за плечи, прижалась щекой к потной рубахе, и Андрей обмяк даже от радости, закружился, пытаясь поймать веселые брыкающиеся ножки — Тусюша моя! Но, натолкнувшись на взгляд Мейзеля, тотчас остановился. Присел на корточки. Неловко ссадил Тусю со спины. Поклонился — коряво, но почтительно.

Доброго дня, Наталья Владимировна. Изволите осмотреть новые конюшни?

Мейзель перевел тяжелый взгляд на растерявшуюся Тусю — ну-с?

Да. Откашлялась. И громче уже. Да, изволю, Андрей. Проводите меня, пожалуйста.

И засеменила на полшага впереди, вскинув аккуратно причесанную головку и осматриваясь любопытно. В чистом платье. В туфельках. Маленькая княжна.

Мейзель усмехнулся и пошел прочь из конюшни — надо наконец заняться переездом, небось всё проворонили без меня, олухи. А где княгиня, собственно? Господи, да это Зимний дворец какой-то, а не дом, на черта было столько комнат лепить одну на другую?

Надежда Александровна! Надежда Александровна! А, вот вы где! Что же — новую классную устроили уже?

Бывшая девичья была вся завалена переезжающей одеждой. Нюточка, прижимающая к груди высокую стопку чего-то белого, кружевного, увидела Мейзеля и сжалась — едва заметно, будто вся целиком прижмурилась. Борятинская, невидимая за распахнутой крышкой сундука, сказала — это вы, Григорий Иванович? А где Туся?

На конюшне.

Борятинская вынырнула из сундучной пасти, распрямилась — медленно, растерянно. Глаза розовые, круглые, как у совы.

Снова? Одна?

Успокойтесь, княгиня. Все теперь иначе будет. Давайте-ка об этом поговорим. А заодно и новую классную комнату посмотрим.

Княгиня огляделась, не зная, что делать, окруженная такими же растерянными, сбитыми с толку вещами, но Мейзель крепко взял ее под локоть — пойдемте, пойдемте, Аннет и сама прекрасно справится, я уверен. Она вполне разумное существо.

Это было не просто перемирие. Признание.

Но Нюточка только прижмурилась еще раз, на этот раз по-настоящему, — закрыла глаза и замерла, спряталась внутри себя, затаилась. Не поверила. Так и боялась Мейзеля всю жизнь. Боялась и не любила. Даже когда он умер давно. Даже когда сама старая стала. Просыпалась среди ночи, поперхнувшись от крика, и понимала — Мейзель приснился.

Ну и пусть. Ладно.

Через неделю переезд был завершен — и первого сентября, в воскресенье, новый дом, огромный плывущий в волнах дрожащего горячего света, принял первых гостей. О бале на двести пятьдесят приглашенных, о невиданных пирожках с лимонами и стерлядях, фаршированных пуляркой, говорили в губернии до Рождества, до следующего бала, которые Борятинская взяла обыкновение давать не менее двух раз в год.

Анна наконец ожила.

Ни Туси, ни Нюточки на самом первом балу не было — новая гувернантка, прибывшая за неделю до праздника, сочла это недопустимым. Для детей давали детские балы — тоже два раза в год, и Тусю с Нюточкой начали учить танцевать. Гувернантка была наконец с именем — мадемуазель Крейз — и осталась надолго, очень надолго. Мадемуазель завела свои правила, и за неукоснительным их соблюдением следила не только она сама, но и Мейзель, оставивший за собой единственное право — присутствовать на любом уроке. За все годы не пропустил ни одного. По его настоянию девочкам преподавали не только обязательные предметы, но и физику, химию и даже, господи прости, биологию.

Он сам и преподавал.

Туся, как и посоветовал Мейзель, разделила жизнь надвое — в одной, женской половине, она одинаково свободно и уверенно говорила по-французски, по-немецки и по-русски (роскошь, доступная дворянским детям из немногих действительно очень богатых семей), уместно и сообразно приличиям вела себя в любой ситуации. Для молодой девушки это означало — молчать и улыбаться, и она молчала, черт, и улыбалась не только губами, но и глазами, ямочкой в углу рта, даже бантами, которые прихватывали платье у самых плеч, и платье всегда было ей к лицу, так что гости таяли в ответ — ах, какое прелестное дитя. Да что там гости — сам Мейзель сидел с плывущим от умиления лицом, когда Туся, хорошенькая, кудрявая, легкая, приседала в реверансе или танцевала на детском балу, быстро перебирая веселыми туфельками и тысячекратно отражаясь то в праздничном паркете, то в ночных громадных окнах, то в его собственных обожающих глазах.

Была только одна-единственная вещь, с которой она не справлялась совершенно, — волосы. Тусины кудри, темные, густые, просто немыслимо было уложить самой — и с позволения мадемуазель Крейз с прической Тусе каждое утро помогала горничная. Все остальное она делала сама — и делала безупречно. Нюточка и сравниться с ней не могла. Разве что в талии была потоньше да ростом повыше. Но это ей Мейзель милостиво простил.

В другой, настоящей Тусиной жизни была конюшня. Она проводила там не меньше четырех часов ежедневно, с жокейской ловкостью держалась как в седле, так и без оного, легко управлялась с беговой качалкой, и могла запрячь, накормить, вычистить, а если надо — и вылечить любую, даже самую норовистую лошадь. Лет двенадцати она увлеклась орловской породой и знала наизусть родословные всех лучших рысаков, начиная с легендарного Сметанки. И конюхи, и кони обожали ее и — что стоило дороже всего — уважали.

Эти четыре часа ежедневного счастья были возможны, только если все остальное время она жила по правилам. Честная сделка.

Туся поняла и приняла ее так же, как умные люди принимают будущую неизбежную смерть. С достоинством.

С шестнадцати лет она уже твердо знала, что хочет устроить свой конный завод и вывести новую породу лошадей. Борятинскую. Мейзель, которому стукнуло семьдесят четыре, выслушал, пожевал раздумчиво губами. Потом кивнул. Ну что ж, нет ничего невозможного для разумного человека.

Он поседел целиком — даже брови и пучки волос, торчащие из ушей, были белые, смешные, — но всё еще каждый день проходил утром по десять верст —

без палки, практически без роздыху, разве что под дубом присаживался — перекусить. Туся так же, как и в детстве, любила эти прогулки. Нюточку с собой они ни разу не пригласили. Туся привыкла к ней, как привыкают к тому, что сопутствует твоей ежедневной жизни, но не полюбила. Ей было некогда любить еще кого-то, кроме Гривы и лошадей. А лошадей Нюточка боялась. Скучная.

Больше Туся не сквернословила, хотя поначалу щипать себя приходилось так часто, что на левой руке у нее возле локтя был неотцветающий синяк со следами безжалостных ногтей — небольшой, багровый, строгий, — как стигмат, как живое свидетельство примата человеческой воли и веры над любой бессмысленной стихией.

Потом синяк стал меньше, побледнел и, наконец, совсем сошел на нет.

Снова он появился на Тусиной руке только в 1887 году.

В год, когда в Анну приехал Виктор Ра́дович.

Глава четвертая

Брат

К вечеру 31 марта 1880 года наконец-то потеплело, и снег лежал масляными гладкими глыбками, как простокваша. Радович ел простоквашу каждый вечер на ужин — шершавая глиняная миска, наполненная до краев белым, кислым, ледяным, ломоть ржаного хлеба — тоже кислого, сеяного. В мелочной лавке такой продавали на вес. Дешевле были только решетный да пушной. Впрочем, в мелочную лавку отец его не пускал.

Не место для таких, как ты.

Говорил медленно, с нажимом, — и, сам не замечая, всё трогал, подкручивал сильными тонкими пальцами черный ус. Неуместный. Отец пил перед сном только чай — один стакан, второй, третий, бесшумная ложечка, кружение чаинок, серебряный подстаканник, сотканный из черненых листьев и завитков, сахарница тяжелого хрусталя, щипчики, похожие на зубодерные клещи. По кусочку на стакан.

Три — на вечер. Радович возил ложкой в простокваше, старался не кривить стянутый оскоминой рот, но ни разу не посмел взять сахару и себе. Видел, как отец раз в неделю, по субботам, стоит у буфета и, шевеля яркими губами, пересчитывает всё, что осталось. Дрянной кирпичный чай в коробке из-под дорогого, перловского. Сахарная голова оживальной формы, словно сероватый снаряд, обернутый синей бумагой, — полфунта. Сухари — шесть, семь, десять. Одиннадцать! И коробка ландрина для гостей.

Гостей у них, впрочем, никогда не было. Так что ландринки, слипшись от старости в комок, в конце концов стали чем-то вроде белесого кристалла, сказочного, мутного, через оплывшие грани которого уже никто не мог различить ни настоящего, ни грядущего, и только прошлое еще проступало сквозь давным-давно застывшую сладкую массу.

Радович поскользнулся на предательски присыпанной снегом тропинке и шлепнулся звонко — со всего размаху. Синяя фуражка соскочила, запрыгала, пошла потешным колесом и, побалансировав немного, нашла приют в грязной подтаявшей луже. Идущие впереди барышни оглянулись и захихикали, подталкивая друг друга. Одинаковые шапочки, одинаковые шубки, одинаково не прикрывающие коричневых форменных платьиц. Только следы от каблучков — разные.

Гимназистки.

У, дуры!

Радович встал, захлопал красными лапами по полам шинели, сбивая снежную кашу, и гимназистки оглянулись еще раз. Та, что справа, курносая, толстенькая, перестала хихикать и посмотрела — не то испуганно, не то удивленно.

Вы не ушиблись, мальчик?

Мальчик! Радович вспыхнул, чувствуя, как заливает сухим темным жаром скулы, щёки, даже лоб, яростно напялил фуражку и — за косы бы вас выдрать! — почти бегом свернул на Московскую улицу.

Ты видела? — спросила толстенькая гимназистка подругу. И та кивнула — почти благоговейно.

На отца тоже оборачивались на улице, но не потому, что он падал, конечно. Радович остановился и, как молодой бестолковый пес, пустился в неловкую круговую погоню за полами собственной шинели, рискуя шлепнуться еще раз. Всё, наконец-то порядок. Отчистил. Просто отец был красивый. Очень красивый. Высокий, плечистый, тонкий в поясе, даже не гвардейской выправки — великокняжеской. Черные картинные кудри, тонкое бледное лицо, яркий рот. Отца не уродовал даже чиновничий мундир и петлички с эмблемой почтового ведомства. Один просвет и три ничтожные звездочки. Не жалкий коллежский секретарь — император в изгнании.

Мы — Радовичи.

Всегда помни, какая в тебе кровь, Виктор.

Говорил со значением, ударяя сразу на обе гласные — Вик-тор. Виктор Радович из династии Властимировичей. Начало времен, прерванный род, неутолимая гордость, достоинство, мщение. Вышеслав, шептал отец вечерами, будто нанизывая на невидимую нить кровавые династические бусины, Свевлад,

Радослав, Властимир, Чеслав... Убит, разбит болгарами, предан братом, умер, умер, убит... Радович засыпал под это жаркое бормотание, как иные дети засыпают под нянькины сказки, и во сне видел отца в горностаевой мантии, подбитой кровью.

И кровь эта была — кровь королей.

В каждом новом городе, в который ссылало их неумолимое почтовое ведомство, отец первым делом искал сад.

Сад!

Радович понимал — почему. Помнил. Острый хруст дорожки, у правой щеки — горячее синее сукно, у левой — белое полотно, прохладное, по полотну бегут тонкие золотые цепочки, на каждой вещица, лакомая, блестящая, точно игрушка на рождественской елке. Флакон нюхательной соли в тонкой оплетке, лорнет, бисерный мешочек, тяжеленький толстый наперсток... Радович хочет рассмотреть брошку, к которой крепится вся эта маленькая звонкая сбруя, но брошка на поясе — высоко, и Радович задирает голову так, что солнце затмевает целый мир, кружащийся, яркий, красный и зеленый. Всё, что осталось от мамы. Белая юбка. Игрушечные символы хозяйки несуществующего замка. Чуть запылившиеся носки светлых туфелек — один-другой, один-другой, один-другой.

Нет-нет, милый, не надо, не трогай мой шатлен.

Мамина рука слева, отцовская — справа.

И — ничего больше.

Отец просто пытался все это повторить.

Напрасно.

Он делал два-три добросовестных круга по казенному саду очередного города, ловя ошеломленные взгляды чужих женщин, выгуливающих чужих малышей. Какой красавец, господи помилуй! Ни кивка в ответ, ни самого легкого поклона. Радович знал, что это просто от боли, рука отца стискивала его пальцы, как тогда, как всегда. Но слева, слева больше никого не было.

Честно говоря, Радович не слишком страдал. На здоровых детях все заживает быстро — царапины, ссадины, самое горькое горе. Мир вокруг Радовича был многолик, великолепно грязен и полон занимательнейших вещей. Его живо интересовали коробейники, ласковые, говорливые, несущие у груди роскошные, сказочные, разноцветные груды — чего? Отец никогда не позволял даже посмотреть, и Радович только оглядывался, жадно выхватывая глазами то звонкие, на кольцо нанизанные ключи, то связку теплых телесных баранок, то плавающие в золотом соку моченые яблоки. Еще были голуби — увы, такие же недоступные, разом брошенные в высоту и словно взрывающие ослепительное небо. Радович с детства привык видеть, а не обладать, и видеть было куда большее наслаждение. К тому же сукно справа, у щеки, было все то же — синее, горячее, вот только Радович обогнал сперва коленку, а потом карман, локоть и наконец достиг макушкой отцовского плеча. Ему больше не надо было задирать голову, чтобы увидеть солнце.

Но отца было жалко — очень. Всегда.

Пойдемте домой, папа. Я устал.

Отец благодарно кивал, проходил — чтобы не уступить сразу — еще несколько шагов, и они возвращались пока незнакомыми, необмятыми улицами из казенного сада в казенную квартиру. Крошечное жалованье с восьмипроцентными вычетами, квартирные и столовые, никогда не поспевавшие даже за провинциальными ценами на жилье. Причитающееся на прислугу попросту проедали. Радович сам мел углы, вычищал, сводя от усердия брови, ботинки, одежду. Раз в месяц приходила баба с огромной корзиной, забирала белье, чтобы еще через день вернуть — заношенное, не раз чиненное, но мытое.

Однако Радович был уверен: когда-то они, все втроем, шли по собственному летнему саду. И уверенность эта, опиравшаяся только на случайное воспоминание, лишь крепла с каждым годом, питаясь ежевечерним отцовским шепотом.

Вышеслав, Свевлад, Радослав, Властимир, Чеслав…
Предки твои, мой мальчик, жили во дворцах.

Впервые отец не повел его в казенный сад в Симбирске.

Они приехали летом 1879 года. Радовичу было уже тринадцать — невысокий, хрупкий, он недавно осознал, что ста́тью пошел не в отца, и тяжко, тайно это переживал. Нанятая телега то громыхала по булыжнику, то мягко переваливалась в роскошной, совсем деревенской пыли. Два узла с постелью, дорожный сундук — большой, уставший до смерти, изношенный, как бродяга, — вот и все добро. Отец шел рядом, высоко вскинув невидящее лицо, и слегка придерживал рукой столик-бобик, небольшой изящный, столешница действительно похожа на боб. Когда-то — в иной, сказочной жизни, в которую Радович верил больше, чем в настоящую, — столик стоял в светлой просторной комнате, и женщина в светлом просторном платье присаживалась к нему, чтобы написать прелестную картавую записку, и сад, радостный, яркий, огромный, вбегал, запыхавшись, сразу через три распахнутых окна.

И что теперь?

Валкая телега, ватная спина то и дело сплевывающего мужика, Симбирск.

Город, в августе 1864-го за девять дней выгоревший почти дотла, и пятнадцать лет спустя все еще был слаб, как выздоравливающий больной. То там, то тут стояли, дрожа в горячем воздухе, призраки трех тысяч погибших домов, метались в невидимом пламени ангелы, звери, люди, и няньки все еще стращали детей польскими поджигателями. Хотя уже в 1866 году было ясно (и признано — сухо, вполголоса, официально), что Бог в тот роковой день явился не революцией, а чьей-то не втоптанной в землю цигаркой, ненароком выпавшим красным недобрым угольком. Сотни невинно сгоревших, двое безвинно расстрелянных, Герцен, колотящийся в колокол с отчаянным криком — это все проклятый царь, царь, царь, они сами сожгли вас, сами — проклятые они!

Квартиру в Симбирске снять было непросто и теперь. Пришлось довольствоваться углом: комната, скрипучий коридор, застывшее в столпе смрада отхожее место. Хозяйка, тугая, красномясая, мысленно взвесив и пересчитав барахло новых жильцов, кланялась все мельче, мельче, пока не перестала — совсем. Столик-бобик поселился у окна. Радович — на кушетке. Отец отгородился ширмой — неловкой, шелковой, стыдливой, тоже, должно быть, маминой. Быт наладился потихоньку — маленький, жалкий, неуютный, как налаживался всегда. Утренний хлеб — серый, с серой солью, вечерняя простокваша, обед, который отец ежедневно приносил из харчевни: щи, каша, пара печеных яиц. Иной раз даже томленная в чугунке требуха. Сытная бедняцкая снедь. Хрупнешь соленым огурчиком, прикусишь вареную печенку. Вкусно!

Отец беззвучно клал истончившийся от старости серебряный нож, промокал губы такой же дряхлой полотняной салфеткой.

Благодарю.

Говорил то ли себе, то ли Радовичу, то ли Богу.

Не умел быть нищим. Нет. И Радовичу не позволял.

Вот только в сад они больше вместе не ходили. Хотя в Симбирске их оказалось целых два — Карамзинский и Николаевский.

Карамзинский казенный сад, следуя логике названия, неловко топтался вокруг памятника историку и писателю, великому уроженцу здешних унылых мест, и — если выражаться карамзинским же слогом — весь дышал пылью, тленом и скукою. Десяток молодых вязов и лип, аллеи, куриным шажком разбегающиеся прочь от монумента и обсаженные акациями и сиренью, которые каждый год обещали разрастись пышной душистой стеной, да слова своего так и не держали. В густом полуденном воздухе сиял мелкий песок, тонко смешанный со шпанскими мушками, скрипели дорожками няни, волоча за собой одурелых, мягких от жары малышат, и Радович, по периметру обойдя колючую чугунную ограду, водруженную на цоколь из ташлинского камня, решил, что ему здесь не нравится. Карамзинский сад (или, как говорили в Симбирске, — сквер) был крохотный лысоватый, прозрачный насквозь и — главная неприятность — соседствовал с симбирской классической гимназией, в которую осенью Радовичу следовало поступить, повинуясь — чему? Министерству народного просвещения? Ходу судьбы? Тихой, ни разу не высказанной отцовской воле? Радович не знал, как не знал, впрочем, и того, кем хочет стать, какую стезю выбрать — статскую ли службу или военную, и даже само это слово "стезя" казалось ему таким же пыльным и унылым, как аллеи казенного Карамзинского сада.

Это было стыдно. Именно гимназия наносила кошельку отца почти смертельную рану — тридцать рублей в год. По пятнадцать рублей каждое полугодие. Мзда, едва совместимая с жизнью. Разумеется, можно было получить свидетельство от попечителя учебного округа, что отец не в состоянии внести установленную плату. Потомиться в приемной. Поскоблить черепком струпья, как Иов на гноище. Возможно, всплакнуть. Официально признать себя беспомощным. Нищим.

Совершенно невозможное унижение. Даже Радович это понимал.

Была, впрочем, еще одна лазейка. По решению педсовета недостаточные ученики могли быть освобождены от платы за учение, если показывали хорошие успехи в науке и достойное прилежание и поведение. Радович не был достоин. Ковылял неуверенно среди четверок и троек, ни в одном предмете не выказывая ни усердия, ни мало-мальских способностей. Такой же, как все. Недостойный сын.

Отец словом его ни разу не попрекнул. Не посмотрел ни разу так, чтобы стало стыдно.

Поэтому стыдно было всегда.

Радович еще раз взвесил взглядом длинное белое здание гимназии (два этажа, узкие окна, слева начали пристраивать что-то, расчертили красный кирпич строительными лесами) и поплелся по Спасской улице прочь.

Николаевский сад оказался еще хуже — пустой, одичалый, тихий. За сломанной загородкой среди заросших кочек, прятавших под дерном не зародыши, а могильники бывших клумб, чинно прогуливались заблудшие коровы, очеловеченную зелень давно вытеснили сорняки — гибельные, грубые, громадные, почти в рост самого Радовича. Он побродил было среди сочных первобытных стеблей, воображая себя то святым старцем, то Робин Гудом, но набрался репьев и из по-настоящему интересного нашел только такой же заброшенный, как и сам сад, колодец, давно обвалившийся. Радович, бессмертный, как все мальчишки его возраста, сел на изъеденный временем каменный край, свесив ноги в гулкую мшистую пустоту. Бросил пару камешков, гугукнул, прислушиваясь. Из широкого бездонного жерла дохнуло сыростью, гибелью, тоской. Радович помотал ногами, лениво борясь с неизбежным (и отчасти приятным) желанием броситься вниз, известным всякому, кто хоть раз оказывался на большой высоте или на краю обрыва, — какой-то рудиментарный признак того, что все мы когда-то были ангелами, неподвластными смерти и гравитации.

Жара. Скука. Провинция. Июнь.

Радович лениво сплюнул в невидимую глубину, ловко, без рук, поднялся и покинул Николаевский сад, так и не услышав переливавшихся на далеком дне детских радостных голосов, свистков паровоза и праздничного медного гула полкового оркестра, когда-то, до пожара, собиравшего симбирскую публику по воскресеньям и четвергам к давно сгоревшему вокзалу с его ароматами угля и дальних чудесных стран, к буфету с ошеломляющим видом на Волгу и полотняными тентами, хлопавшими на горячем ветру. Какого мороженого изволите-с? Имеется сливочное, кофейное, фиалковое и щербет.

Нет, не услышал.

Не оглянулся.

Старый Венец спускался к самому берегу Волги — именно спускался, не сбегал; оплывал даже, словно не выдерживал тяжести собственных садов, увы — безнадежно частных. Радович открыл это место в середине июля, окончательно истомившись и обойдя от скуки едва ли не весь сонный оцепенелый Симбирск. Всего за месяц все прежние отцовские запреты были нарушены — и всё зря. Голуби, лавки, галдящая у монопольки голытьба — всё-всё сбылось и, сбывшись, потускнело, уменьшилось, стало плоским, словно дело действительно было в силе человеческого воображения. Даже волшебные сокровища коробейников при жадном и дотошном рассмотрении оказались грубоватой пестрой дребеденью, да и на ту не было денег. Радович в самом прямом смысле сроду не держал в руках ни копейки. Будто и впрямь — императорский сын. Запрет и страсть оказались связаны так странно и тесно, что, убрав одно, ты непостижимо лишался и второго.

Желать по-настоящему можно было только невозможного. Этот урок тринадцатилетний Радович усвоил крепко.

Утешил его только Старый Венец. В отличие от Нового Венца — парадного, модного, вылившегося казне в кругленькую сумму и украшенного беседками, лесенками и резным бульваром из акаций, — Старый Венец был глух, дик, грязен и покорил сердце Радовича бесповоротно. Сады фруктовые, тутовые, ягодные чащи, просто безвестные махровые зеленя — вся эта мощная сочная масса переваливалась через заборы, треща ветвями и досками, и перла вниз до самой воды. Можно было, подпрыгнув, сорвать зазевавшееся яблоко и легко сбежать по склону, обгоняя деревья и слушая, как рвутся и громыхают за глухими изгородями цепные псы, словно эстафету передавая друг другу яростный хриплый рев — вор-р-р! вор-р-р! держи вор-р-ра!

Псы бесновались недаром — наверху Старый Венец украшало здание предварительного отделения тюремного замка (или, выражаясь официально, Симбирской губернской тюрьмы), и будущие каторжане, прижав бледные заросшие рожи к решеткам, могли сколько угодно наслаждаться великим покоем. По праздникам на Старом Венце устраивали карусель для непритязательной публики, на Светлую Пасху катали яйца, пятнали песок красной скорлупой, мелькали красными же рубахами и платками, и то тут, то там в зарослях взвизгивала либо гармоника, либо девка.

Но сейчас тут было жутковато, пустынно, глухо. Хорошо.

Радович, нагулявшись до тягучей приятной боли в ногах, сошел к воде, у самого берега совершенно зеленой. Он нашел в кустах птичье гнездо — круглое, уютное, с изумительными яйцами, бледно-лиловыми, крапчатыми — и, разумеется, унес его с собой, со всем мальчишеским бессердечием ни разу даже не подумав про птицу, которая была рядом, должно быть, невидимая, обмершая от боли, еще не понимающая, что ее крошечный, из сухих стеблей свитый мир закончился, пропал взаправду, действительно навсегда, и не знающая, что и это она, благодарение Господу, переживет и забудет.

Радович покатал одно из яиц в пальцах, честно уговаривая себя не делать глупостей — и не устоял. Оглянувшись, провел языком — гладкое, горячее, живое, сразу ставшее еще ярче. Он попытался посмотреть сквозь яйцо на солнце — почему-то казалось, что это возможно, но солнце вдруг потемнело, а потом на мгновение исчезло вовсе — и глуховатый молодой голос сказал прямо над головой Радовича — северная бормотушка.

Как будто пароль.

Припозднилась что-то, — добавил голос. — Обыкновенно в июле птенцы уже вылетают.

Радович поднял глаза.

…И, кажется, сразу почти свернул на Московскую, мартовскую, скользкую, широкую. Нарядным кирпичом выложенная мелочная лавка, пожарная каланча — и вот, наконец, дом. Деревянный, крашенный охрой, двухэтажный. Радович потоптался у калитки и, не найдя куда стучать, просто толкнул отсыревшую дверь. Мазнул глазами по голому саду, оцепеневшему, ледяному, по каретному сараю, колодцу, летней кухне — осваиваясь, привыкая, воображая себе, каким тут все будет весной, летом — если, конечно, еще раз пригласят. Хорошо бы!

Дверной колокольчик обнаружился на крыльце — звонкий, странно теплый по сравнению с пальцами. Даже через дверь горячо, вкусно пахло капустным пирогом.

Открыла девочка-подросток, некрасивая, угловатая, в темном, тоже некрасивом платье. Посмотрела удивленно — как те гимназистки. Как все. Черт бы их побрал. Хотела спросить что-то, но не смогла —

оглянулась растерянно на женщину, вышедшую в тесноватую прихожую. Светлые воротнички, волосы убраны кружевом, тонкие губы. Должно быть, злая. Хотя — нет. Просто старая.

Вы, полагаю…

Радович покраснел, кивнул, сдернул с головы форменную гимназическую фуражку — и женщина с девочкой еще раз переглянулись.

Радович был седой. Не весь, конечно, — только надо лбом. Седая прядь в черных густых, как у отца, волосах. Белая метка.

Виктор Радович.

Он попытался приличествующим образом шаркнуть ногой, но только размазал натекшую с калош снежную жижу и смутился еще больше.

Это ко мне, мама!

Тем же голосом, как тогда, на Старом Венце. Глуховатым.

Высокий, худой, нескладный, в серой тужурке. Крупноголовый. Вечно спотыкался, задевал непослушные шаткие вещи. Сам про себя говорил, беспомощно разводя руками, — щенок о пяти ног.

Радович вытянул из шинели пригретый за пазухой пакет, протянул.

С днем рождения!

Серая оберточная бумага, впервые в жизни выданная отцом наличность. Зачем тебе? — медленно. У моего товарища день рождения, я приглашен… Отец не дослушал, пошел к буфету, к шкатулке, в которой жили деньги. Оказались липкими и — странное дело — почти невесомыми.

Саша развернул наконец пакет. Просиял. Первый том сочинений Писарева! Издание Павленкова! 1866 год.

Мать все смотрела внимательно, и девочка тоже, и Саша, спохватившись, признался (то ли про Радовича, то ли про Писарева) — это мой лучший друг.

Отец тоже спросил тогда, стоя у шкатулки. Уточнил.

Это твой товарищ или друг?

Друг.

И как же зовут твоего друга?

Александр Ульянов.

Они должны были нравиться ему. Все. Но не нравились. Тоже все. Кроме Саши.

Хуже всего была столовая. Две двери. Три окна. Шесть гнутых круглых стульев вокруг стола, натертого до темного вишневого блеска. Надутый самовар, занимавший отдельное место в углу, словно почетный гость. Швейная машинка, абсолютно тут неуместная. На стене такая же неуместная карта мира — немая, в отличие от обитателей столовой. Радович изумлялся — в доме два этажа, столько комнат, что он так и не сосчитал никогда (на антресоли к девочкам вела отдельная лестница, мальчикам по ней негласно ходу не было), а в столовой всегда кто-то был. Всегда. Иной раз и все разом. Мария Александровна с книгой или шитьем. Аня, мрачная от зубрежки, со своими тетрадками. Володя — одновременно в каждом углу, картавый, несносный, вечно донимающий всех шахматами. В столовой играли, готовили уроки, читали. Изредка — ели, но по большей части просто жили. Даже нянька с громогласным именем Варвара Григорьевна приводила сюда косопузое дитя — женского, кажется, по́лу, чтобы поглазеть в окно на пожарную каланчу. Благо что каланчу на Московской видно было отовсюду.

Вообще, в младших Радович откровенно путался. Оля, Митя, Маня — кто их разберет? В семье было шестеро детей — плюс два умерших во младенчестве. Кровавые опухшие дыры — как от выдернутых зубов. О крошечных покойниках не говорили — но Радович ненароком подслушал нянькину болтовню с безымянной бесформенной кухаркой и с тех пор чувствовал, что они — рядом. Невидимые, несомненные. Стоят в углу тут же, в столовой, как маленький ядовитый туман. Как это вообще возможно — столько детей? Вот Радович у отца был один. И даже этого иной раз было слишком много.

В комнату Саши можно было попасть совершенно незаметно. Лестница на половину мальчиков, темная, гладкая, мелким шагом поднималась наверх сразу из прихожей. Великолепное преимущество, искупавшее даже то, что комната Саши соседствовала с Володиной, проходной. К несчастью, Саша этим преимуществом не пользовался вовсе. Всякий раз, когда они входили в дом, Радович даже дыхание задерживал, надеясь, что на этот раз обойдется. Но напрасно. Саша, как нарочно, громко откашливался, и из глубины дома раздавалось на разные голоса — Саша! Саша пришел! Саша, сам не замечая, что улыбается, шел на этот крик — к распахнутым раз и навсегда дверям столовой. Приходилось плестись за ним. Заходить в злосчастную столовую, стоять, изнывая, у стены, пока Саша не спеша, обстоятельно отдавал долги — сыновий, братский, сколько их еще, господи? Всем он был нужен. Все его любили. Все хотели быть, как он. Не только Радович.

Мучительнее всего было жаль времени. Их с Сашей дружба и так питалась крохами. Всю неделю они довольствовались взглядами (быстрыми, диагональными, через весь класс) да пятиминутными прогулками по тесному гимназическому коридору во время рекреаций. На большую перемену отводилось полчаса — и надо было успеть поесть, справить нужду, отстояв галдящую, переминающуюся с ноги на ногу очередь, пробежать глазами главу из учебника… Единственное, что у них в сущности было, — среда. В среду занятия заканчивались в полдень. Во все другие дни учеба тянулась с восьми тридцати до четырех, а уже в пять со службы возвращался отец. Так что Радович, торопясь домой, иной раз срывался на резвую рысь, безусловно позорящую честь пусть и гимназического, но мундира.

Нет ничего хуже, чем посрамить честь. Страшнее только предать свое Отечество или Государя.

Так говорил отец.

Зато в среду можно было никуда не бежать — и они с Сашей, пока позволяла погода, часами бродили по Симбирску, не уставая разговаривать и восхищаться друг другом. Саша был невероятный рассказчик, лучше даже отца, который, если честно, давно уже не баловал Радовича династическими сказками. А еще Сашу всё интересовало: органоиды питания инфузорий, причины возникновения зеленых лучей на закате, температура плавления вольфрама… Мир представлялся ему великолепно устроенным механизмом, разумным и упорядоченным. Мудрым. Радович даже завидовал немного — ему самому все вокруг казалось хаотичным, ярким и разрозненным, будто он смотрел на жизнь сквозь огромный нелепый дуршлаг.

Чтобы хоть отчасти походить на друга, Радович, не слишком блиставший прежде в науках, стал зачитываться книгами по химии и биологии, которыми снабжал его все тот же Саша. Библиотека в доме Ульяновых была и правда замечательная — единственное достоинство, которое Радович внутренне признавал. У них с отцом книг не было вовсе — отец даже молился без молитвослова. На память.

Та же грандиозная память обнаружилась у Радовича — просто лошадиная, говорил Саша, блестя некрасивыми узкими глазами. Вы знали, Виктор, что у лошадей удивительная память? Они и через десять лет могут узнать знакомого человека. Как вы с такой памятью умудряетесь не быть первым учеником? Они всегда были на "вы", даже наедине: Виктор и Александр. Как будто рядили в великоватые пыльные тоги свою мальчишескую дружбу. Но мысленно Радович всегда называл друга как все, по-домашнему — Саша.

Сам Саша брал упорством. Никогда не зубрил (у нас и так не гимназия, а училище попугаев), но всякий раз честно старался понять каждую длиннющую фразу учебника, будто нарочно прятавшую за многословной болтовней нехитрый смысл. Радович, с первого раза запоминавший любой, пусть и совершенно непонятный текст, но, по иронии судьбы, не способный его толково воспроизвести (на людях он краснел, мекал, сбивался), терпеливо ждал, пока Саша медленно докатит непослушную глыбу познания до самой вершины — и тогда легко, в двух словах, объяснит ему, в чем суть. После этого скучнейшие прежде науки, особенно естественные, вдруг наливались ясным и теплым смыслом, словно янтарь, поднесенный к лампе. Радович, сам привыкший к унизительно щелкающему словечку "середнячок", стал все чаще приносить из гимназии отличные отметки, а через год и вовсе получил при переходе в следующий класс первую награду.

И главное — педагогический совет назначил ему именную стипендию, как учащемуся выдающихся способностей и отменного прилежания.

Тридцать рублей в год, папа!

Отец подержал в руках похвальный лист, томик Пушкина, пальцами ощупал каждую золотую букву на переплете — "За благонравие и успехи".

Кивнул — больше самому себе, чем Радовичу. Губы у него на мгновение потеряли привычную четкость, расплылись от близких слез, но отец справился, спрятал их в макушку Радовича. Поцеловал. Впервые за много-много лет. Нет. Впервые за всегда.

Тридцать рублей!

Радович тоже впервые в своей жизни познал, что такое удовлетворенное тщеславие — чувство очень взрослое, сладостное, тягучее, зарождавшееся почему-то у самого крестца. Прежде самолюбие его питалось только отцовскими рассказами о великом прошлом. Теперь Радович обрел самостоятельное настоящее, которым мог гордиться. И это была Сашина заслуга.

В первый год их дружбы, когда снег наконец сошел и Симбирск залег по ноздри в ледяную первобытную грязь, по средам после уроков они стали приходить к Саше домой. Радович, поколебавшись, не стал спрашивать у отца разрешения — и сам ощущал, как эта крошечная недомолвка наматывает на себя неделю за неделей, потихоньку набирая силу и превращаясь в полноценную взрослую ложь. Но несколько часов с Сашей стоили того. Ей-богу, стоили. Если бы не эта проклятая столовая.

Пообедайте с нами, Виктор. Нет-нет, непременно! Витя, давай в шахматы? Всего одну партейку! Виктор, будьте любезны, подержите нитки, я никак не могу распутать этот клубок. В результате до Сашиной комнаты иной раз добраться не удавалось вовсе. Радович, рискуя прослыть невоспитанным чурбаном, отказывался от всего, мрачно молчал и то и дело вскидывал на часы не глаза даже, а всю голову — словно очумелая, готовая вот-вот понести лошадь.

Мария Алекандровна, отчаявшись уговорить странного мальчика хотя бы присесть со всеми за стол, стала подавать обед наверх, в Сашину комнату, но Радович упрямо не ел и там, и вместе с ним, из соображений товарищества, не ел и Саша. Как-то в очередной раз унося тарелки с застывшими битками и нетронутые пирожки, Мария Александровна не выдержала, спросила старшего сына осторожно — может быть, твой друг просто не умеет вести себя за столом? Так скажи ему, что мы…

Он просто не голодный, мама.

Значит, он ест в гимназии?

Саша на секунду задумался, вспоминая.

Нет. Не ест.

Тогда он обязательно голодный, как же иначе? Мальчики вашего возраста всегда хотят есть. И должна сказать, что это очень глупо, что ты тоже отказываешься обедать вместе с ним. Папа уже получил катар желудка, но он хотя бы захворал, служа большому делу, а ты…

Саша все смотрел в одну точку, сам не замечая, что теребит мочку уха — единственный жест, который всегда выдавал у него сильное волнение. Маленьким, бывало, докрасна надирал, даже неловко.

И почему он всегда уходит в четверть пятого? Ведь часы еще бить не перестали, а он уже за порогом. И не попрощается даже. Аня говорит, что…

Саша все молчал, и у него было такое лицо, что Мария Александровна осеклась.

Может быть, у него строгие родители? Ты хоть раз был у Виктора дома? Вы же дружите, он бывает у нас, почему бы ему тоже не пригласить тебя — как принято? Или лучше — давай я сама нанесу им визит, в конце концов, это просто вежливо…

Саша отпустил наконец мочку — набухшую, полупрозрачную, яркую, как вишня. Встал.

Нет, мама, — сказал он твердо. — Не надо никаких визитов. Виктор — мой друг. И мне безразлично, где он живет и с кем и почему уходит в одно и то же время. Значит, и тебе должно быть безразлично. Иначе это не дружба.

Мария Александровна хотела возразить, но посмотрела сыну в лицо — и сдержалась. Всего четырнадцать лет, господи! А такой упрямый. Такой взрослый. Такой некрасивый. Весь в отца. Видом сумрачный и бледный, духом смелый и прямой. Каково-то будет жить с таким характером?

Она покачала головой.

Хорошо, я обещаю. Но, пожалуйста, съешь хотя бы пирожки. Тут с капустой, как ты любишь.

Только один.

Ладно. Только один.

Мария Александровна вернула тарелку на письменный стол, заставленный звонкой химической посудой. Реторты, колбы, тетради с записями — формулы, буковка к буковке, ряды аккуратных цифр, первый (самый первый) номер "Журнала Русского химического общества", менделеевские "Основы химии". Надо поговорить с Ильей Николаевичем и к Рождеству выправить все-таки мальчику микроскоп.

Она вышла, тихо прикрыв за собой дверь, и пошла вниз, сама не понимая, почему так длинно и неприятно тянет сердце, будто и не сердце это вовсе, а больные опухшие колени, которые выкручивает к дурной погоде. Няня говорила — ножки жалкуют.

Вот и сердце, оказывается, тоже. Как перед бедой. Странный, конечно, этот Виктор Радович. Очень странный. И что только Саша в нем нашел? Невоспитанный совсем. Хотя нет, не так. Просто угрюмый. Иной раз и двух слов не скажет, хотя, кажется, у них дома всем рады и все устроено на самый простой лад. И до того красивый, что смотреть неловко — будто не настоящий. Ангельчик с пасхальной открытки. Смуглая матовая бумага, ресницы, стрелы, огоньки. А глаза такие, что Аня, бедная, себя забывает. Даже встала как-то, когда он зашел, — руки прыгают, куда девать не знает. А он как будто не замечает ничего. Ни себя, ни Ани, ни других. Только на Сашу смотрит. Словно молиться готов.

Да еще седина эта. Ну откуда у мальчика в четырнадцать лет седина?

Последним уроком был Закон Божий, и читавший его Юстинов частенько отпускал гимназистов пораньше, но в этот раз, как назло, вошел в раж и даже после звонка все размахивал руками, пересказывая что-то из "Симбирских епархиальных ведомостей", в которых редакторствовал, чая прокормить обширное семейство. Радович дергался будто юродивый, то и дело высматривая в окно, как неминуемо сползает к еще неподвижной Волге по-весеннему белесое солнце. Наконец не выдержал, поднял руку — Петр Иванович, вы звонок не услышали. Юстинов поперхнулся, сердито вздернул бороду — и махнул неблагодарной пастве. Разбредайтесь! Ибо не овцы, а бараны! По лицу его, неподвижному от обиды, было ясно, что в следующий раз спросит непременно. Отыграется. А, плевать! Радович кивнул Саше, прощаясь, громыхнул партой и, расталкивая всех, первым бросился к дверям.

Саша нагнал его уже на углу Спасской и Дворцовой. Виктор, да Виктор же! Погодите!

Радович сбавил рысь, и Саша, придерживая рукой фуражку, пошел рядом, пару раз подпрыгнул совсем по-детски, приспосабливаясь, и наконец попал в шаг. Оба засмеялись — и сразу стало легче.

Я давно хотел спросить… Почему вы всегда так спешите домой? Отец, должно быть, ругает вас за опоздания?

Радович растерялся даже, не зная, сказать или нет. Может, уже можно? Они с Сашей дружили с июля. С 31 марта Радович еженедельно бывал у Саши дома — это получается… Радович попробовал подсчитать недели, но сбился и со счета, и с шага и остановился. Саша тоже остановился, зачем-то стянул с головы фуражку — и сразу стало заметно, какой он лобастый. Об этакий лоб только щенят бить.

Может быть, отец наказывает вас? Бьет?

Саша даже посерел от гнева, боясь услышать ответ, а Радович все молчал и молчал, понимая, что ни за что не сможет объяснить.

Отец всегда возвращался со службы ровно в пять, и до этого надо было успеть умыться, вычистить мундир и ногти, разодрать на пробор волосы, которые так и норовили встать темной дурацкой шапкой. Черт, больно как, зараза! Что еще? Радович прыгал глазами по комнате, машинально совершая с немногочисленными предметами всякие эволюции и чувствуя, как колотится сердце. Наконец коротко ахала дверь, отец входил — очень бледный, очень прямой, ставил на стол узелок и сразу молча шел за свою ширму. Радович развязывал платок (почти до батистовой тонкости истаявшее полотно, яркие, как чахоточные пятна, вензеля) и выгружал тяжеленькие щанки — два круглых глиняных горшка, соединенных общей ручкой.

Горшки даже на вид были вкусные — муравленые, гладкие, словно залитые леденцовой глазурью. Горячие!

За ширмами шелестело, плескала плоско невидимая вода (хозяйка, раз в месяц прибывавшая с инспекцией, ругалась, тыкала в сырые половицы — погноите мне пол, мировому жалобу подам!), и Радович, прислушиваясь, чувствовал, как медленно, словно театральный занавес, поднимается внутри предчувствие радости. Стараясь не слишком гулко сглатывать, он сноровисто накрывал стол, переливал, раскладывал, протискивал в кольца салфетки, такие же ветхие, как платок, с теми же кровавыми вензелями, и поскорей заталкивал пустые щанки подальше, в самый темный угол, под поганое полотенце. Потом вымыть, не забыть! Отец ненавидел их почему-то. А Радовичу нравились. Крестьяне носили в таких еду на покос. На жатву. Или куда там они ходили.

Удобнейшая штукенция. И слово смешное — щанки.

Наконец за ширмами коротко, как кот, фыркал пульверизатор — раз, два, три, Радович одергивал гимназический мундир и быстро, по-военному инспектировал стол. Пожилая супница в тончайшей сетке благородного кракелюра. Завитки пара над сияющим блюдом. Серые щи. Тушенная с требухой картошка. Севрский фарфор. Столовое серебро.

Кушанье подано.

Только тогда отец выходил из-за ширмы, свежевыбритый, в белоснежной рубашке с накрахмаленными манжетами, во фраке, который сидел на нем так, будто отец в этом фраке родился, — и с той же небрежной ловкостью входил вместе с ним с детства знакомый Радовичу запах лондонского одеколона. Можжевельник, роза, крепкий-крепкий чай. Аромат, рожденный для королей. И всякий раз у Радовича захватывало дух — потому что вместе с отцом из-за ширмы вырывался раскатистый полонез, многоязыкий лепет придворных, вспыхивали, дрожа, громадные люстры, и каждая из тысяч свечей плыла, отражаясь в сияющем зеркале драгоценного паркета.

Отец строго осматривал Радовича, потом накрытый стол, негромко говорил — благодарю. И наконец улыбался. Часто в первый и последний раз за день. И ради этой минуты Радович забывал все: и что отцовский фрак, вышедший из моды еще двадцать лет назад, состоял из целой коллекции замысловатых заплат, и что крахмал на манжетах был самодельной картофельной затирухой, и что флакон от одеколона *Atkinson* давно опустел и отец тайком подливает туда обычную можжевеловку да самую дешевую розовую воду, которой без всякой меры заливали себя все ярмарочные девки.

Даже жизнь спустя отец не казался Радовичу жалким. Это был королевский выход. И отец его был король. Пусть совершенно нищий, но — король. И только ради того, чтобы еще раз увидеть, как он улыбается, Радович готов был нестись домой сломя голову и каждое воскресенье скрести треклятое столовое серебро тертым кирпичом. Да он...

По Дворцовой улице, взметнув в небо целую пригоршню оглушительных воробьев, прогромыхала ломовая телега. Солнце, и без того маленькое, мрачное, спряталось за трубы губернаторского дома — как будто присело на корточки. Половина пятого пополудни. Теперь придется бежать изо всех сил.

Так почему вы всегда спешите домой, Виктор?

Ты не поймешь, Саша, — честно ответил Радович, сам не заметив, что перешел на "ты". — Даже ты. И прости, мне действительно нельзя опоздать.

26 мая 1880 года, в среду, он все-таки опоздал.

Весна в том году, и без того в Симбирске недолгая, установилась поздно и — как будто чувствовала скорый конец — все роняла, путала, торопилась. Черемуха, которую Радович особенно любил, едва начала отходить, пятнала землю слабыми лепестками и вдруг, словно назло, обдавала зазевавшегося прохожего не обморочным ароматом, а нашкодившими кошками — а сады уже принялись цвести. Причем вишня, яблоня, слива, забыв про всякую очередность и осторожность, тронулись все разом — так что в какой-то момент Старый Венец стал похож на таз, в котором крепко вспенили мыльную воду.

Сюда, на Старый Венец, они с Сашей и ходили теперь по средам — лишь на минуту заворачивая к Ульяновым. На крыльцо поднимался только Саша, Радович оставался у калитки — будто боялся, что проклятая столовая его засосет. Мария Александровна, всего один раз заметившая, что у них за домом тоже сад, где прекрасно можно заниматься (фраза повисела в воздухе да так и истаяло — безответно), выносила корзину с пледом, тянулась поцеловать сына в лоб, но он под ревнивым взглядом Радовича уклонялся — мягко, машинально, — и она так же мягко делала вид, что не дотягивается, а потом и пытаться перестала, только смотрела, как они уходят вверх по Московской, два щуплых мальчика — чуть касаясь плечами и не замечая, что подражают походке друг друга, так что в конце концов ей начинало казаться, что у нее два старших сына, два Саши, и оба — совершенно незнакомые. Мария Александровна сглатывала уже привычное тоскливое чувство и возвращалась в дом, к младшим детям, к хлопотам с перерывом на рояль, к бесконечному ожиданию мужа, который колесил год за годом по скверным дорогам бескрайней губернии, одержимый своим просветительским бесом, но даже привычный страх за него, слабогрудого, нервного, не был таким плотным, шерстяным, как этот ком тревоги за старшего сына.

Саша совал руку в корзину, как только они сворачивали в Малый Смоленский переулок, нашаривал под пледом шумный вощеный сверток, приготовленный матерью, пытаясь на ощупь определить, что там, — хлеб с холодным мясом? пирожки? вареные яйца? — и они с Радовичем, не сговариваясь, прибавляли шаг. У таланинского дома стоял, перетаптываясь, как щенок, татарчонок лет шести, круглый год босоногий, замурзанный, в сползающей на черные уши отцовской, должно быть, тюбетейке. Саша не останавливаясь совал ему сверток, и дальше они уже не шли, а бежали хохоча, вниз, вниз, к Волге, голодные, подгоняемые вечным симбирским ветром, щекотной молодой гравитацией, наступающим летом. То, что татарчонок никогда не сказал им спасибо, не улыбнулся даже, не кивнул, делало его как будто невзаправдашним, так что Радовичу иногда казалось, что, если обернуться, никакого татарчонка не будет. И только шесть лет спустя, в Петербурге, Саша вдруг сказал — он стоит там, должно быть, до сих пор. И ждет нас. Голодный. Радович не понял, переспросил невнимательно, пытаясь втиснуть скользкую запонку в тесную манжетную петлю. Фрак был чужой, и запонка тоже, Радович злился (даже фрак не делал из него отца, даже фрак!), дышал на корявые от холода руки, торопясь из пронзительно промозглой комнаты в свет и тепло, тоже, к несчастью, чужие, но хотя бы несомненные.

Ждет? Кто?

Саша не стал повторять, только скривился, будто вляпался всей ладонью во что-то пакостное, липкое, подошел к Радовичу вплотную и застегнул проклятую запонку.

Вдел ее в петлю. Сам.

И пальцы у него были горячие и живые.

Еще шесть лет спустя Радович, подъезжая к повороту на Анну, мазнет глазами по скорчившейся у огромного дуба фигурке и ахнет, сворачивая всхрапнувшему Грому голову, раздирая ему удилами беспомощный рот — тпру, тпру, я сказал! — но фигурка окажется просто корявой гнилушкой, скользкой черной веткой, торчащей из земли, и только тогда Радович поймет, что Саша был прав: татарчонок ждал их, конечно. Ждал на углу Мартынова тупика и Малого Смоленского переулка. Все эти годы. Стоял, не протянув даже маленькую грязную ладонь — разинув ее, как птенец. И в том, что Саша помнил об этом, а он — нет, была еще одна подлость, такая непосильная, что Радовича вырвало прямо под эту гнилую корягу — и еще, и еще, белой горькой бешеной пеной, и, давясь этой пеной, он холодно, будто со стороны, примерялся, не короток ли поясной ремень и хватит ли сил допрыгнуть до нижней ветки, а главное, хватит ли сил у самой ветки, потому что еще позорнее казни — неудавшаяся позорная казнь.

Все вдруг стало очень ясным, простым, как в детстве, когда мама еще была жива. Желуди, валявшиеся между его расставленных ладоней, тоже были детские — в шершавых толстых шапочках, а без них просто желтые, гладкие. Рвота бесследно впиталась в сухую теплую траву, словно сама жизнь торопилась не оставить от Радовича ни одного мерзостного следа.

Радович сплюнул в последний раз, звякнул пряжкой — и немедля, повторив уздечкой тот же короткий ясный звук, подошел Гром. Опустил голову, ткнулся в плечо, подышал утешительно в макушку. Радович вцепился в жесткую гриву, всхлипнул, и Гром осторожно, как маленького, поднял его с колен, распрямил — легко, как делал когда-то отец.

Да что же это, папа! За что?!

Радович всхлипнул еще раз, обнял тонкую горячую морду, нащупал трясущимися пальцами надорванную справа нежную замшевую губу и зашипел даже от жалости — слава богу, не к себе, наконец, не к себе.

Гром, Громушка, ну прости, прости.

Он торопливо стянул с жеребца уздечку, попробовал обмотать мокрое от слюны и крови железо платком, чтоб не натирало, но опомнился, швырнул удила в траву, туда же полетел чересседельник, седло, вся сбруя, тяжелая, сложная — путы, вот самое подходящее слово — путы! Гром терпеливо помогал — наклонял голову, переступал, когда надо, сухими ногами, пока не остался стоять, смущенный, огненно-гнедой, вздрагивая длинной спиной и сводя лопатки, будто человек, внезапно, среди дня, оказавшийся обнаженным.

Радович еще раз ткнулся в жеребца лицом, вытирая мокрые щеки, и полверсты до усадьбы они прошли рядом, шаг в шаг, как когда-то ходили с Сашей, и так же, как с Сашей, Радович говорил не умолкая, захлебываясь даже, и чувствуя, что с каждым словом, с каждым шагом морок отступает и место его снова заполняет жизнь — щекотная, чуть вспененная, шибающая в нёбо, словно ледяной квас. Живая. И не было в этой жизни ни стыда, ни вины, ни призрачных татарчат, ни взаправдашних виселиц, ничего вообще плохого — только тягучий запах зацветающих лип, и свежий шум вековой аллеи, и солнечные пятна, то зеленые, то золотые, радостно узорившие Громовы бока, руки Радовича и чуть скрипящую гравием дорожку.

Тоже — живые.

Опомнился Радович только на конюшне — распоряжаясь, чтобы Грому не давали овса, а только пшеничные отруби, и никакого железа, пока не заживет, и к ране ежедневно — адский камень.

Ежедневно — слышите? Я сам буду проверять.

Дегтем березовым смажем — затянется, — перебил старший конюх и пихнул в рот дернувшемуся Грому шишковатый красный кулак. — Сбрую-то где растеряли? За нее пять сотен целковых плочено. Да не вами.

Радович — не хуже Грома — дернул головой, все вокруг стало темным от ярости, медленным-медленным, почти неподвижным.

Ты что себе позволяешь, м-м-ме…

Он поймал насмешливый, спокойный взгляд конюха — и подавился невыговоренным мерзавцем, как костью. Так, что горло осаднило.

То и позволяю. Коня такого попортили. Наталья Владимировна недовольны будут, так и знайте.

Радович вдруг увидел себя глазами этого корявого мужика: щуплый выскочка, жалкий красавчик, в котором взрослого — только седина надо лбом, и своего собственного — ровно столько же. За все остальное было плочено другими.

Радович развернулся и пошел прочь из конюшни, пытаясь справиться с прыгающей от унижения, как будто жидкой даже нижней губой, и на пороге уже, вышагивая из душистой лошадиной полутьмы на свет, услышал в спину: пояс-то засупоньте, барин, не ровён час — портки потеряете!

Высадить все зубы. Размозжить башку о брёвна. Чтобы лопнула. Услышать этот тихий переспелый звук. Чавкнуть в чужой крови пыльными сапогами. И на каторгу, на виселицу, как Саша. Счастливым наконец. Совершенно свободным человеком.

Пряжка, поупрямившись, сдалась. Застегнулась.

Радович облизал ссаженные костяшки, соленые, вкусные невероятно — как теплый хлебный ломоть после долгого летнего дня. Холодный чай. Миска простокваши. Отец давно спит за своей ширмой. Глаза слипаются, пыльные ноги загребают пол, будто все еще бредут по волжскому мелководью, и вода густая, зеленая от травы, и воздух тоже зеленый, и Саша идет рядом, высокий, нескладный, с докрасна облупленными плечами, и щурится на солнце, и смеется, просто потому что живой.

Не мечты даже — вздор. Детский, пустой, сорный. Радович в жизни не дрался — даже в гимназии. Ни в одной из. Его никогда не били — и сами не знали почему. И он не знал. Просто не били — и всё. Отец говорил, это потому, что в тебе течет королевская кровь. Вот только Радович в это больше не верил. Его не били, потому что брезговали. Он был трус. Был — и остался.

Все, на что он осмелился, — сказать вечером, что старшего конюха следовало бы рассчитать: нагл, глуп без всякой меры, — а на его место...

Андрея рассчитать? — уточнила Туся, ловко выбирая шпильки и бесстыдно показывая Радовичу и зеркалу заштрихованные черным подмышки. — Уж лучше сразу конюшни спалить. Дешевле обойдется.

Туся вытянула последнюю шпильку, бросила на мраморный столик. Волосы ее, просто и высоко убранные в узел, немного подождали, словно еще мнили себя прической, а потом, опомнившись, рассыпались по плечам — тяжелые, грубые, темные, густые. Туся взяла нужный гребень из десятка отличавшихся, на взгляд Радовича, только дороговизной, но жена его всегда точно знала, чего хочет. Знала — и получала. Туалетный столик ее, эта маленькая продуманная сокровищница, когда-то восхищавшая Радовича до немоты, вдруг показался ему отвратительным, будто стол в прозекторской. Черепаховый панцирь, слоновая кость, серебро, хрусталь в нежной золотой оплетке, шкатулки с украшениями (одна предназначалась исключительно для жемчугов) — супруга его, Наталья Владимировна, урожденная княжна Борятинская, не терпела дряни и всякий раз безошибочно выбирала для себя только самое лучшее и дорогое.

Тут Радович мог гордиться. Собой и своим местом — среди этой великолепной сверкающей дребедени.

Опочивальный приживал — вот кто он был. Барская прихоть.

Радович отвернулся к распахнутому окну.

Не хотите рассчитать Андрея, извольте рассчитать меня.

Получилось гнусаво от обиды, совсем по-детски, и Туся засмеялась легко, весело — давайте я Андрея лучше выпорю, хотите? Он не откажет, я уверена. Выпорю — и дело с концом. Но, как хотите, Виктор, вы просто не умеете обращаться с людьми и учиться не желаете, вот что обидно…

Туся говорила еще — точнее, все еще поучала, она вечно его поучала и сама не замечала этого. Снисходительно тыкала носом в углы, словно Радович был дикарем, который впервые столкнулся с ватерклозетом и не совладал с цивилизацией. Обгадился.

Впрочем, Радович и был дикарь. Он никак не мог приспособиться, обтесаться. Может, предки его и жили во дворцах, как уверял отец, но самому Радовичу это было не под силу. Богатая жизнь, мнившаяся таким счастливым и желанным прибежищем, оказалась устроенной невероятно, даже мучительно сложно. Биомеханика роскоши не давалась Радовичу. Отторгала, словно палец занозу. Особенно трудно было, что вокруг теперь все время были люди. Они готовили, убирали, подавали кушанье, ружье, сапоги. Выносили еще теплые ночные вазы. Просто стояли рядом, навытяжку, были всегда.

Смотрели. Слушали. Понимали.

Или не понимали.

Радович не знал.

Привыкнуть к этому постоянному и посторонне-
му вмешательству в самые интимные моменты жизни было невозможно — богатым, оказывается, надо
было родиться. Быть как Туся, которая знала по именам не только конюхов, но и их жен, деверей и детей, шутила с ними всеми, задаривала, трепала по
плечу, а потом просто приподнимала недовольно
бровь — и все в страхе припадали на передние лапы.
Ей и говорить было не надо. Зачем? Все и так ее слушались беспрекословно.

Еще сложнее понять было, что слуги, заполнившие
теперь жизнь Радовича, — не просто люди, а именно
люди, челядь, которая всем отличалась от порядочных
людей, и Радович чувствовал, что завис между двумя
породами этих людей и *людей*, трепыхаясь, словно
муха в паутине, и остро ощущая, что на самом деле не
принадлежит ни к одному, ни к другому виду.

Он плохо держался в седле, скверно, по-гимнази-
чески, говорил по-французски, совершенно не умел
танцевать, охотиться или распоряжаться по хозяйству. Зато блестяще играл в карты и вел себя как на-
следный принц.

Потомственный дворянин, выросший в честной
нищете.

Да. Он не умел с ними разговаривать. Ни с теми.
Ни с другими. Не умел и не мог. Умел и мог он только
с Сашей.

Хотя тогда, в мае, они как раз предпочитали молчать.

Спускались почти к самой воде. Обстоятельно раскладывали на траве учебники, ранцы — и не делали ничего. Просто валялись, зажмурившись, раскидав как попало руки и ноги. Звонко чокала в зарослях какая-то птица — Саша опознал ее, сонно, не открывая глаз, но Радович тут же забыл. Переходные испытания, без которых невозможно было перевалить в следующий класс, казались чем-то бессмысленным и далеким. Думать о них не хотелось, как не хочется думать о собственной смерти — если нет на то ни причины, ни нужды.

Когда совсем припекало, они стягивали коломянковые блузы, и Радович, приоткрыв один глаз, видел, как медленно розовеют Сашины бледные еще, голые плечи. На предплечье — муравьиное семейство крошечных карих родинок.

Рядом с самой крупной сел комар. Задергал жадным, полупрозрачным брюшком, пристраиваясь.

Вы так совсем обгорите.

Пусть.

Виктор приподнялся на локте, прихлопнул комара и с гордостью показал Саше кровавую размазню на ладони.

Между прочим, я только что спас вам жизнь.

Саша засмеялся.

И убили невинную женщину. Вы знали, Виктор, что у комаров кровопийцами являются только самки? Кровь нужна им для репродукции. У самцов просто нет колющих щетинок, способных проткнуть кожный покров.

Я запомню на будущее.

Саша засмеялся еще раз, перевернулся на спину. Такие же, как на предплечье, родинки аккуратной дорожкой шли вниз от пупка — по гладкому впалому животу.

Радович сорвал какую-то былку, закусил, но тут же сплюнул. Горькая.

Я давно хотел спросить, Александр... Почему вы всегда собираетесь в столовой? У всех же есть свои комнаты.

Саша открыл глаза, посмотрел удивленно, помолчал. Потом сел рядом, так же, как Радович, скрестив по-турецки ноги. Волга была синяя, словно нарисованная на клеенке. Ненастоящая.

Действительно любопытно. Какой вы молодец, Виктор, мне даже в голову не приходило... Я непременно подумаю об этом.

Саша оживился, как оживлялся всегда, сталкиваясь с любым препятствием, преодолеть которое можно было исключительно волей или силой ума. Желтоватое некрасивое лицо его покраснело от удовольствия.

В сущности, это же что-то вроде научной задачи. Дано условие...

Саша вдруг встал и начал ходить вдоль берега, странно размахивая руками, — как будто пытался опереться на что-то невидимое и выпрыгнуть из этого мира.

Куда? Радович не знал. Но дорого бы отдал, чтобы его тоже туда пустили.

Ответ Саша принес через неделю.

В среду, 26 мая 1880 года.

Они тогда не пошли на Старый Венец, Саша настоял, что непременно надо зайти к нему домой, — и, к радости Радовича, они, не заворачивая в чертову столовую, сразу поднялись наверх, в Сашину комнату.

Володя валялся на своей кровати, грыз сосредоточенно ногти, глотая какую-то книжку. Комнаты были смежные. Все слышно. Все видно. Саша посмотрел на сразу скисшего Радовича и одной короткой фразой отправил младшего брата вниз. Дождался, пока стихнет на лестнице обиженный дробный топоток.

Помните — вы спрашивали про столовую? Почему мы там собираемся?

Радович кивнул.

Я долго думал и считаю, что это работает, как ртуть. Из-за высокой энергии поверхностного натяжения. Понимаете?

Радович кивнул еще раз и сам почувствовал, как лицо стягивает в привычную гимназическую гримасу: зеркальный бессмысленный взгляд, угодливым бантом сложенные губы. Усердный ученик, полный неподдельного внимания. Только бы не вызвали, господипомилуйипронеси.

Саша засмеялся.

Я сейчас покажу. Садитесь. Только осторожно! Тут серная кислота. Очень крепкая. Можно сильно обжечься. Вы держите пока это, а я всё подготовлю.

Саша сунул Радовичу в руки граненый флакончик от духов, внутри которого ходила, как живая, бросаясь от стенки к стенке, тяжелая мрачная капля ртути. Саша взял часовое стекло, закрепил в штативе. Потом пипеткой набрал из черной бутылки с притертой пробкой серную кислоту и смешал с горкой каких-то неинтересных кристалликов.

Радович даже рот приоткрыл, как в шапито, ожидая разноцветного дыма, праздничных хлопков, может, даже голубей, взмывающих с хлопотливым шумом под такой же хлопающий купол, — но ничего ровным счетом не произошло. Серная кислота просто съела кристаллы без остатка, никак не изменившись. По крайней мере — на вид. Саша удовлетворенно кивнул, отобрал у Радовича флакон и выпустил ртутный шарик на часовое стекло. Ртуть пометалась, словно не веря освобождению, и успокоилась — идеально круглая, блестящая, жидкая — и при этом совершенно металлическая.

У ртути очень высокая энергия поверхностного натяжения. Полагаю, самая высокая из всех веществ вообще. Знаете, почему она всегда собирается в шарики?

Саша достал из ящика стола гвоздь и потыкал им ртуть. Попробовал разбить — но крошечные бисерины немедленно собрались в одну круглую литую каплю.

Любая система стремится к состоянию с минимальной энергией. Ртуть тоже так делает. Чтобы уменьшить энергию поверхностного натяжения, она изо всех сил пытается уменьшить площадь своей внешней поверхности. Идеальная для этого форма — сфера.

Теперь засмеялся Радович.

В таком случае все гимназисты должны быть шарообразными.

Саша улыбнулся — и стал особенно некрасивым: скуластый, умный, весь словно собранный из неправильных треугольников. Радович бы полжизни отдал, чтобы тоже быть таким. Увы!

Саша снова набрал в пипетку кислоту, окончательно переварившую кристаллы, и аккуратно капнул на ртуть. Радович опять затаил дыхание — но снова ничего не произошло. Ртутный шарик просто немного увеличился, растекся, словно ему было уютно лежать в лужице бесцветной маслянистой жидкости, способной растворить и уничтожить практически все сущее.

А теперь смотрите внимательно, Виктор.

Саша взял гвоздь, дотронулся до ртути — и она вдруг вздрогнула и принялась то расширяться, то сжиматься. Она снова была живая. Но на этот раз ей определенно было больно.

Радович даже привстал.

Саша убрал гвоздь, и ртуть немедленно успокоилась.

Это называется "ртутное сердце". Очень интересный опыт. Впервые его провел немецкий физик Карл Адольф Палзов в 1858 году.

Саша вновь дотронулся гвоздем до зеркального шарика — и ртутное сердце послушно и сильно забилось.

Я добавил в серную кислоту дихромат калия, он окислил поверхность ртути, и на ней образовалась пленка сульфата ртути. Ртуть растеклась, стала больше, потому что ее поверхностное натяжение уменьшилось. Но как только я дотрагиваюсь до нее металлическим гвоздем — вот-вот, смотрите! — образуется гальванический элемент. Причем ртуть — катод, а железо — анод. Ионы ртути на поверхности восстанавливаются до металла и поверхностное натяжение возрастает, ртуть снова собирается. Как будто отодвигается от гвоздя, правда?

Радович не отрываясь смотрел, как ритмично дрожит и пульсирует ртутное сердце.

Голос Саши теперь бубнил где-то далеко.

Так же и наша семья. Столовая — это как бы место минимального поверхностного натяжения для нас всех. И как только появляется неприятное внешнее воздействие — любое, — мы стремимся вернуться к идеальному состоянию, то есть собираемся в столовой, потому что…

Вы хотите сказать, что я мешаю? Всем? И вам тоже?

Радович сам удивился, как хрипло это сказал. Это из милости было, оказывается. Дружба, разговоры, Старый Венец, татарчонок — всё.

Саша отложил гвоздь. Ртуть обессиленно замерла, как будто переводила дух, готовясь к новой пытке.

Вы мой друг, Виктор. Как вы могли подумать, что это про вас…

Ну все же всегда собираются в столовой, когда я прихожу. Все туда собираются. И вы тоже стремитесь — а я только мешаю…

Это просто опыт. Я только хотел объяснить…

Я понял. Благодарю!

Радович вскочил, опрокинув столик, едва удерживающий хрупкую химическую машинерию, и бросился вон — неловко, как стригун, путаясь в ногах, которых стало вдруг очень много, и еще очень много стало света, яркого, дрожащего, мокрого, сквозь который чертовски неудобно было смотреть, так что он споткнулся, и еще раз споткнулся, громыхнул под испуганный возглас Марии Александровны дверью злосчастной столовой, захлопнул ее наконец, и входную — тоже захлопнул, будто отпустил дому пощечину.

Опомнился он только где-то в торговых рядах, трясущийся, с запрокинутым лицом — жалкая детская попытка удержать слёзы. Не удержал. Мещаночки, ищущие кто пряников, кто сукна, оборачивались на красавчика-гимназиста, сочувственно цокали. Ишь, плачет ангельчик. А волосики седые.

Было больно — сразу везде, и так сильно, что Радович не мог дышать. Он вдруг понял, что сжимает в руке неизвестно как приблудившуюся бутылку с серной кислотой. Радович вытянул зубами плотную пробку и, зажмурившись, плеснул тяжелую жидкость на себя.

Вот теперь не больно. Не больно. Не больно!
Спасибо.

Что превыше всего?
Честь, верность и служение Отечеству.
А кто превыше всего?
Отец.

А превыше отца?

Государь император.

Над которым…

Только Господь.

И кто же заставил тебя забыть про отца, Виктор, — Господь или государь император? Кто из них призвал тебя на службу?

Радович поднял глаза — и сразу опустил.

Левая рука дергалась, пульсировала, будто внутри сжимался и разжимался плотный каучуковый мяч. Красный. Отец сидел за столом, очень прямой, в мундире. Так и не переоделся даже.

Простите, папа. Мы с Сашей…

Кто такой Саша?

Мой друг. Я говорил. Еще в марте. Помните? Саша Ульянов. Я был у него дома. Мы делали ртутное сердце… Это такой опыт… Химический…

Кто превыше всего? — снова спросил отец так тихо, что Радович не услышал даже, просто догадался.

Отец.

А превыше отца?

Государь император.

Над которым…

Только Господь.

Теперь молчали оба. Радович прикусил нижнюю губу, но она все равно прыгала, дрожала, унизительно и страшно, и словно в такт с ней прыгало что-то живое и горячее внутри обожженной руки. Отец встал, смахнул со стола остывшие щанки — они только ахнули предсмертно. Радович машинально проглотил слюну — перловая каша. С маслом. Остывшая совсем. В полумраке было похоже, будто на полу лежит комок слипшихся и слабо поблескивающих шариков ртути. Саша бы уточнил — с химической точки зрения совершенно невозможно.

Отец встал, ушел за ширму и уже оттуда сказал.

Коли ты вырос настолько, что сам определяешь свою жизнь, сам заботься и о своем пропитании.

Ночью у Радовича был жар. Он плакал, блуждал в яркой, причудливой темноте, вытянув перед собой слепые дрожащие руки, и все натыкался левой, больной, на огромные струящиеся цифры. Один. Восемь. Один. Восемь. Семь. Снова — один.

Заснул он только к утру — не заснул даже, просто незаметно соскользнул в мягкое, гладкое тепло. К маме. Отец вернулся со службы на час позже — и без заветного узелка. Они не обедали и не разговаривали — сколько? — годы, всегда, целую жизнь? Отец надменно рассматривал что-то даже не над головой сына, а за ней, как будто Радович в одночасье стал прозрачным.

Дверь. Еще дверь. Шаги во дворе. Песий негодующий перебрех. Ушел.

Радович лежал, зажмурившись, отвернувшись к стене, не знал, что делать дальше. Надо было идти в гимназию, нельзя пропускать — исключат, нет, пусть исключат, надо искать работу — где? какую? Что он умел? Накрывать на стол? Зубрить? Чистить сапоги? Значит, не работу надо искать, а прощения отца — умолить, встать на колени, хотя бы просто — встать. Но Радович не мог. Жар сошел, сжался, весь собрался в одну острую болезненную точку на левой руке. Радович замотал ее каким-то тряпьем, немедленно присохшим, коржавым.

Есть не хотелось. Ничего вообще не хотелось.

Только лежать.

Без привычных ритуалов дни распались, опираться больше было не на что. И хуже всего был не голод, не взаимное молчание, а то, что отец отменил ежевечернее благословение, за которым Радович подходил всегда, сколько себя помнил, сколько умел ходить, а прежде того, должно быть, подносила его мать. Сразу после вечерней молитвы, стоило отцу скрипнуть половицами, чтобы встать с колен. Отец молился долго, очень долго, так что Радовича начинало покачивать на черной, теплой воде. Щекотные кувшинки, трескучее трепетание стрекоз, мягкий напор течения, а потом — раз! — и тебя рывком утягивает за ноги на самое дно. Но Радович не сдавался, опускал по-отрочески нелепые лапы на холодный пол, ловил то щиколотками, то коленками острые костлявые сквозняки, пока отец наконец не переставал перебирать свое бормотание. Тогда Радович, кашлянув, поднимался, заходил в тихий, шелковый от старой ширмы полумрак и привычно склонял голову.

Благословите, папа.

Господь с тобой. Спокойных снов.

Губы Радовича на мгновение прижимались к большой красивой руке. Так же мгновенно отцовские пальцы вычерчивали горячий крест на его макушке.

Вот что было главное, оказывается.

Отец вас бьет?

Благословите, папа.

Отец вас бьет?

Благословите.

Радович сел на кровати, мокрый от пота, перепуганный. Было темно — и в темноте перекатывались голоса, мужские, тяжелые: бу-бу-бу. И снова — бу-бу-бу. А потом вдруг заговорил кто-то очень знакомый, тихо, глухо, гневно, — вы не смеете препятствовать, это мой друг! — и опять: бу-бу-бу, бу-бу-бу. Это мой друг! Пустите немедленно! И Радович вдруг понял — это же Саша! И тотчас его подхватили чьи-то руки, сильные, родные, покружили немного и понесли, понесли…

Радович пролежал в больнице две недели, радуясь всему. Мерзкой каше-размазне с лужицей жидкого масляного солнца. Бранчливым соседям по палате. Поплывшему за окном тополиному пуху.

Экзамены ему перенесли на осень по причине тяжелой болезни.

Хорошо!

Саша приходил каждый день. Отец — реже.

Всего один раз сказал — меня вот действительные статские советники на руках не носили. А ты, смотри-ка, удостоился. — И, помолчав, позволил: — Ульяновы эти — порядочные, кажется, люди. Дружи.

Рука заживала быстро, ожог затягивался, словно зализывал себя сам, стал сперва черствым, бурым, а потом, когда корки отвалились, — ярко-красным, блестящим, новеньким, и наконец остался только шрам — белый грубоватый наплыв на тыльной стороне левой руки, похожий не то на намалеванный ребенком цветок, не то на распустившую ложноножки амёбу.

Саша потрогал пальцем осторожно и сказал — никогда не заживет, к сожалению. Так и останется.

Не соврал. Так и осталось.

Они не расставались больше ни на день, и домой Радович возвращался, когда хотел, а то и вовсе не возвращался — оставался ночевать у Ульяновых, и даже каждое лето ездил с ними в Кокушкино, в усадебку, которая принадлежала Бланку, покойному отцу Марии Александровны, Сашиному деду, — на полтора одуряюще длинных месяца, зеленых, синих, черно-золотых, счастливых. Отец становился все меньше и меньше, щанки исчезли, словно никогда их и не было, Радович не знал, когда отец обедает, обедает ли вообще, не думал об этом. Ни о чем вообще, кроме Саши.

Гимназию Радович окончил в числе первых. Саша получил золотую медаль. Самую настоящую, увесистую, небольшую. Будущее было совершенно ясно, продумано, тысячу раз обговорено, предрешено. Петербургский университет. Естественное отделение. Физико-математическй факультет. Бекетов. Бутлеров. Вагнер.

Радович едва не забыл сообщить об этом отцу. Не подумал даже, что это дорого. Баснословно дорого. Учиться в столице. Просто там жить.

Саша говорит, что тридцати рублей в месяц будет довольно, мы подсчитали.

Отец покивал головой, совсем поседевшей. Все еще красавец, но сгорбился. Начал пить — втихомолку, ночью, за ширмой, мерзкое какое-то, самое дешевое пойло. Старался, чтобы Радович не замечал. И он действительно не замечал.

А приложение к жизни какое? Кем ты станешь, Виктор, когда выйдешь? Учителем? Гнусное дело. Неблагодарное.

Зачем учителем? Профессором. Как Саша. Мы давно решили.

Деньги отец достал. На первый год. Собрал всё столовое серебро, что осталось. Снес куда-то и заложил. А может, продал.

Дальше — сам.

Поехали вместе — как взрослые. Одни. Сперва пароходом до Нижнего, оттуда — железкой до Петербурга. Через Москву. Третьим классом. Грязь. Вонища. Радович честно старался не замечать Аню, которая тоже увязалась учиться и была всюду, надсадная, настырная, влюбленная, как навозная муха. Но Саша был рядом. И целая жизнь, потрясающая, невероятная, счастливая, — впереди.

Они сняли одну на двоих комнату на Петербургской стороне. Съезжинская улица, дом четыре. Голодно было откровенно — иной раз неделями только хлеб да чай. Старуха-хозяйка подкармливала их, то подпихнет куски послаще, то на столе оставит, то просунет прямо под дверь. Особенно удавались ей черные пироги с кашей. Учиться было сложно. Но никогда они не смеялись столько. Никогда не были так неразлучны. И никогда ни разу не говорили о политике. Никогда! Саша этим не интересовался, Радович тем более. 1 марта 1881 года, когда Александр Второй был убит народовольцами, Саша единственное, что сказал, — это низко, убивать беззащитного. — И, подумав, прибавил: я бы так никогда не поступил.

В 1886 году на Крещение Радович познакомился с лейб-гвардии ротмистром Вуком Короманом. Столкнулся с ним в прямом смысле лоб в лоб. Здоровенная вышла шишка, причем у обоих. И — всё. Вук, веселый, зубастый, страшный, заворожил Радовича, закружил, стреножил. Он таскал его за собой, словно любимого щенка, и, как щенок же, Радович ничего не понимал — только мелькали вокруг юбки, выпушки, галуны, ледяное шампанское, надорванные колоды, такие же надорванные хохотом молодые глотки. Кокотки, корнеты, кадеты, выпускники Пажеского корпуса. Легкие родительские деньги. Холостяцкая квартира с видом на Зимний дворец.

К весне Радович стал отъявленным монархистом, будущим королем Сербии, а заодно и мужчиной. В самом примитивном смысле. Биологическом. Горячий шоколад оказался куда приятнее.

Вук, кстати, провел Радовича с собой в Зимний — просто взял и провел, и залами, и в караулку, раскланиваясь, кивая, похохатывая, — выходит, не врал про то, что вхож везде и всюду. И там, во дворце...

Нет. Невозможно.

Его Императорское Величество. Сам Государь. Император и Самодержец Всероссийский, Московский, Киевский, Владимирский, Новгородский, Царь Казанский, Царь Астраханский и так далее, и так далее.

Огромный. Плотный. В увесистой бороде.

Радович оторопел так, что шевельнуться не мог.

Александр Третий вскинул брови.

А это что за милашка? Вы девчонок переодетых ко мне таскать вздумали, ротмистр?

Никак нет, ваше императорское величество. Не девчонка.

Сами проверяли?

Девчонки как раз и проверяли.

И что?

Ни одна не пожаловалась, ваше императорское величество!

Александр Третий захохотал. Потрепал Радовича по щеке.

Завидую! Мне бы вашу внешность да ваши годы… Статский?

Радович только кивнул. Он был в чужом пальто, взятом напрокат, как и вся его нынешняя жизнь. В студенческом мундире, объяснил Вук, ни в одном приличном месте не покажешься.

Бросайте к чёрту. Таким красавцам место в гвардии.

Из дворца Радович вышел на подсекающихся ногах. Говел, причастился. Засел за военные уставы, зачем-то еще за Карамзина. Блеял, как самая последняя восторженная гимназистка. Накупил литографий даже, кажется. Цесаревич Александр и цесаревна Мария Федоровна с тремя старшими детьми — 1878 год. Александр Третий — 1885 год. Без головного убора. С крестом.

И всё.

Всё закончилось. Саша сам и закончил. Просто вышвырнул Радовича из своей жизни. Съехал на другую квартиру — даже не предупредив. Едва раскланивался в университете. Оброс новой компанией —

странной, неприятной. Всё какие-то кружки посещал экономические. Заседал. Обсуждал. Едва ли не нигилистом заделался. Они с Радовичем не ссорились, просто разошлись в разные стороны, не разошлись — разлетелись, как разлетаются, крепко стукнувшись друг о друга, бильярдные шары.

И каждый был уверен, что победоносно летит в лузу.

Так что Радович понятия не имел. Не догадывался даже.

Узнал всё только 4 марта 1887 года.

В дороге.

Вышел на перрон — размять деревянные от деревянной скамьи ноги. Вагон был третьего класса. А станция так и вовсе, кажется, четвертого. Бу́рга. Скоро Нижний. А там и до дома рукой подать. Радович повертел с любопытством головой. Два синхронных двухэтажных домика по обе стороны железки простодушно изображали вокзал, хотя на самом деле предназначались для паровозного водопоя. Возле избы, притулившейся неподалеку, кое-как сваленные дрова, отсыревшие, черные. Не меньше воза вывалили, экие растяпы.

Вкусно пахло дымом — печным, угольным, и Радович с удовольствием прибавил к этому еще и свой дымок — папиросный. Он начал курить недавно, с легкой руки Вука, — и все еще радовался каждой мелочи: и щелчку портсигарной крышки, которую надо было ловко поддевать ногтем, и тому, как шипели, зажигаясь, серные спичечные головки, и горячему щекотному головокружению, которое неизбежно приносил с собой первый глоток дыма. Все это было убедительным и явным доказательством несомненной взрослости, которая наконец-то наступила. Радовичу исполнился двадцать один год — и он мог теперь по закону самостоятельно распоряжаться имуществом или участвовать в Дворянском собрании. Правда, имущества у него не было, что делало невозможным и само участие в выборах (ценз был суров — право голосовать имели только дворяне, обладающие тремя тысячами десятин незаселенной земли), но курить-то он мог теперь совершенно свободно. Мог!

При отце, впрочем, все равно не закуришь — не стоит и мечтать.

Радович сник на мгновение, вспомнив Сашины слова, — поезжайте немедленно, Виктор, чтобы не жалеть потом — как я нынче жалею.

Неужто отец действительно болен? Нет! Невозможно. Он бы дал телеграмму. И сам себя одернул — нет, не дал бы. Ни за что бы не дал.

Радович закурил еще раз — уже не так молодецки, без удовольствия. Снега почти не было. В ярком влажном небе орали грачи. Весна выдалась ненормально ранняя — даже в Петербурге Цельсий показывал невиданные плюс четыре. Нева вскрылась, пошла — и это в конце февраля!

А тут и вовсе — теплынь.

По перрону, придерживая рукой фуражку, пробежал человечек с петличками телеграфиста. Лицо у него было серое и скомканное от страха, как носовой платок.

Что случилось? Что?!

Радович и сам не понял, почему испугался, — не меньше этого человечка.

Покушение на государя императора!

Радович ахнул.

И, словно в ответ ему, словно тоже услышав, закричал паровоз — пронзительно, далеко, отчаянно — как женщина.

Подробности выяснились только в Нижнем.

"1-го сего марта, на Невском проспекте, около 11-ти часов утра, задержано трое студентов С.-Петербургского университета, при коих, по обыску, найдены разрывные снаряды. Задержанные заявили, что они принадлежат к тайному преступному сообществу, и отобранные снаряды, по осмотре их экспертами, оказались заряженными динамитом и свинцовыми пулями, начиненными стрихнином".

Нет! Не может быть! Нет! Нет! Нет!

Вокзал гудел, сновал, вскрикивал, рыдал. Шарк и шорох сотен перепуганных ног, низкий гул голосов — как в медной трубе, как в замурованном улье.

"Правительственный вестник"! "Правительственный вестник"!

Срочное сообщение!

Говорят, в Зимнем тоже бомба была заложена — агромадная!

Господипомилуй!

Не может быть.

Радовича толкали плечами, задевали. Он тоже толкал — как слепой. Брел, закинув голову, ничего не видя, по самое горло в собственном ужасе, и уже не сомневаясь, что это — правда. Трое студентов. Трое студентов.

Трое.

Нет! Нет! Нет!

Только не он!

Этого не может быть!

А сам знал — твердо, ясно, как выученный урок.

Может. И есть. Уже случилось.

В пристанционном сортире, загаженном до полной остановки дыхания, Радовича наконец-то стошнило. Все было холодным, липким, слабым, все тряслось: пальцы, колени, губы, голова — так что Радович на секунду испугался, что потеряет сознание и утонет в этом тяжелом дерьме, колыхавшемся вровень с краями выгребной ямы. Но вонь, ошеломляющая, спасительная, ударила в лицо, привела в чувство, освежила.

Радович достал из кармана конверт — толстенький, не подписанный, опасный. Стиснул — и плотная бумага хитиново хрустнула.

Обещайте, что прочитаете, только когда доедете до дома, Виктор.

Он обещал, разумеется, — счастливый, что они снова встретились наконец, что у обоих снова нашлось время друг для друга — после двух месяцев? Нет. После трех? Сколько же мы не виделись, Александр?

Саша даже руками развел, сам изумляясь, как долго. Невыносимо долго. Непозволительно.

Они шли вдоль Мойки, и от воды, ожившей, черной, все еще перемешанной со снежной кашей, рывками тянуло холодом. Оба ежились в своих студенческих шинелях, Саша чуть горбился даже как старик — непривычно. И всё молчал — тоже непривычно, пока Радович, закинув голову, хвастался — бесстыдно, ликующе — рождественскими балами и масленичными маскарадами, новыми знакомствами и умениями, — только вообразите, Вук провел меня на императорскую выездку в Манеж…

Саша слушал, кивал иногда серьезно, а сам все смотрел, прищурясь, на кремовый, влажный, как переводная картинка, Зимний дворец, мягко плывущий по такому же кремовому, нежному, тающему весеннему небу. Стемнело, впрочем, по-зимнему быстро, словно кто-то строгий — р-р-раз — и задернул в детской плотные гардины. Влага, весь день тихо поившая город, загустела, и сразу стало очень холодно — резко, безжалостно, как бывает только зимой, только в Петербурге и только в темноте.

Радович попытался спрятать нос и губы в жиденький башлык — но не преуспел.

Мы так с вами погибнем во цвете лет, Александр, причем совершенно бесславно.

Саша не засмеялся. Не улыбнулся даже.

Можно поехать ко мне, но хозяйка, как назло, клопов взялась травить сегодня… Давайте к вам? Это и ближе.

Нет. Не ближе.

Вы снова переехали? Третий раз уже! Скачете по Петербургу, как блоха! И куда же на этот раз?

Не важно.

Радович растерялся — и куда больше, чем обиделся.

Как это — не важно? Вы мой лучший друг, Александр. И не хотите сказать мне свой новый адрес? А если со мной что-то случится?

С вами ничего не случится, Виктор.

Почему?

Потому что я так решил.

Саша сделал шаг и оказался почти вплотную, так что Радович в призрачном свете оживающих один за другим фонарей увидел крохотный прыщик на его плохо выбритом подбородке, твердые обветренные губы и впервые за время их дружбы не понял даже, а почувствовал, насколько он меньше ростом, чем Саша, будто девчонка, и это было не оскорбительно почему-то, а наоборот — хорошо, потому что Саша вдруг положил руки ему на плечи — и руки были неожиданно горячие даже сквозь шинель — и быстро наклонился, затмив фонарь над своей головой, или это Радович зажмурился, он так и не понял ни тогда, ни сейчас, — но Саша зачем-то дернулся в сторону, увлекая его за собой, и мимо них пронеслась, грохоча по мостовой, щегольская, красным лаком залитая пролетка. Мелькнул серый пятнистый круп громадного рысака, полыхнули жидким медным огнем лейб-гвардейские орластые шишаки и кирасы. Радович, утирая лицо от ледяной грязи, успел заметить хорошенькие оскаленные мордочки хохочущих кокоток.

Одна, кажется, даже знакомая.

Кавалергардский Ее величества Государыни Императрицы Марии Федоровны полк, — сказал Радович, радуясь возможности блеснуть новыми знаниями. — А вы знаете, что у них масть полка — исключительно гнедая? Но различается поэскадронно. Первый эскадрон — светло-гнедые без отметин. Второй эскадрон...

Саша не слушал, очищал, опустив голову, полы шинели, и Радовичу вдруг на мгновение показалось, что он плачет.

Давайте пойдем на Невский, Александр? Я знаю отличную кондитерскую. Выпьем шоколаду. Вы пробовали когда-нибудь настоящий шоколад? Это невероятно вкусно! У меня есть деньги, не волнуйтесь, — я тут выиграл немного в тресет...

В тресет?

Ну, в семерик, если угодно. Это карточная игра. Очень модная среди офицеров. Меня Вук научил. Сложнее, чем в преферанс, но у меня отлично получается...

Саша распрямился наконец. Щёки, уши, даже лоб под фуражкой — в красных неровных пятнах.

Вы хоть понимаете, что ваш Вук — мерзавец?

Что?

Вот тогда Саша и вытащил конверт из-за пазухи. Сунул Радовичу в руки — теплый еще, почти горячий.

Обещайте, что прочитаете, только когда доедете до дома, Виктор.

Значит, сегодня вечером?

Нет. Когда вернетесь в Симбирск. Я вчера получил письмо от своих — ваш отец тяжело болен. Очень. Вам надо выезжать как можно скорее.

Радович стоял, расставив руки, растерянный, ошеломленный, не знающий, что сказать. Отец! Болен! Да еще тяжело… Как же так?

Конверт топорщился у него в пальцах неловко — как взятка. Барашка в бумажке.

Саша осторожно забрал конверт, сложил вдвое, подумал, словно решаясь. И засунул Радовичу в карман.

Простите, я должен был сразу сказать. Но не смог. Не хотелось портить нашу встречу. Так вы обещаете?

Радович кивнул.

Тогда прощайте.

Саша обнял его — быстро, коротко, по-мальчишески — и пошел прочь, не оглядываясь, уже прямо, не сутулясь, не ежась, и видно было, что ему легче с каждым шагом, и Радович смотрел и смотрел ему вслед, пока Сашина шинель не растворилась в кисельной промозглой петербургской мгле.

Только каблуки еще какое-то время стучали — всё тише, тише, тише, дальше. А потом — всё.

Тогда уже нужно было понять. Догадаться.

Но Радович не догадался.

Уехал он только через неделю, крепко зависнув на квартире у Вука Коромана за карточной игрой. Денег было разве что только на кондитерскую. Никак не на дорогу домой.

Про конверт он, честно говоря, и вовсе забыл. Да и про Сашу тоже.

Вышел только третьего марта, под вечер, — невесомый, почти безумный от бессонницы, вина и напряженного безостановочного счета. Выигранного должно было хватить не только на билеты, но и на врача. Если отцу, конечно, понадобится врач.

Так что новости настигли Радовича не дома, а в дороге.

Саша, видимо, хотел иначе.

Радович машинально хрустнул конвертом.

Страх снова подступил, чавкнул почти у самого рта.

Что там? Яд? Нелегальщина? Планы по свержению государя?

Его арестуют. Несомненно. Арестуют. Сашу уже арестовали. Наверняка. Значит — теперь и его.

Под сортирной дверью грохнули сапогами. Опять заголосил газетчик — истошно, будто на дыбе.

Срочное сообщение! "Правительственный вестник"!

Радович, не читая, изорвал конверт, бросил обрывки в дерьмо — мелькнуло "лю", "не" и несколько раз почему-то внятно, отчетливо, Сашиным голосом — "иначе".

За дверью грохнули еще раз, поторапливая, и Радович пошел, перешагивая чужие фекальные залпы. Сперва пошел. Потом побежал.

Дорожный саквояж, старенький, отцовский, так и остался в сортире.

Отца он тоже не увидел больше. Никогда.

Да что там! Он про него даже не подумал.

Три следующие недели Радович провел в Нижнем — на дне. Даже самые дешевые меблирашки оказались недоступными — в каждую в обязательном порядке был проведен телефон, напрямую связанный с полицейским участком. Любой бдительный постоялец или неленивый коридорный мог осчастливить власти своими подозрениями. Радович, сам плохо понимавший, в чем могут его обвинить, рисковать не осмелился. Пришлось снять угол — в прямом смысле угол, отгороженный ситцевой тряпкой, в избе, которую сдавали внаем приезжим самого мелкого ранга и пошиба. Документами тут не интересовались — хозяева уважали деньги, а не проездные билеты ценой в шестьдесят копеек серебром, дающие владельцу официальное право отъезжать от родных пенатов на расстояние более тридцати верст и на срок более трех месяцев.

Обыкновенно в избе останавливались крепкие мужики из города Макарьева, живущие сундучным промыслом, — к ярмарке каждый год они выделывали и привозили по шесть с лишком тысяч сундуков: и громадных, обитых железом, и дорожных кофров, и маленьких несгораемых ларцов, оснащенных изящными запорами и уютными потайными ящичками. В сезон сундучники платили за постой полтинник в сутки, но в марте с Радовича за провисшую до самого пола койку запросили пятнадцать копеек серебром. По сравнению с петербургскими ценами — даром. По ночам по стенам и потолку неторопливо кружили тараканы, торжественные, черносливовые и такие громадные, что слышно было, как они шли.

Грязь в избе была просто ошеломляющая.

Нижний Новгород, к середине июля превращавшийся в настоящий торговый Вавилон, не пустовал и ранней весной — купцов, крестьян, самого разного мастерового люда было полно, так что Радович легко затерялся, залег, едва шевеля плавниками, под корягу, в тихий ил. Он опускался с каждым днем, дичал, терял себя — и сам чувствовал это. Обтрепывались манжеты, волосы, отрастая, неопрятно засаливали воротнички, а главное, студенческая форма — она была хуже клейма, так что зеленую тужурку, шинель и фуражку (и без того ношеные, купленные в университетской шинельной) пришлось спешно снести старьевщику и у него же купить готовое платье: сюртук, панталоны, пару рубах. Все было не по размеру, ветхое, жалкое, как будто даже прижмуренное от стыда.

Отведенные на дорогу до дома деньги истаивали, словно стекали с пальцев, — и Радович снова взялся за карты. В приличные места в его нынешнем виде было не сунуться, так что Радович бродил по постоялым дворам, захудалым трактирам, подсаживался к купчикам с неуклюжим разговором, угощал, чокался, врал. Заканчивалось свежеиспеченное мужское знакомство за карточным столом — почти всегда. Традиция-с. Играл Радович осторожно, по маленькой, боясь всего — и сорвать слишком крупный банк, и проиграться в пух. Прослыть шулером было так же опасно, как и попасться шулерам взаправдашним, настоящим. В обоих случаях могли убить — и убивали. Вук предупреждал, что карты шутить не умеют. И смеялся — аппетитно, страшно, выставляя крупные, гладкие, желтоватые зубы.

Так не могло продолжаться вечно, но продолжалось. Дни покачивались — влажные, набухшие, неподвижные, синеватые, как утопленники. Такие же жуткие. От Волги тянуло сырым весенним смрадом, по ночам река возилась, иногда стонала — глухо, неожиданно, словно смертельный больной. Ледоход начался в середине марта — на месяц раньше обычного. Всюду обсуждали несостоявшееся покушение на государя, алкали крови, жаждали возмездия. Беспорядков в Нижнем не любили — знали, что любые перемены всегда плохо сказываются на прибыли.

Православие. Самодержавие. Доходность.

На трех этих замшелых китах город стоял крепко.

Радович шарахался от каждого мундира, осунулся и научился ходить вдоль стеночки, тихими стопами, по-кошиному, по-мышиному даже — крадком. Он боялся, что его будут искать, хотя не понимал — кто? зачем? за что? Единственной виной, которую он признавал за собой, была дружба с Сашей, но Радовичу казалось, что этого вполне достаточно. О том, что они с Сашей дружили, было известно всем. Дружил — значит, всё знал. Всё знал, но не донес — значит, сообщник. Сообщник — значит, должен быть арестован и сослан на каторгу. Ветхозаветная простота этой логики не казалась ему чрезмерной. Если бы Радович был государем и пережил покушение, он бы уничтожил всех причастных и непричастных до двенадцатого колена, а потом разрушил бы предательский город и, проведя плугом круг, посыпал пепелище солью.

Соленых огурчиков изволите?

Ун-неси прочь, болван! Пш-шел! Водки еще!

Как тебя там, к дьяволу?

Виктор.

Витька, значит. Ага. Басурманское имя. И рожа у тебя не наша, басурманская. Люблю тебя, брат! Дай расцелую! А бунтовщиков и басурман на кол! На кол! Всех. До единого. И опосля еще — колесовать. Выпьем за это. З-з-здоровье его императорского величества! Ура-а-а!

Рявкали, грохали упавшими стульями, распахивали запрятанные в бородах зубастые пасти. "Боже царя храни" раскаленным чугунным шаром прокатывалось от стены к стене по зачумленному трактирному кабинету — раз, второй, третий, переходя в рев, в блев и постепенно, будто гроза, затихая.

Радович, трусивший даже назваться чужим именем, вместе со всеми рявкал, грохал, вставал. Послушно опрокидывал стопку, еще одну. До петухов хлопал картами, плавал бледным лицом в беспросветном слоистом табачном дыму.

Голова по утрам болела — просто отчаянно.

К отцу было нельзя. В Петербург тоже.

Ночи, когда он не играл, были еще хуже. Он до света лежал в своем занавешенном углу и думал, думал про Сашу, о том, как он мог, как смог, — и главное, зачем? Ради чего? Чем он вообще мог быть недоволен? Золотая гимназическая медаль, еще одна — за студенческую научную работу, блистательные успехи в учебе. Приват-доцентство было у него в кармане, диссертация, почет, скромное сияние мировой славы, восторженно рукоплещущие ясноглазые ученики. Судьба сама стелилась ему под ноги послушной самобранкой, отглаженной, вышитой, накрахмаленной до хруста. Все кругом понимали — вот будущий великий ученый. Он сам это понимал и принимал — без малейшей заносчивости, без ложного стыда. С поднятой головой. Честно. Достойно. Менделеев так и говорил про него: выдающийся ум. Про Радовича он так не говорил, вообще, должно быть, как зовут его, не помнил. Мало ли бездарных студиозусов заполняло аудиторные залы.

Зачем, Саша, ради всего святого? Зачем?!

И Саша клал ему руки на плечи и наклонялся, затмевая фонарный свет, — раз за разом, раз за разом, но так ни разу и не поцеловал.

На прощание.

Даже на прощание.

Тараканы складывались в таинственные письмена, расплывались, набухнув, и Радович чувствовал, как слёзы быстро и горячо сбегают по вискам, затекают щекотно в уши.

Ты ведь нарочно меня отправил домой. Нарочно. Чтобы спасти. И разъехался со мной еще год назад — тоже нарочно.

Уже тогда знал. Понимал. Готовился.

Но зачем, господи, Саша, зачем?!

В начале апреля Радович был в равной степени близок и к помешательству, и к самоубийству — и потому просто ждал, что случится первым, спокойно, отстраненно, будто смотрел дрянной любительский спектакль, досадуя на плохую игру и чая только одного — финальных реплик, после которых можно будет встать, размять затекшие члены и выйти наконец на свежий воздух, в сад, полный синего, влажного воздуха и солнечного света.

Всё закончилось одним днем — в полупустом трактире. Радович, ссутулившись, сидел над миской щей, кислых, серых, скучных, возил ложкой, как маленький. Он перестал бриться и до глаз зарос молодой, нежной черной бородкой, придавшей ему что-то сказочное, персидское, — не из конспирации, нет. Просто больше не было сил ни на что. Совсем. Даже бояться.

За соседним столом обедали два неожиданно приличных для этого заведения господина, в одном из которых Радович сразу определил полкового ремонтера. Второй, должно быть, был барышником — ну, или просто заядлым лошадником. Оба были туго-мясые, с холеными, сытыми лицами и вели себя с той свободной веселостью, которая свойственна лишь молодым, здоровым и беспечным людям, только что выпившим по первой в этот день стопочке холодной водки. Радович сперва тихо подивился, как эти двое могли оказаться в такой дыре, а потом со скуки стал слушать их разговор, нескончаемо лошадиный, понимая через пень колоду, но все же понимая — спасибо Вуку Ороману.

И в этом натаскал.

Лейб-гвардии ротмистр, сербский националист, картежник, волокита, выскочка, бретер, он, безусловно, был настоящим мерзавцем, Саша. Ты прав. Но из-за твоего благородства я сейчас погибаю. А благодаря его мерзостям — все еще живу.

И вот ты вынь ему да положь семнадцать серых жеребцов-трехлетков! Да в один рост — чтоб не боле вершка разницы. Будто не знает, что лошадей в России много — но лошадей в России нет.

Что же, и в Хреновóм не нашлось? — спросил барышник. Ремонтер ответил что-то быстро и неразборчиво, оба захохотали дружно, как гиены, и ремонтер, утирая оттопыренным мизинцем мокрые глаза, сказал — кстати, в Анне ищут управляющего в конюшни. Не хотите ли наняться?

В Анне? Это где?

Верст десять от Хреновóго. Усадьба Борятинской.

И что же — такие большие конюшни, что без управляющего не устроятся?

Да немалые. Говорят, дочка Борятинской помешалась на лошадях. Так не хотите? Старая княгиня богата, как Крёз. Женитесь, раздадите долги, остепенитесь.

На княгине? Или на дочке?

Да какая вам разница, право слово?

Оба засмеялись снова, а Радович встал, удивляясь простоте решения, над которым он ломал голову столько дней, пустил по столу гривенник за так и не тронутые щи и пошел, отмахивая рукой, с каждым шагом все свободнее, четче.

Ночью он играл в последний раз — как никогда бессовестно и спокойно — и наутро, облегчив сразу троих купцов на общую сумму четыреста пятьдесят рублей сорок копеек серебром и ассигнациями, сразу отправился к лучшему нижегородскому портному, а после — в книжную лавку.

Волга, свободная уже, переливалась, переплески-
вала, дышала. Ветер, молоденький, нежный, то при-
жимался страстно, то гладил Радовича по щекам —
прохладным, свежевыбритым, будто голым.

Нижний. Арзамас. Тамбов.

До Анны? Сроду до тепла не доберетесь, барин.
Грязь.

Но даже погода была теперь к нему благосклонна — в первых числах апреля в Воронежской губернии вдруг подморозило, и по зеленому конусу, прямо
по наклюнувшимся молодым почкам ударил мороз.
Великие местные грязи подернуло серебрецом, стянуло натуго, так что Радович был на месте уже через
неделю. Невысокий, бледный, отлично выбритый
молодой господин в хорошем пальто, ловком сюртуке и великолепной английской обуви. В саквояже,
тоже щегольском, английском, кроме пары отменного белья, лежало восторженное рекомендательное
письмо с неразборчивой подписью и две книги —
"Сборник сведений о торговле лошадьми и перечень
конских заводов в России" Мердера и "Практическое
руководство к излечению лошадей и к познанию ее
по наружному осмотру" Бобарыкина.

Рекомендательное письмо Радович самолично
написал еще в Нижнем, а обе книги, пока добирался
до Анны, просто выучил. Включая присовокупление
"с описанием устройства и содержания конского завода в России и воспроизведения и поддержания
лучших пород лошадей, усовершенствованного спо-
соба ковки и правил при покупке и продаже лошадей".

Как в гимназии — наизусть.

Княгиня Борятинская помедлила секунду, приподняв удивленно брови, но, опомнившись, протянула руку. Не то для пожатия, не то для поцелуя. Радович, ни секунды не колеблясь, наклонился, тронул губами сухую бледную кожу, угодив ровно между двумя веснушками. Пахнуло тихим, светлым, грустноватым — пудрой, славными какими-то, очень простыми духами. Все вообще казалось очень простым: овальная палевая гостиная, диваны светлого плотного шелка, лиловатые вéнки на висках и запястьях княгини, ее такое же лиловатое платье. Но простота эта, изящная, неприметная, говорила о богатстве дома и самой Борятинской больше, чем любая раззолоченная лепнина.

Присаживайтесь, господин Радович. У нас всё по-деревенски, запросто. Может быть, чаю с дороги?

Буду премного благодарен.

Борятинская потянула за шелковую сонетку — и в гостиную через минуту вошла девушка, невысокая, почти бескровная, удивительно похожая на княгиню. Пушистая рыжеватая коса по-крестьянски уложена вокруг головы. Ключицы, локотки — хрупкие, будто кукольные.

Радович вскочил.

Познакомьтесь, господин Радович. Это моя Аннет…

Мое почтение, княжна.

Радович склонился, попытался поймать маленькую руку, но девушка отдернула пальцы и вспыхнула вся разом — щёки, шея, ушки, даже лоб — словно праздничная пасхальная лампадка. Радович распрямился растерянно, и девушка, зарумянившись еще сильнее, вдруг закрыла глаза.

Будто испугалась или заснула.

Борятинская засмеялась.

Распорядись, чтобы нам подали чаю, милая.

Девушка кивнула и, так и не открыв глаза, вышла.

У вас очаровательная дочь, ваше сиятельство.

Хотела бы поспорить с вами, но не стану.

За чаем всё больше молчали. Радович подносил к губам беззвучную полупрозрачную чашечку, учтиво отвечал на немногочисленные вопросы княгини — Тамбов, дворянин, Петербург, университет. Естественник естественно. Врать, к счастью, не пришлось — он действительно родился под Тамбовом — отец както сказал мимоходом, не сказал даже — проболтался, и посмотрел так, что стало ясно: вопросов лучше не задавать. Никогда. Симбирск, как незначительный и промежуточный пункт своей биографии, Радович опустил вовсе; впрочем, подробности никого не интересовали — тоже к счастью.

Борятинская поправляла волосы, щурилась, крошечные миндальные печенья таяли во рту. Нюточка к ним так и не притронулась.

У стены навытяжку стоял лакей, полнощекий, выхоленный, солидный.

Потом была прогулка по саду — сперва по старому, потом по молодому. Первые листья, едва развернувшиеся, слабые. Полуголые темные стволы. Теплицы, беседки, пруд, пруд — целый каскад дрожащих, сияющих прудов. Светлые пятна солнца, светлые туфельки на влажно хрустящей дорожке — как когда-то, будто мамины. И сад был тоже будто мамин, из детства. У старой груши Радович оступился — и Нюточка, ахнув, ловко подхватила его под локоть. Радович покраснел, попытался поклониться — и чуть не упал снова. Земля была весенняя, яркая, сырая. Борятинская улыбнулась и сказала — осторожно, дети, — и Радович вдруг увидел себя со стороны ее глазами: тощий дурацкий мальчишка, вчерашний гимназист, пытающийся выдать себя за взрослого.

Тщетно. Тщетно.

Бледная ранняя капустница, похожая на обрывок папиросной бумаги, взлетела у Нюточки из-под ног — и, словно без сил, опустилась.

Радович торопливо откланялся, сославшись наконец на усталость, и дважды заблудился, отыскивая отведенные ему покои, — дом был громадный. Затея пустая. Радович ничком повалился на кровать, понятия не имея, куда ехать завтра.

Вечером ему сообщили, что место он получил. Место, жалованье, флигелек при вечно пустующем доме управляющего и любезное приглашение княгини Борятинской ужинать непременно и обязательно у них.

Конюшни он осмотрел только на следующий день. Все содержалось в образцовом порядке и в дополнительном управлении не нуждалось совершенно. Это понимал, к сожалению, не только Радович. Конюхи переглядывались недоуменно. Радовичу казалось — насмешливо.

Зато ужины были выше всяких похвал — никогда в жизни Радович не ел так много и так вкусно и никогда столько не благодарил мысленно отца — за в прямом смысле вколоченные манеры. Отец сек его с четырех лет — без гнева, но и без малейшей жалости — исключительно за неучтивость или промахи за столом.

Мы — Радовичи.

Помни, какая в тебе кровь, Виктор.

Будто вправду надеялся, что сыну доведется отобедать за императорским столом.

Почти угадал, папа. Почти угадал.

После ужина Борятинская вышивала, Нюточка играла на фортепьяно или сидела молча, закрыв глаза и сложив на коленях маленькие светлые руки. Радович и десяти слов с ней не сказал. Еще через две недели княгиня вызвала его к себе и, постукивая тонким карандашом по неподписанному конверту, спросила, что он думает о ее дочери. Радович, растерявшись, ответил, что княжна являет собой идеальное существо, живой образчик красоты, благонравия и он, со своей стороны, преклоняя колена…

Радович безнадежно запутался в длинной бессмысленной фразе, пару раз дернулся — и, сдавшись, обмяк.

Откуда, господи, взялась эта высокопарная ахинея? Не Державин даже. Граф Хвостов. Василий Кириллович Тредиаковский.

Аннет — моя воспитанница, а не единокровная дочь, — сказала Борятинская тихо. — Она не княжна.

Мещанского сословия. Я полагала, вы знаете. Люди любят посудачить.

Я не слушаю сплетен, ваше сиятельство. И титулы для меня не имеют никакого значения. Мнение мое остается неизменным.

Это делает вам честь, господин Радович.

Борятинская помолчала. Карандаш в ее пальцах прыгал, как живой. Волновался.

Не скрою, меня беспокоит судьба Аннет. Несмотря на происхождение, я растила и воспитывала ее как родную дочь и люблю всем сердцем. Потому хотела бы для нее самой лучшей партии из всех возможных. Разумеется, я дам за ней хорошее приданое — лишь бы быть уверенной, что найдется человек, который действительно составит ее счастье…

Борятинская приподняла брови, ожидая ответа, но Радович молчал, ошеломленный. Все решалось так просто, что поверить было нельзя. Он надеялся всего-навсего спрятаться. Отсидеться. Этот брак вовсе выводил его из игры. Переводил из пешек в полноценные ладьи.

Карандаш пристукнул.

Борятинская наконец-то рассердилась. Встала.

Однако, господин Радович, я вижу, что поспешила. Полагаю, сердце ваше уже занято…

Радович опомнился. Тоже вскочил, волнуясь, горячась.

Мое сердце полностью свободно, ваше сиятельство, и я счастлив был бы совершенно, мало того, полагал бы главной целью своей жизни… но считаю, что бесчестно не спросить мнения… мнения…

Радович вдруг сообразил, что понятия не имеет, как назвать свою будущую жену. Прежде он обходился княжной да мадемуазель.

Анна Ивановна, оказывается. Анна Ивановна Арбузова.

Нет, Анна Ивановна Радович.

Анечка.

Радович улыбнулся — растерянно, радостно, будто нежданный подарок получил, и у Борятинской даже дыхание перехватило. Красавец какой, господи. Глаза, губы, брови — будто из камня вырезали драгоценного. Да еще седина эта — словно сам Господь не удержался, отметил. Легкий весь, яркий, как… как черный огонь. И не знает об этом — и от того только больше еще хорош. Было б мне самой двадцать лет — и минуты б не думала. На край света за таким пошла бы. Не пошла бы даже. Побежала.

Я бы не стала заводить этот разговор, господин Радович, если б не была уверена в начатом. Но у меня есть условие. Даже два.

Радович кивнул. Склонил голову — серьезно, смиренно, будто признавал вину и готов был принять любое наказание. И покорность эта тоже была совершенно очаровательна.

Первое условие — вы с Аннет будете жить в усадьбе. Я не хочу распылять семью на старости лет. Место управляющего, разумеется, останется за вами — если вы сами того пожелаете.

Радович кивнул.

Ждал второго условия.

После свадьбы вы станете называть меня матерью. Обещаете?

Радович часто-часто заморгал и молча опустился перед княгиней на колени.

О помолвке объявили назавтра же.

В тот же день, 15 апреля 1887 года, в Петербурге начались заседания Особого Присутствия Правительствующего Сената по делу о злоумышлении на жизнь Священной Особы Государя Императора. К суду были привлечены пятнадцать человек: Осипанов, Андреюшкин, Генералов, Шевырев, Лукашевич, Новорусский, Ананьина, Пилсудский, Пашковский, Шмидова, Канчер, Горкун, Волохов, Сердюкова и Александр Ульянов.

19 апреля Верховный суд приговорил к смертной казни через повешение четырнадцать из них.

30 апреля Министр Юстиции всеподданнейше представил на Всемилостивейшее воззрение Его Величества поданные осужденными просьбы о помиловании или облегчении их участи, с заключением по оным Особого Присутствия Правительствующего Сената.

Милость императора была воистину безгранична.

Я не знал, Саша. Не знал. Честное слово. Никто не знал. В газетах об этом ничего не писали.

Радович думал — все утихло. Громыхнуло в отдалении. Пронесло. Может, даже всех давно освободили. Отпустили с извинениями — потому что это была путаница, конечно. Одна из тех идиотских ошибок, на которые так горазда от рождения слепая русская Фемида.

Он, вообще, питался крохами. Ничего не понимал. Не считая Борятинской, в усадьбе с ним никто почти не разговаривал — а сам он не умел, оказывается. Ни отдавать приказания, ни правильно держать плечи, когда подают сюртук, ни чуть отклоняться за столом, чтобы лакею было удобнее управляться с огнедышащим блюдом.

Это было искусство, как выяснилось. Сложное. Очень.

Угодив в официальные женихи, Радович все еще не мог разобраться, кто и кем кому приходится в этом огромном доме. Настоящая княжна, за которую он первое время наивно принимал Аннет, почему-то была в Петербурге еще с зимы и, судя по всему, возвращаться не собиралась. Даже Радович понимал, что для того, чтобы юная совсем, незамужняя девушка столько месяцев жила вдали от дома — без матери, без родных, — нужна веская причина. Но причина эта не называлась никем, просто стояла в воздухе облаком плотной вони — и все делали вид, что никакого дурного запаха нету. Или просто притерпелись.

Радович не знал.

Что было очевидно и бесспорно — в усадьбе ему не обрадовался никто. Радович не грубил, не строжился, не чванился, но все кругом замолкали на полуслове и расходились, рассасывались — почти в полуприседе, — стоило ему появиться. Пришлый вертун, юнец, за пару недель незнамо как выскочивший из конюшни в зятья к самой барыне. И это при том, что и в конюшне не успел никому даже даром сгодиться.

За какие такие заслуги?

За что?

Радович и сам бы так думал, господи. Да кто бы думал иначе?

Еще был какой-то немец, которого, судя по всему, не любили еще сильнее, чем его, и Радович все пытался высчитать, кто же это, пока не выяснил почти случайно, что Григорий Иванович, о котором Борятинская то и дело говорила с таким лицом, будто прикладывалась к святым мощам (и которого Радович принимал за ее покойного супруга), и есть тот самый мистический злодей, подлинный властитель здешних мест.

Мейзель. Григорий Иванович Мейзель.

Семейный врач.

Всего-то.

А Радович чего только себе не напридумал.

Легче всего Радовичу было, как ни странно, с княгиней — они просто нравились друг другу, как собаки или малые дети. Нипочему. Поладили сразу и всё.

С Нюточкой не изменилось ничего. Княгиня старалась почаще оставлять их наедине: то выходила распорядиться по хозяйству, то вспоминала вдруг, что забыла вышивание, то просто притворялась, что задремала, — хотя вовсе не имела пока этой старческой привычки. Но Нюточка, как и прежде, будто никакой помолвки не было, почти не улыбалась, едва разговаривала. Разве что глаза закрывала реже.

Радович всего раз попытался воспользоваться любезностью княгини и неловко притянул Нюточку к себе — мелькнули глаза, растерянные, яркие, голубые, в самом уголке — тревожная красная жилка, и по губам Радовича мазнула сухая, чуть скрипучая прядь волос.

Она его просто оттолкнула.

Изо рта у нее не очень хорошо пахло — чем-то кисловатым, несвежим. Немолодым.

Радович (спасибо Вуку), прежде имевший дело только с дорогими шлюхами — веселыми, радостными, весело и радостно готовыми на всё, — растерянно извинился. Он понятия не имел, как вести себя с порядочной девушкой.

Что, вообще, делать дальше?

Свадьбу назначили на конец августа.

Туся получила телеграмму. Мейзель — тоже.

Они сложили их вместе на столе, будто две половины пиратской карты.

Мы, вообще, собираемся возвращаться домой? — спросил Мейзель. — Ты собираешься?

Разумеется, Грива.

И когда же?

Когда-нибудь. Вот увидишь. Я непременно скажу.

Туся собрала тетради в аккуратную стопку. Попробовала затянуть ремешком, как это делали курсистки, но не получилось. Мейзель хмыкнул и, не говоря ни слова, помог.

Воображаю, как *maman* счастлива!

Мейзелю показалось, что это была ревность. А может, сарказм. Он так и не понял.

Борятинская действительно утопала в батисте, шелке, перебирала льняные скатерти, простыни лучшего полотна — готовила приданое. В будущих комнатах молодых, пересмеиваясь, толкались наливными веселыми задами бабы — всё надо было перемыть, перебелить, перекрасить, переделать на новый лад. Готовились приглашения, с восторгом, во всех подробностях обдумывались платья.

Борятинская словно сама под венец собиралась. Утреннее весеннее солнце зажгло ее волосы торжественной рыжеватой короной, слизнуло морщинки, приласкалось.

10 мая 1887 года.

Вторник.

Цветущие вишни за щедро распахнутым окном.

Небо, расчерченное нотными стрижами.

Скольких гостей ожидать от вас, Виктор?

Пришлось все-таки начать лгать.

Совсем один на всем свете? Ах, бедный, бедный мальчик. Несчастное дитя. Надеюсь, в моем доме вы наконец-то обретете любящую семью.

Нюточка закрыла глаза.

Радович тоже. От стыда.

Прости меня, Господи. И ты, Саша. И ты, папа, тоже прости.

Чтобы хоть как-то извиниться перед заживо похороненным отцом, он зачем-то рассказал славную историю их рода, в которую и сам поверил заново только недавно.

Сербии давно нужен новый король, братья, черт подери!

Виктор Радович из династии Властимировичей.

Вышеслав, Свевлад, Радослав, Властимир, Чеслав...

Убит, разбит болгарами, предан братом, умер, умер, убит...

К счастью, принесли почту. Очень вовремя.

На подносе, поверху конвертов, лежал листок утреннего выпуска "Телеграмм Северного телеграфного агентства".

Кучер сказал — на станции все обклеено, — поджав губы, сообщила Танюшка. — А люди говорят — мало!

Чем обклеено? Что — мало?

Повесить их было мало! Цареубийц этих. Лучше б на кол посадили. Или еще чего.

Танюшка хлопнула перед Борятинской поднос, кряхтя, подхватила со стула кем-то забытую салфетку и ушла, сильно припадая на больную ногу. Радовича она, кажется, не заметила вовсе. Как и Нюточку, свадьбу, весну, майского жука, с тяжелым жужжанием атакующего подоконник. Мир Танюшки сужался, обступал ее со всех сторон, насупленный, мрачный. Только барышня еще и теплилась, неугасимая. Только она.

Борятинская захлопала себя по груди, потом по столу, ища лорнет.

Ах, нет же. Нет! Забыла! Виктор, прочтите скорее. Какие цареубийцы?

Радович взял листок — заботливо подогретый, чтобы не замарать типографской краской сиятельных рук.

Правительственное сообщение о деле 1 марта 1887 года. По Высочайшему повелению, последовавшему 28 марта 1887 года, дело об обнаруженном 1-го того же марта злоумышлении на жизнь Священной Особы Государя Императора отнесено было к ведению Особого...

Радович сглотнул. Запрыгал глазами по жирным неровным строчкам.

При производстве по сему делу дознания и на судебном следствии выяснено: что бывшие студенты Санкт-Петербургского университета: казак Потемкинской станицы, области Войска Донского, Василий Денисьев Генералов, государственный крестьянин станицы Медведовской, Кубанской области, Пахомий Иванов Андреюшкин, сын надворного советника Михаил Никитин Канчер, купеческий сын Петр Яковлев Шевырев, сын действительного статского советника Александр Ильин Ульянов...

Майский жук свалился на ковер, замолчал и засучил в воздухе беспомощными лапками.

Нюточка едва заметно напрягла щеки, сдерживая зевоту.

...крестьянка, акушерка Марья Александрова Ананьина и херсонская мещанка акушерка Ревекка (Раиса)

Абрамова Шмидова, — принадлежа к преступному сообществу, стремящемуся ниспровергнуть путем насильственного переворота существующий государственный и общественный строй, образовали во второй половине 1886 года тайный кружок для террористической деятельности...

Майский жук покачивался на круглой спинке, пытаясь перевернуться, — и вдруг зажужжал снова, отчаянно, тоскливо, зло.

И? Виктор, отчего вы замолчали? Читайте дальше.

...а в декабре того же года согласились между собой посягнуть на жизнь Священной Особы Государя Императора, для каковой цели Генералов, Андреюшкин и Осипанов, вооружившись разрывными, метательными снарядами, в сопровождении Канчера, Горкуна и Волохова, принявших на себя обязанность известить метальщиков особым условным сигналом о проезде Его Величества, вышли 1 марта 1887 года на Невский проспект с намерением бросить означенные снаряды под экипаж Государя Императора, но были около полудня задержаны чинами полиции, не успев привести своего намерения в исполнение...

...Приговором Особого Присутствия Правительствующего Сената, состоявшегося 15/19 апреля 1887 года, все поименованные подсудимые, кроме Сердюковой, обвинены в преступлениях, предусмотренных 241-й и 243-й статьи Уложения о наказаниях...

...причем признаны: Шевырев — зачинщиком и руководителем преступления, Осипанов, Генералов, Андреюшкин, Ульянов, Канчер, Горкун и Волохов —

сообщниками, из числа коих Ульянов принимал самое деятельное участие как в злоумышлении, так и в приготовительных действиях к его осуществлению; остальные же подсудимые... приговорены к лишению всех прав состояния и смертной казни через повешение.

Борятинская ахнула.

Нюточка закрыла глаза и быстро, почти воровато перекрестилась.

Радович слышал свой голос — снаружи, не изнутри, монотонный, негромкий, старательный, совершенно ученический. Солнце светило ему в правый висок, слепило, как когда-то в гимназии, когда он отвечал у доски и вместо класса видел только пульсирующий свет, то черный, то белый, яростный, полный тихого гула мальчишеских голосов, скрипа парт и перьев, и даже в самой сердцевине этого света, почти слепой, он знал, чувствовал, что слева, в третьем ряду, за второй партой сидит Саша.

Вместе с тем Государю Императору благоугодно было Всемилостивейше повелеть: заменить осужденным Иосифу Лукашевичу, Михаилу Новорусскому, Михаилу Канчеру, Петру Горкуну и Степану Волохову смертную казнь ссылкою их в каторжные работы: первых двух — без срока, Канчера же, Горкуна и Волохова на десять лет каждого, с лишением всех прав состояния и с последствиями...

Радович не дочитал вслух. Только глазами.

Положил листок обратно на поднос.

Несколько секунд разглядывал собственные пальцы — мокрые, в пятнах краски. Зря подогревали только. Не помогло. Он постоял секунду, покачиваясь, и, не извинившись, вышел из комнаты.

Нюточка подняла лист, тихо, без запинки, дочитала.

Приговор Особого Присутствия Правительствующего Сената о смертной казни через повешение над осужденными Генераловым, Шевыревым и Ульяновым приведен в исполнение 8-го сего мая 1887 года.

Какое людоедство! Изуверство! Просто немыслимо! — пробормотала Борятинская, вставая. — И это Машин сын! Машин сын! Какое счастье, что она не дожила, бедная! Тусе нельзя больше оставаться в этом городе. Ни одной минуты. Боже, боже мой. До чего мы дожили! Казнить детей!

Борятинская махнула Нюточке рукой и приказала — я хочу дать телеграмму. Распорядись. Немедленно. Потом подошла к окну, вцепилась в подоконник — и вдруг заплакала.

Майского жука она раздавила по дороге.

Нюточка нашла Радовича только вечером — на конюшне. Конюхи ушли уже, засыпающие лошади тихо вздыхали, и то одна, то другая вдруг всхрапывала, отгоняя тоже засыпающих, вялых мух.

Было холодно, похрустывало даже под ногами — должно быть, дуб зацвел наконец.

Радович лежал, почти с головой закопавшись в сено.

Нюточка села рядом, нашла в темноте трясущиеся плечи, погладила осторожно. Радович испуганно дернулся, затих. А потом вдруг сел — и заплакал в голос, ужасно, тоненько, как заяц, которому косой перерезало лапки, и Нюточка, перепугавшись, прижала его к себе, крепко-крепко, и все гладила — по плечам, по мокрым щекам, по голове, выпутывая из волос сенную труху, колючие былки, и бормотала — бедненький, бедненький, бедненький мой, и он все не мог успокоиться, никак не мог. А потом успокоился наконец.

Потому что она его не оттолкнула.

И глаза не закрыла даже.

Все равно было темно.

Телеграмму получил Мейзель.

Перечитал несколько раз, дернул кадыком. Постоял, собираясь с духом. И пошел к Тусе. Перед тем как постучать — перекрестился и сам удивился, что помнит, как это делается.

Туся взяла телеграмму. Уронила. Опять взяла.

Выехали они тем же днем.

Глава пятая

Сын

За пять месяцев Петербург Тусе осточертел — и только многолетняя привычка держать брань в узде не позволяла ей высказаться точнее.

Они с Мейзелем приехали в столицу еще в декабре, к началу сезона, — по настоянию княгини, решившей, что пора наконец вывезти шестнадцатилетнюю дочь в свет и представить ко двору.

Борятинская была намерена ехать сама, но некстати приключившийся ишиас приковал ее к постели. Мейзель помял пальцами бледную поясницу беспрестанно охающей княгини, покачал сочувственно головой. Уж он-то, трус с почти пожизненным стажем, точно знал, до какой низости способен довести человека самый обыкновенный страх.

Борятинская притворялась.

Не хотела возвращаться туда, где помнили ее красивой, легкой. Молодой. Боялась. Знала, что ехать необходимо, но — боялась. Мейзель прописал растирания пчелиным ядом и медвежьим жиром, пояс из собачьей шерсти, полный покой. Приедете, как сможете, Надежда Александровна. Мы и без вас управимся великолепно.

Врал, конечно. Он и сам боялся. Не хотел в Петербург еще больше, чем Борятинская. Но отправить Тусю в сопровождении только горничной девушки было просто немыслимо. С мадемуазель Крейз простились еще в сентябре — слёз и объятий с ее стороны было немало. Мейзель крякнул и пошел укладывать вещи. А вместо этого простоял всю ночь у окна, затянутого тонким ледяным гобеленом пугающей какой-то красоты: пушистые папоротники, хвощи, хрустальные единороги, — и думал, что вот окно это, и этот узор есть самое убедительное доказательство существования Бога, лучшего и представить себе нельзя, а он все равно не верит. Ни во что не верит и ничего не чувствует. Кроме усталости и страха.

Почему я, Господи? Я знаю — за что. Просто ответь — почему именно я?

Мейзель подышал на стекло — и в оттаявший глазок посмотрела на него тьма, беззвучная, непроницаемая, бездонная.

Это и был ответ, собственно.

Другого он не ждал.

Выехали рано, еще потемну.

Мороз был особый, предутренний и такой страшный, что его было слышно. Все кругом тихонько подстанывало: невидимое поле, далекий, почти воображаемый лес, само небо — и оглушительно визжал под полозьями плотный замасленный снег, и над лошадиными спинами стояли облака белого, почти банного пара. У Туси мгновенно заиндевели ресницы, брови, нежный пушок над верхней губой, и Мейзель все кутал ее в дорожную шубу, прикрывал лицо платком, серым, деревенским, который на морозе особенно явно подванивал козлом. Глаза у Туси блестели в темноте — гладко, ярко, и видно было, что она недавно плакала. С лошадьми, видно, прощалась. Боярину было уже двадцать пять лет — совсем старикан, морда и та поседела. Мог не дождаться хозяйки.

Мейзель вообще не понимал, зачем она согласилась ехать.

Долго не понимал. Очень.

Не догадывался даже, старый дурак.

Петербургский дом Борятинских после смерти князя (тихой, одинокой, никем не замеченной) был продан, так что Тусю приняли Стенбок-Ферморы, родня Надежды Александровны по отцу. Строгий двухэтажный особняк на Английской набережной, вид на неровную мертвую Неву, невыносимый, колюще-режущий питерский ветер. С 1831 года изменилось всё, кроме самого Мейзеля. Хотя нет, зря он надеялся, — ничего вообще не изменилось.

Мейзеля разместили в крошечной антресольке, неподалеку от слуг. О том, чтобы посадить его за один стол с прямыми потомками Рюрика, не могло быть и речи — в либеральные бирюльки в этом доме не играли. Мейзель целыми днями слонялся по дому от окна к окну, но больше лежал у себя, совершенно обессиленный. Тусю он почти не видел — графиня Маргарита Сергеевна Стенбок-Фермор, урожденная княжна Долгорукова, добросовестно выполняла свой родственный долг. Визиты, балы, утренники, театральные премьеры — зимой светский Петербург не спал вообще, залитый бледным электрическим пламенем и судорожным чахоточным весельем. Тусю привозили под утро, хмурую, серую от усталости, безнадежно подурневшую.

Графиня еженедельно отправляла Борятинской отчеты, полные едва сдерживаемого негодования. Несмотря на все усилия, успеха при дворе Туся не имела вовсе. Она был юна, миловидна, превосходно танцевала — но тем же могли похвастать и все прочие девицы, которые десятками, как дрожащие шелковые мотыльки, толклись и роились в зеркально раскатанных бальных залах. Блеснуть на этом мреющем фоне можно было только родовитостью, богатством или совсем уж выдающейся красотой, но деньги и титул принимались во внимание в первую очередь. Однако княжна Борятинская, будущая наследница солидного состояния, которая по всем законам обязана была возглавить список самых желанных невест сезона, по большей части молча подпирала дворцовые стены, прячась за бугристыми спинами тетушек и мамаш.

Ее приглашали, разумеется, — но не более одного раза.

Изъян, никак незаметный издалека, при первом же знакомстве вызывающе поражал воображение. Туся была неженственна — возмутительно, вопиюще — и даже не делала попыток никому понравиться. Хотя и традиции, и здравый смысл, и даже сама человеческая природа приказывали дебютантке сиять любопытными глазами, взволнованно оглядываться, обмирать, трепеща ресницами, локонами, юным доверчивым сердцем. Туся была не такая. Нет, она уместно молчала, почти всегда улыбалась вовремя, легко вальсировала и была одета и причесана по последней моде и к лицу.

Но видно было, что ей скучно.

Это не была желчная печоринская поза или скука затаскавшейся по балам девицы, которая знакома со всеми от камер-юнкера до лакея и наперед может предсказать каждую реплику на каждый па последней кадрили. Нет, Тусе было скучно и тяжело, как бывает скучно и тяжело взрослому человеку в обстоятельствах, какие нельзя изменить, а требуется просто вытерпеть — в приемной у большого чиновника, который все равно откажет, как ни проси, или на больничном одре, когда боль и время, мучительно переплетясь, становятся особенно вязкими, бесконечными. Туся терпела — мужественно, честно, изо всех сил, и видеть ее остановившееся, напряженное лицо было неприятно, даже страшно.

Она не выдержала лишь однажды — случайно оказавшись рядом со скульптурной группой гусар пятого Александрийского полка. Черно-белые, с болезненно-алыми обшлагами, яркие, картинно уставшие от собственного великолепия, они лениво спорили о бегах, то и дело подбадриваясь, как лошади на выводке, и принимая броские позы. Гусары смерти. Ими любовался весь зал. Они прекрасно это знали.

Помилуйте, Потешный в шестьдесят седьмом три версты за пять минут прошел! Этот рекорд никому не побить.

Туся подошла поближе.

В шестьдесят восьмом.

Гусары повернулись разом.

Серебряные мертвые головы, белые выпушки, мальтийские кресты. Выхоленные усы. Круглые голубоватые подбородки.

Пахнуло табаком. Крепким дорогим вином. Вкусным горячим потом.

*Excusez-moi, mademoiselle?**

Туся сглотнула.

Эгрет в ее высоко уложенных волосах дрожал — тонкая золотая веточка в крошечных колючих изумрудах.

Потешный, сын Полканчика и Плотной, прошел три версты за пять минут в тысяча восемьсот шестьдесят восьмом году. И побил свой же рекорд шестьдесят седьмого года. Тогда он взял дистанцию за пять минут и восемь секунд.

Гусары переглянулись.

На лицах у них была такая растерянность, будто с ними заговорил полковой козел или афишная тумба — что-то настолько несомненно и убедительно

* Простите, мадемуазель? *(фр.)*

бессловесное, что оживить и одушевить его не способен даже Господь Бог.

Один из гусаров, не зная, что делать, попытался поклониться Тусе, но только напрасно звякнул запутавшимися шпорами.

Вокруг зашептались в недоумении.

Молодая девушка, не будучи представленной, осмелилась одна подойти к незнакомым ей мужчинам и вступить с ними в беседу — это было немыслимо. Недопустимо. Скандал!

Графиня Маргарита Сергеевна Стенбок-Фермор уже торопилась к Тусе через весь зал, шурша юбками и на ходу негодующе кругля брови. Любезная улыбка ее трепыхалась, каждую секунду норовя отклеиться.

Они уехали тотчас же, и всю дорогу до дома графиня тихо и гневно отчитывала Тусю, едва видимую из-за шалей и башлыков, а потом вдруг, махнув рукой, замолчала. И это было еще стыднее и тяжелей.

Больше Туся не срывалась, но в свете раз и навсегда сочли ее странной и эксцентричной, — а такое дозволялось только очень богатым старухам. С балов они теперь уезжали рано — всегда. На мазурку, после которой полагалось объяснение в любви или хотя бы приятное соседство на ужине, княжну Борятинскую больше не приглашали вовсе — даже после искусного науськивания графини, страдавшей, что отсвет скандала упал и на нее самоё.

К счастью, сезон стремительно катился к завершению — и Маргарита Сергеевна не чаяла развязаться с дурно воспитанной княжной и всеми неприятными хлопотами, которые та принесла в дом. Не счесть, сколько раз за эту зиму Стенбоки-Ферморы вознесли хвалы Господу за счастливую бездетность.

Написать княгине Борятинской, что дочери ее в Петербурге больше не место, графине не позволяли светские приличия. Отказ от дома усилил бы скандал стократно — и был бы, графиня это понимала, огромной несправедливостью. Туся не виновата была, что ее мать не дала ей должного воспитания. Поэтому Маргарита Сергеевна Стенбок-Фермор могла только ждать, когда Туся попросится домой сама.

Мейзель ждал того же — хоть и по другой причине.

Но Туся продолжала терпеть.

Мейзель не понимал — почему.

Она лишь однажды пришла к нему — ночью, прямо в комнату — и разрыдалась так, что Мейзель испугался. Туся всхлипывала, икала, тыкалась ему в шею и в грудь горячим мокрым лицом, и от нее несло таким тихим страшным жаром, что он заподозрил пневмонию, скоротечную чахотку, неминуемую смерть. Мейзель еле отцепил ее от себя, чтобы осмотреть, — но ни пальцами, ни ухом не уловил в грудной клетке ни одного опасного шума. Зато на предплечье левой руки, почти у локтя, обнаружился старый знакомый — не синяк даже, свежая, едва затянутая коркой ссадина. Ровно по линии бальной перчатки.

Все так плохо?

Туся даже ответить не смогла, только снова уткнулась головой куда-то ему под мышку.

Ну что ты, полно, полно! Успокойся. Хочешь, домой уедем? Вот прямо завтра с утра уложимся — и покатим? Дома хорошо. Горку на запруде зальем. На тройке кататься будем. Боярин твой, поди, от тоски уж повеситься пытался. Обрадуется тебе как — сама подумай!

Но Туся замотала головой — отчаянно, яростно даже — нет, нет, нет!

Она успокоилась только к утру, и Мейзель так и не понял — от чего именно. То ли от того, что он гладил ее и бормотал, как в детстве, всякую ерунду, то ли от того, что просто утомилась. А может, приняла решение. Но вместе со слезами улетучился и жар — истаял, словно его и не было.

Туся всхлипнула в последний раз, крепко шмыгнула носом и поцеловала Мейзелю руку. За окном было еще по-зимнему темно, но дом уже просыпался — шаркали в коридорах слуги, на кухне повар хлопал по запудренному мукой столу круглым охающим тестом, и то там, то здесь начинала гудеть, растапливаясь, голландская печь.

Прости, Грива. Устала немного. Все прошло. Ей-богу. Прошло, прошло — я не лгу. Мне бы гулять хотелось с тобой только. Как раньше. Хоть иногда. Это же можно? Ты устроишь?

И Мейзель вытребовал у графини право на ежедневную прогулку.

По давней деревенской привычке они всюду ходили пешком, изумляя петербуржцев, — старик в тяжелой шубе на седых бобрах и хмурая барышня в голубоватых переливающихся песцах, редких, драгоценных. Приличным господам пристало передвигаться на собственном экипаже. Мейзель привыкал к трости — пришлось все-таки купить к старости, которая нагнала его наконец, дернула настойчиво за рукав. Туся понемногу оттаивала, как оттаивал и сам город, — год неумолимо поворачивал к весне, в небе то там, то тут появлялись яркие проталины, даже вечный петербургский ветер, пронизывающий, лютый, вездесущий, и тот смягчился, потеплел.

Она подолгу засматривалась на лошадей — выезды в столице у многих были великолепные. Тысячные рысаки, роскошные кареты, сбруя в целое состояние. Была и своя мода: архиереи держали исключительно вороных жеребцов, очень густых, капитальных, с длинным низким ходом, богатое купечество ездило на гнедых мастях, а что уж говорить про гвардию. Туся как-то час продержала Мейзеля на холоду, любуясь парой огненно-рыжих кобылок, поджидавших хозяина у ресторана. Смотри, Грива, смотри — блесткие какие. И сухие, прямо необыкновенно. Как сразу видно породу, да? Арабские головы совершенно. Давай еще подождем, на ходу хочу их посмотреть.

Мейзель, замерзший, встревоженный, не видел ничего, кроме одержимости, и одержимость эта его пугала. Она словно каким-то образом была связана с детской Тусиной немотой, продолжала ее, усугубляла. Надвигалась, как чернота. Как тень неотвратимо наплывающего безумия.

Пойдем. Да пойдем же! Ты пальцы себе отморозишь! Не нужны? А в седле ты держаться как собираешься?

Увел все-таки. Слава богу!

Они много гуляли по набережным, изредка углубляясь в переулки, и Туся с изумлением обнаружила, что Мейзель недурно знает город.

Я думала — ты из Москвы, Грива.

Из Москвы. Но учился здесь, милая. Вот и помню кое-что.

Учился?

Да. В Медико-хирургической академии.

Туся, как все залюбленные дети, замечательно равнодушная ко всему, кроме себя самой, удивлялась на мгновение — и тут же забывала о Гриве и его прошлом. Щурилась — не то мечтательно, не то задумчиво, пряталась в ресницы, в муфту, щекотно раздувавшуюся от каждого вздоха. В Петербурге она подурнела. Жаль.

Мейзель вздыхал с облегчением — больше всего он боялся расспросов. Слишком многое пришлось бы вспоминать. Еще больше — объяснять.

В первую очередь самому себе.

Довольно скоро он понял, что их прогулки не случайны, а имеют какую-то цель, которую Туся упрямо не желала ему назвать. Они кружили по одним и тем же улицам, заглядываясь на угрюмые фасады, аляповатые вывески. Иногда Туся подолгу смотрела на номера домов, словно пыталась угадать что-то.

Наконец Мейзель не выдержал.

Когда человек не знает, к какой пристани держит путь, для него ни один ветер не будет попутным.

Что? — переспросила Туся рассеянно.

Они стояли на 11-й линии Васильевского острова среди огромных домов, почти сходящихся в бледном невысоком небе.

Ты что-то ищешь. Я же вижу. Что именно? Может, я сумею помочь.

Туся подумала несколько секунд, дыша в свои меха. Холодно было остро, едва выносимо, — как бывает только в Петербурге.

Мне нужны Бестужевские курсы. — Глухо, едва слышно.

Прости, что тебе нужно?

Туся убрала от лица муфту — и губы, и щёки, и мех были влажные, нежные. Живые.

Я хочу получить образование, Грива.

Ты, слава богу, прекрасно образована.

Нет, я хочу быть образована как надо. Хочу всё знать про лошадей. Не от конюхов. А… По-настоящему. Как разводить правильно. Про болезни. Всё.

Мейзель помолчал потрясённо.

Но, милая, я не думаю…

Туся снова прижала к лицу муфту, отвернулась сердито — и пошла, ускоряя шаг. Каблучки её увязали в снежной каше. Пахло газом от фонарей, горячим сладким тестом из булочной и — властно, сильно — чёрной большой водой, которая — совсем рядом — медленно просыпалась под неровным льдом, разъезженным санями.

Грива догнал Тусю возле самого угла.

Подхватил под локоть.

Не сюда, милая. Не сюда поворачиваешь, говорю. Это совсем близко.

Бестужевские курсы были на 10-й линии.

Конечно, Мейзель с самого начала понимал, что ничего не выйдет.

Абсолютно ничего.

Женщины не получали высшего образования.

Нет, не так.

Женщинам не давали высшего образования.

Может, где-то в другом месте, но не в России — точно. Это было не нужно — ни России, ни женщинам, никому. Он сам так считал, господи. Привык считать. Вовсе не давать женщинам грамоты — да, это была дичь. Несправедливость. Но зачем хотеть большего? Как ни смышлена была Туся, он знал, что все Карамзины и неопределенные интегралы все равно уйдут в песок, никому не пригодятся. Выйдет замуж, забеременеет — и снова, и еще раз. И еще. Материнство калечило женщин страшнее, чем мужчин война. Вынашивание младенца, роды, кормление — всё это было громадной, непосильной работой, и Мейзель не раз видел, как работа эта стремительно оглупляет женщин — и богатых, и бедных. Любых. Их разум был странным образом связан с маткой, хотя Мейзель так и не понял, как именно.

Должно быть, недостаточно много оперировал.

Впрочем, нерожавшим женщинам было еще хуже. Возможно, они не глупели, но зато были вообще никому не нужны. Биологически бросовый материал. Ошибка природы. Тлен.

Мейзель мог бы попробовать объяснить это Тусе, но понимал, что спорить бесполезно. Она должна была убедиться во всем сама. Что крапива — жжется. Докрасна раскаленная печная заслонка — тоже. А пиявку, присосавшуюся к руке, так просто не оторвать.

В конце концов, он сам приучил ее к тому, что опыт — король познания.

Пусть попробует. Ожжется. И успокоится.

Туся стояла, задрав голову, и с восторгом оглядывала великолепное здание своего будущего: окна, арки, серый сырой камень, солнце, на мгновение празднично показавшееся из-за туч. Из высоких дверей, по-галочьи галдя, выбежали курсистки — в шальках, скудных суконных пальтишках, сплошь страшненькие, жалкие. Одна была без платка — волосы подстрижены скобкой, по-мужски, под распахнутой кацавейкой — ярко-красная косоворотка.

Мейзель едва не сплюнул. Нигилистка. Экая гадость!

Туся вскинулась, заулыбалась, едва не махнула доверчиво рукой, но опомнилась — это было невежливо. Недопустимо. За несколько месяцев в Петербурге Туся слышала это слово чаще, чем за всю свою предыдущую жизнь. Недопустимо. Курсистки примолкли, оценивая голубую парчу, серебристые песцы, мехом отороченные тупоносые ботики. Снегурочка из детской сказки. Существо иной, непонятной — и от того вражеской будто породы. И только одна, самая некрасивая, с многоугольным калмыцким лицом, улыбнулась в ответ приветливо, даже шаг замедлила, будто готова была поговорить, но нигилистка крикнула сердито — Аня! Как не совестно! — и некрасивая, сама смутившись, побежала догонять своих, оскальзываясь и неловко держа под мышкой толстую черную книжку.

Бесстыжевки — вот как их люди звали. И правильно делали. Мейзель широких был взглядов человек, но надругательства над природой не терпел. А эти дуры убивали в себе самое лучшее, женское. Своими руками убивали. Верили, что смогут одолеть эволюцию. Победить само естество.

Словесно-историческое отделение, физико-математическое и специально-математическое. Лекции по математике, физике, химии, ботанике, зоологии, минералогии, кристаллографии, физической географии. Богословие, теория эмпирических знаний. Славянские языки.

Все это не значило ровном счетом ничего, разумеется.

Никаких дипломов курсисткам не полагалось. Ни дипломов, ни экзаменов, ни статуса.

Это был просто очаровательный кружок по интересам. К слову сказать, весьма недешевый.

Туся все стояла, сияя глазами, прежней своей счастливой улыбкой. Мейзель впервые после приезда в Петербург видел, чтобы она так улыбалась.

Он кашлянул.

Пойдем, милая. Этак скоро темнеть начнет, а нам еще назад возвращаться.

На курсах их приняли только с третьего раза.

Для того чтобы сообщить, что попасть к ним совершенно, решительно невозможно.

Нет, ни за какие деньги. Ни за какие рекомендации.

Весьма сожалею, но прием к нам прекращен в прошлом году — в связи с обеспокоенностью правительства политической неблагонадежностью слушательниц. Работает государственная комиссия. — Секретарь, седой, костистый, засыпанный по воротнику и плечам то ли перхотью, то ли пеплом, заговорщицки понизил голос, словно приглашая Мейзеля присоединиться к той самой комиссии. На Тусю он даже не смотрел. — Прежних курсисток мы надеемся доучить, но о новом наборе не может быть и речи. К тому же… — Секретарь наконец перевел взгляд на Тусю. — Сколько вам лет, мадемуазель?

Тридцать первого марта исполнится семнадцать.

На курсы принимаются исключительно девицы, достигшие двадцатиоднолетнего возраста. Так что — сожалею, но — нет. Решительно невозможно. Увы-с!

Туся только голову наклонила — и вышла не попрощавшись. Даже спина у нее была злая.

В университете их не удостоили вовсе — просто передали, что, согласно уставу от 1863 года, в студенты принимаются молодые люди, достигшие семнадцатилетнего возраста и притом окончившие с успехом полный гимназический курс или удовлетворительно выдержавшие в одной из гимназий полное в этом курсе испытание и получившие в том установленный аттестат или свидетельство.

Молодые люди. Не барышни. Не девицы. Не женщины. Молодые люди.

Нет, вольнослушательницей тоже нельзя.

Правила о допущении к слушанию лекций посторонних лиц, составленные на основе распоряжений Министерства народного просвещения, не предоставляли женщинам пра́ва даже входить в аудиторию.

Университетская дверь закрылась так же громко, как и дверь Бестужевских курсов, — бух.

Сезон меж тем, поднявшись на Масленицу до почти истерического пика, завершился, сошел на нет, схлынул разом — как вода. Еще один бал, еще десяток натянутых визитов — и в феврале наконец начался Великий пост. Петербург нахохлился, спрятался в воротник невзрачной шинели, заледенел.

Борятинская писала письма, требовала объяснений, грозилась приехать сама и оттащить беглецов домой, если понадобится, силою.

Надо было возвращаться.

Туся и слышать об этом не хотела. Она растерялась — Мейзель видел. Не отчаялась, а именно растерялась. Смотрела на него, как маленькая, будто он мог придумать какие-то особые правила, условия, поговорить с кем-нибудь, распорядиться — и все станет по ее.

У него не хватало духу сказать, что по ее все равно не будет.

Скорее всего, никогда.

Оставалась, правда, академия — его академия, медико-хирургическая. Нынче — военно-медицинская. Но Мейзель и думать про нее не хотел. Точнее, всё, что он хотел в Петербурге, — это не думать про академию и не вспоминать ее. Но Туся сама разузнала — бог весть как — там же готовят ветеринаров, Грива. Похлопочи — может, они возьмут меня. Мне бы хоть вольнослушателем.

Да ты с ума сошла! Опомнись! Ты ведь женщина! Княжна Борятинская! В Хреновскую школу коновалов еще запишись!

Ненавижу это все! Ненавижу! И тебя ненавижу! И себя!

Он, разумеется, поехал.

31 марта. В день ее рождения.

Носовой платок. Йод. Нашатырный спирт. Лишь бы не пригодился.

Пригодился.

Впервые Мейзелю стало дурно еще на входе, хотя здание перестроили и перекрасили, — и, очевидно, не раз. Но он качнулся только, мотанулся даже на входе — и все мотанулось вместе с ним, и академия, и воспоминания, и страхи. Но нет — не упали.

Начальник академии, доктор медицины Александр Михайлович Быков, крепкий, квадратный, с крепкой, квадратной бородой а-ля Александр Третий, повторил Мейзелю его же собственные слова.

Барышню — к нам? Да такой фамилии? Чтоб научиться лошадям, простите, руку в задницу по локоть совать? Уж не знаю, милстдарь, кто из вас с ума сошел, вы или ваша протеже, но я вам и как человек скажу, и как врач…

Вы мне лучше как отец скажите, — перебил Мейзель. — У вас же есть дети?

При чем тут мои дети?! Они, слава богу, взрослые люди давно, и примерно порядочные. Да и когда малы были, никого невозможными просьбами не обременяли, потому что воспитаны были в надлежащей строгости, не то что нынешнее поколение…

Вы их не слушали просто, — снова перебил Мейзель. — Не хотели. А были бы хороший отец…

Мейзель махнул рукой. С трудом встал. Рванул ворот сюртука. Дышать было нечем. Нечем совершенно.

Быков молчал, жуя в кулаке свою верноподданическую бороду.

У двери уже окликнул.

Вернитесь, коллега. Окажите любезность. Вот как же видно сразу статских — нервы одни. Бабские метания. На войне вас бы живо спокойствию обучили — это я вам как бывший полковой врач говорю. Ладно княжна ваша — ребенок совсем. А вы зачем, взрослый человек, мужчина, головой закрытые двери околачиваете? Прямая дорога — она ведь не всегда самая короткая. Иной раз в обход и быстрее, и вернее. Учиться охота? Так пусть учится. Хоть астрономии. Хоть военному делу. Только частным, так сказать, образом. Да к вам очередь из идиотов выстроится — деньги только платите.

Из кабинета Мейзель вышел, пытаясь засунуть в непослушный карман записку с именем идиота, который, по мнению Быкова, мог бы согласиться на эту педагогическую авантюру. Христофор Иванович Гельман. Будущий основатель института экспериментальной медицины. Человек, который одновременно с Кохом получил туберкулин. И один из первых в мире — иммунную сыворотку против сибирской язвы.

Извозчик терпеливо кемарил на козлах, подергивая головой так же, как и его кобыленка. Туся бы ее сейчас разобрала по всем статьям — от бабок до ноздрей.

Назад, на Английскую набережную. Только в книжный магазин меня сперва завези. Знаешь ты хоть один книжный?

Извозчик обиженно всхрапнул, забожился.

Затрусили. Поехали. Сразу стало легче дышать.

В книжной лавке Мейзель купил Коптева. "Материалы для истории русского коннозаводства". Только что вышедший, великолепный, тисненный золотом, с роскошными иллюстрациями на семи листах.

Заверните как-нибудь попригляднее. Это подарок.

Не извольте беспокоиться. Сделаем как надо-с.

На обратном пути он совсем расслабился, задремал — и очнулся от того, что кто-то черный, тихий, положил ему голову на плечо и прошептал в самое ухо почти ласково — вот и свиделись. Здравствуй.

Что?! Кто?!

Мейзель дернулся от ужаса, едва не вывалился из саней, — стояла оттепель, полозья визжали по камням, подпрыгивали, грохотали.

Сенная площадь, господи.

Сенная.

Ты куда завез меня, идиот?!

Извозчик обернул сморщенное в кулачок виноватое личико.

Так не пущают на набережную, барин, пришлось в объезд, жандармов нагнали, казаки с нагайками, небось скуденты воду мутят опять...

Мейзель не слушал. Искал в кармане нашатырь, но никак не мог нашарить, натыкался то на знакомый наизусть, до малейшей щербинки флакончик с йодом, то на чертов носовой платок.

Вот наконец.

Мейзель вынул руку из кармана, будто чужую, не свою.

Пальцы были в крови. И еще в чем-то. Серо-черном. Густом.

А-а-а-а-а-а-а-а! — закричал он.

А-А-А-А-А-А-А-А-А-А-А-А-А-А-А!

Не-е-е-е-е-ет!

И в этот момент из-за угла неторопливо, с достоинством выплыл таировский дом.

⋯✦⋯

Жара имела форму куба. Огромного — точно по размерам комнаты. Мейзель и не думал, что такие бывают. Не комната — зала дворцовая. Купец второй гильдии Лука Гаврилович Таиров не иначе как балы тут собирался задавать, а вот оно что вышло. Десятки коек, десятки распахнутых окон, мертвые, обвисшие занавеси, мертвый город за ними. Ни одного движения воздуха. Да какой там воздух, откуда? Вместо него внутри жары слоями, почти не смешиваясь, стояла вонь — горячая, плотная, чуть свалявшаяся даже, как сукно. Мейзель машинально в который раз взялся за верхнюю форменную пуговицу — рвануть, рассупонить, стащить — и в который же раз, скосив глаза на Мудрова и Бланка, не посмел. Оба работали сноровисто, молча. Темные изнуренные лица, темные, наглухо застегнутые сюртуки, обшлага мокры насквозь.

Кровь. Слюна. Подсыхающий пот.

Рвота. До двадцати раз за сутки.

Еще чаще — понос, белесый, слизистый.

Хриплые стонущие голоса. Обтянутые сухой морщинистой кожей остовы. Обирающие край одеяла суетливые пальцы.

Мейзель потряс головой, прогоняя повисшую на носу соленую крупную каплю. Мокрое лицо щипало от хлорки. Чужой пот мешался со своим. Усталость то притворялась симптомом, то, наоборот, в голове вдруг пугающе яснело — и в холодной воображаемой пустоте быстро-быстро, но почему-то справа налево начинали бежать мелкие черные буквы.

"Кружение головы, давление и жжение под ложечкою и около желудка, тоска, неутолимая жажда, рвота, урчание в животе, внезапный упадок сил, понос. Жидкость, верхом и низом извергаемая, похожа на огуречный рассол или на пасоку, обыкновенно отделяющуюся из выпущенной крови. Ноги, руки и вся поверхность тела хладеют. Черты лица явственно изменяются: оно делается бледным, выражает крайнее изнеможение. Глаза впадают. Голос слабеет и делается сиповатым. В ногах и руках оказываются судороги. Пульс слабеет и делается почти нечувствительным".

Плоть под ланцетом хрустнула — но кровь не пошла в ворота, отворенные предусмотрительно и милосердно. Отмучился. Еще один. Снова не успели. Они работали втроем — и все равно не успевали. Он, будущий Мейзель Григорий Иванович, а пока просто эй, каквастам, подайте немедленно, девятнадцатилетний студент третьего курса медико-хирургической академии, которого допускали лишь к лекарствам да кровопусканиям, Матвей Яковлевич Мудров, первый директор медицинского института при Московском университете, в свои пятьдесят пять — лучший в Российской империи клиницист, и тридцатисемилетний Дмитрий Дмитриевич Бланк, штаб-лекарь, по иронии судьбы — тоже первый, правда, не на всю Россию, а просто — первый доктор, поставивший верный диагноз вытегорскому мещанину, прибывшему в Санкт-Петербург 28 мая 1831 года на допотопном былинном суденышке, именуемом соймою.

———— ✳ ————

До 13 июня мещанин, оснащенный полной пазухой челобитных, сновал по столице из одного присутственного места в другое, пытаясь продраться сквозь бюрократические тернии со своей маленькой человеческой просьбишкой, а к ночи возвращался на сойму, владелец которой за нескромную мзду согласился не только доставить провинциального кверулянта обратно в Вытегру, но и предоставил ему в качестве постоялого двора целую палубу. Мещанин, от замота и отчаяния потерявший самый смысл своего приезда в Петербург (началось все со скучной склоки с соседями из-за старой ветлы, но теперь грозило дойти едва ли не до каторги, причем мещанину все чаще казалось, что греметь кандалами придется именно ему), подолгу не мог заснуть и все слушал гладкий плеск о лодочное днище да негромкие матерные рассказы матросни, и звездное небо над его лысеющей головой вращалось в необъяснимом волнообразном согласии и с чистым голосом воды, и с корявой человеческой бранью, и только нравственный закон внутри никак не попадал в такт, бурчал, ворочался, будто укладывался поудобнее среди кишок, и от этого бедолагу мещанина тихо, вкрадчиво мутило — день за днем, вечер за вечером. Пока наконец не стало рвать.

Сперва один раз.

И еще один.

И еще.

Утром 14 июня 1831 года о новоиспеченном болящем донесли полицейскому врачу Бланку, и тот выдал за полученную информацию полтину с тяжеленьким орлом, разложившим по реверсу серебряные выпуклые крылья. Довольно высокая цена за осведомленность, коллега, вам не кажется? Бланку не казалось. Усердный, добросовестный, сдержанный, он появлялся в нужном месте первым. Часто — единственным. Начальство это ценило. Так что скорость, с которой Бланк выслужился до штаб-лекаря, была оплачена именно такими полтинниками. Судьба любит тех, кто сам себе помогает. Дмитрий Дмитриевич Бланк вообще верил в судьбу.

Сойма мерно качалась у Калашниковской пристани, мотало на струе блевотины вконец ослабевшего мещанина, портовое отребье, копченое до черноты, зубоскалило, катило, тащило, волокло по шатким мосткам тюки и бочки, и даже утро 14 июня 1831 года было нездешним — румяным, розовым, словно литография, аккуратно подкрашенная в раю.

Слово было произнесено именно тогда — и именно доктором Бланком.

Холера.

Год гуляла по южным губерниям империи, перекинулась в Саратов, Тамбов, Вологду, Пензу, прошлась, никого не жалея, по Москве, едва не умертвила Ригу. И вот — добралась до столицы, легко миновав все угрюмые, ощетинившиеся холерные карантины.

Пришла водой.

Бланк завершил осмотр, накапал в оловянную кружку лауданума из увесистой серой склянки, протянул измученному мещанину — настойкой опия пользовали от всего, начиная с младенческих колик и заканчивая дамскими мигренями. Вызвал владеющего соймой купца, жарко дышавшего вчерашней брагой, распорядился сухо: обработать судно и весь товар сделанным в холодной воде отстоянным раствором охлоренной извести, каковую получить по указанному адресу. Команду и пассажиров на берег до особого распоряжения не отпускать. Купец угодливо кивнул, пустил бровями волну и поправил пояс, в котором, Бланк не сомневался, были зашиты деньги.

Да какая холера, вашество. Полугару он вчера ужрался — ну и того-с. Через этого.

Купец окал кругло, упруго, будто пускал с горки разноцветные пасхальные яйца. По умильно собравшейся роже было ясно, что ничего выполнять он не собирается.

Как всегда.

Бланк знал, что любой закон и запрет в России имеют свою цену. Любое разрешение — тоже. Иным способом протиснуться сквозь частокол взаимоисключающих и по большей части бессмысленных бюрократических препон было просто невозможно. Бланк сам брал взятки и давал их, так делали все, таково было всеобщее мироустройство, можно сказать — основной закон российского бытия.

Но не сейчас, нет.

Можно откупиться от государства. Даже от родины. Но от судьбы — нельзя.

Вы глухой, сударь? Я, кажется, ясно выразился: на судне — холера. Потрудитесь выполнить приказ.

Купец, понявший, что умаслить полицейского врача не удастся, сразу поскучнел и убрался куда-то на корму, одним движением рыжей брови забрав с собой матросов, — будто втянул с палубы грязный свалявшийся хвост. Мещанин, напившись опию,

еще немного — больше для порядку — поохал и по-
ныл, а потом свернулся калачиком среди подсыхаю-
щей рвоты и заснул, подложив под плешивую пегую
голову маленький, жалобный, почти детский кулачок. А Бланк два часа простоял над ним неподвижно, чувствуя скулой и виском, как поднимается и не
по-петербургски наглеет небольшое мускулистое
солнце.

Он уже не сомневался в том, что прав, но все еще
не верил в это.

Все еще нет.

Проснулся мещанин бодрым, повеселевшим и тотчас рванулся по неотложным своим путаным делам
(да мне только до Сенной и назад, ей-богу, вашсветлость, мне на Сенной назначено), но Бланк был неумолим.

Всем оставаться на сойме. Это приказ. А вам,
милсдарь, следует немедленно отправиться в больницу.

Мещанин, уже крепко стоящий на ногах, посвет-
левший, от больницы здраво отказался. Вроде рано
мне еще помирать, вашсветлость. Да и некогда. Мне
бы до Порфирия Никанорыча сперва, на Сенную.
А вот в другой раз, ежели занеможется, всенепре-
менно…

Бланк, не слушая, сошел на берег, остро жалея,
что не может скрутить этого упрямого заразного
хорька силой. Отходить ногами, законопатить в ме-
шок, повесить, в конце концов. Штаб-лекарь, полицейский врач, по должности не имевший никаких
полномочий, кроме полномочия пробовать арестант-

ский харч, спасать обмороженных да учить фельдше-
ров прививать от оспы, что он на самом деле мог?

Ничего. Ни-че-го-с.

С пристани, уходя уже, Бланк обернулся. Сойма
снова кишела людьми. У самого борта уже торчал, на-
дувшись, прибывший по срочной записке Бланка
будочник, призванный держать, не пущать и нести
караул. По морде будочника, лихой и придуркова-
той, было ясно, что эта цитадель падет первой и сойма продолжит загрузку и разгрузку, как только Бланк
сядет в пролетку. Может, даже раньше. Сноровисто
сновали матросы, мещанин виновато втолковывал
что-то купцу, а потом торопливо нырнул за пазуху —
за откупными.

Коренастый парень, матерясь и проклиная не-
жданную карьеру профоса, замывал палубу: возил
в блевотине растрепанной машкой, совал ее за
борт и снова шлепал на изгвазданные опоганен-
ные доски.

По воде шли дрожащие мутные пятна и круги.

Вечером, ужиная на 18-й линии у брата, Александра
Дмитриевича Бланка, тоже полицейского врача (их
так и звали — первый и второй Бланк), Дмитрий
Дмитриевич непривычно отмалчивался. Тяжелая уха
с горячими пирожками, такая же тяжелая водка в серебряной стопке, даже тягучая "Лунная соната", непостижимым образом похожая разом и на водку, и на
уху, — всё, что прежде так радовало его в доме брата,
как будто утратило свое маленькое волшебство.

Он сделал всё как надо, доложил о холере по всем инстанциям, запустил тугую, заржавевшую государственную пружину. Выполнил свой долг. Но неотвязные пятна всё плыли и плыли по воде, всё стоял у лица душный запах рвоты.

Молодая жена брата, Анна Ивановна Гроссшопф, по-домашнему — Нюта, поняв, что вечер не клеится, встала из-за инструмента и пошла распорядиться, чтобы принесли годовалого Диму, первенца, названного в честь любимого дяди. Братья не сговариваясь проводили ее глазами: лодыжки отекли, ступает тяжело — и сама тяжела, бедная. Но ничего, роды только на пользу женщине, чем больше детей — тем больше здоровья. К августу младшие Бланки ждали второго ребенка.

К августу.

Сейчас 14 июня.

14 июля.

14 августа.

Бланк сглотнул, громко, будто подавился собственным кадыком.

Брат тронул его за рукав — легко-легко. Осторожность — родная сестра нежности. Спросил — Митя, что стряслось? — и впервые за много лет Бланк ощутил весь груз чужого языка, на котором было названо его чужое имя. Все вокруг было чужое. Только брат — родной. Абель и Израиль они были, сыны Моисеевы на самом-то деле. Суетливые выкресты. Вечные жиды.

Не выпускай Нюту из дома. Особенно с ребенком. Пусть не выходят. Никуда. Вообще. Ни на шаг. Припасы есть у вас? Много? Крупа. Мука. Я не знаю. Масло. Соль. — Бланк махнул рукой, перебивая сам себя. — Я распоряжусь. Завтра вам все доставят.

Да что стряслось? Не томи!

Нюта уже входила в комнаты, высоко держа на руке веселого, точно из крупных ртутных шариков собранного младенца.

А кто это к нам прише-о-о-о-ол? — запела она тонким детским голосом, и младенец засучил ручками и ножками, будто его дергали за разноцветные радостные нитки.

Cholera morbus, — быстро, одними губами сказал Бланк.

И по лицу брата понял — тот услышал.

Тем же вечером, 14 июня 1831 года, в семь часов пополудни, в Рождественской части, в доме купца Богатова от холеры умер первый житель Санкт-Петербурга — двадцатилетний парень, работник дрянного неудачливого живописца и тихий, никем не примеченный гений, между колотушками и чисткой отхожего места почти научившийся писать неверный пасмурный петербургский свет. Все, что он нажил, включая имя и рисунки (ворованные у хозяина краски, ворованные у него же обрезки бумаги и холста), сожгли на заднем дворе в горе подгнивающего мусора.

Безвозвратно. Навсегда.

16 июня заболевших холерой было уже семеро.

Через считаные дни в городе давились холерной рвотой уже 3076 зараженных, и 1311 из них умерли.

В иные сутки заболевало до пяти сотен человек. Санкт-Петербург сперва обмяк, обмер в бесполезной уже карантинной удавке, а потом захрипел, задергался — вырываясь, воя, отказываясь умирать. В городе то там, то здесь вспыхивали холерные бунты — твердые, горячие, набухшие до боли, они перекатывались с улицы на улицу, прорываясь дурной, черной кровью. Озверевшие от страха люди набрасывались друг на друга, на полицейских, чиновников и врачей. С особым изуверством преследовали поляков — хотя они, бедолаги, и вовсе уж были ни при чем. Искали отравителей — и, разумеется, находили. Склянка с уксусом, сверток с крахмалом, очки, кокарда, подозрительный нос — этого было довольно, чтобы оказаться забитым до смерти, разорванным на куски.

Быть здоровым в Санкт-Петербурге в ту пору стало едва ли не опаснее, чем больным.

Жара. Похоронные дроги. Страх. Горластое воронье.

Император, замуровавшийся заживо в Петергофе.

26 июня даже Мейзелю казалось, что никакой надежды у города больше нету.

Он еще раз тронул сюртучную пуговицу — и снова не решился ее расстегнуть.

Между кроватей ходил мужик с тупым деревянным лицом, неся на вытянутых руках таз. Шаркали лапти. Раскаленный кирпич тихо шипел, испаряя остро воняющий уксус. Холера носилась в воздухе.

Это они знали уже. Понимали. Все.

Дышать совершенно нечем, черт.

За окном что-то проныло — низко, басовито, будто застонала сама улица. Мейзель вскинул голову и прислушался, чувствуя, как непроизвольно сжимается *musculus cremaster*, вздергивая сразу ощетинившуюся мошонку. Унизительно одинаковый мужской ответ и на страх, и на страсть. Недобрая шутка Бога. Как будто мало было смешать органы выделения и любви.

Звук повторился — ближе, короткий, но такой сильный, что у Мейзеля заложило уши. На мгновение стало темно, словно к окнам снаружи приложили громадную ладонь. Не ладонь даже — длань.

Приложили — и убрали, назидая.

Пот сразу стал холодным. Перед глазами крутанулись красные пятна — и послушно собрались в лужу крови в углу, и еще там, и там. Кровь давно замыли, конечно, но Мейзель все равно ее видел. Это была не мирная кровь, которую они отворяли, спасая жизни. Другая. Другого цвета. Страшная.

Снова — ом-м-м! Ом-м-м!

Рядом совсем, под окном.

Мудров и Бланк даже не обернулись.

Мейзель уронил ланцет.

Не может быть. Не должно. С 22 июня прошло всего четыре дня. Бунт уже был. Оскаленные пасти, пот, ор, рев. Братцы, все на Сенную! Бей! Дави! Лекаря врут, никакой холеры нету! Прокатились по Садовой, перекипая, захлестывая собой переулки. Больница была разгромлена — вот эта самая. Всех врачей перебили. Из окон вышвыривали. Больных растащили по домам, некоторых — уже мертвыми. Потом перекинулись дальше, озверелые, перепуганные, перли густой, жаркой толпой…

Неужели — снова?

Мейзель нашарил наконец ланцет под топчаном, едва не вляпавшись всей ладонью в чужую рвоту, распрямился — и встретил взгляд Бланка.

Вы боитесь.

Не спросил — сказал. Спокойно, будто диагноз поставил.

Мейзель вытер опоганенный ланцет о сюртучный борт. Взял чью-то руку — не разбирая, мужскую, женскую, детскую. Мертвую или живую.

По лестнице застучали быстрые шаги — ближе, еще ближе.

Хлопнула дверь.

Мейзель втянул голову в плечи.

Он боялся, да. Господи боже. Он боялся. Еще как.

Ваше высокородие, их сиятельство граф Уваров велели…

Задыхаясь. Посыльный. Растрепанный. Потная кирпичная морда, дорогая ливрея. Рослый красивый холоп. Он глотнул многослойной вони, запрыгал враз округлившимися глазами по комнате и сразу замолчал. Кадык на его шее дернулся вверх-вниз. И еще раз. И еще.

Сейчас стравит или грохнется, подумал Мейзель мстительно. Нет, удержался. И харч в себе удержал.

Крепкий. Только повторил растерянно — ваше высокородие… Будто к мамке на руки просился.

Сойти за высокородие из них троих мог только Мудров, он и подошел, недовольный тем, что отвлекли, — и посыльный зашептал ему что-то на ухо, изо всех сил стараясь не смотреть по сторонам.

Господа!

Мудров осунулся за эти дни и как будто стал меньше ростом. Завитые виски, ухоженные бачки — всё слизнула холера. Теперь это был просто очень усталый человек с круглым простодушным лицом деревенского поповича. Лучший в России врач. Один из лучших — точно.

Господа, мне доложили, что граф Уваров занемог. Боюсь, мне придется ненадолго вас оставить.

Я…

Мейзель снова уронил ланцет, но поднимать не стал — не справился с руками, которые прыгали, тряслись, как юродивые, — сами по себе. Сами по себе боялись.

Я… Я… с вами, ваше превосходительство! Я готов! Совершенно готов!

Мудров, собиравший саквояж, поднял голову, посмотрел удивленно и — Мейзелю показалось — сострадательно.

Бланк откашлялся. Или засмеялся?

Ом-м-м! Ом-м-м! Ом-м-м!

Вам могут понадобиться лишние руки, Матвей Яковлевич, — сказал Бланк.

Я и один замечательно управлюсь. Это же недалеко?

На Большой Морской. С версту, не боле.

Посыльный, не чаявший вырваться из холерного особняка, позабыв все приличия, ввалился в господский разговор, — их сиятельство четверик прислали, мигом обернетесь! Он даже притопнул, будто собирался доставить господ лекарей к месту не на обещанной четверке лошадей, а на собственном горбу.

Снова — ом-м-м! Ом-м-м!

Плевать! На всё плевать!

Мейзель подскочил к Мудрову, вцепился в разявивший пасть саквояж, потянул на себя — и понял, что не выдержит больше, завизжит в голос, упадет, забьется — среди мертвой жары, среди чужой крови и чужой рвоты.

Нет! Нет! Нет!

Не хочу умирать!

Нехочунехочунехочунехочунехочунехочу!

Дверь.

Ступеньки.

Ступенькиступенькиступеньки.

Из всего визита в уваровский дом у Мейзеля в памяти осталась только стоявшая на входе громадная, чуть не в человеческий рост зеленоватая ваза, от которой он шарахнулся, как от живой, да очень белый живот их сиятельства, мягко, словно тесто, вздыхающий под сосредоточенными пальцами Мудрова. Ни обещанной четверки, ни кареты, ни самого дворца Мейзель не запомнил вовсе — просто не заметил.

Еще одно удивило очень. Прежде чем дотронуться до пациента, Мудров добыл из кармана темный пузырек и старательно протер руки густой желтоватой жидкостью. Пахнуло чем-то знакомым, неожиданно сытным, съестным.

Деревянное масло, — подтвердил Мудров. — Рекомендую, коллега. *Cholera morbus* весьма легко сообщается не только от вдыхания воздуха, испорченного вредоносными испарениями и миазмами, но и от прикосновения к трудно больным. Потому нельзя отвергать мер предосторожности, для карантинов назначенных.

Холера у графа Уварова — Господь милостив — не подтвердилась.

Сияющий от облегчения граф, который всего-то перетрудил кишки за званым ужином, получил рекомендации гигиенического свойства: сырого и чрезмерно холодного не есть, держать тело в тепле и избегать простуд. Мудров посоветовал носить, не снимая, особый набрюшник из байки или фланели — дабы живот был тепел. И тут же на листе бумаги этот самый набрюшник нарисовал.

Мейзель, абсолютно ненужный, стоял рядом болваном. Даже не кивал.

Мудров принял деньги (мелькнула нулями солидная ассигнация), положил в карман, едва поклонившись. Граф Уваров умолял остаться обедать, но Мудров отказался — вежливо, непреклонно, с тем же спокойным достоинством, с каким взял гонорар. Мейзель позавидовал. Он так не умел. Да и вообще, если честно, почти ничего не умел. Но видел теперь — почему стоит научиться.

От лошадей они тоже отказались — Мудров предложил пройтись пешком, размять члены, благо действительно недалеко. На самом деле — тоже не хотел возвращаться. Устал от смерти. Просто устал. За воротами Мудров остановился, протянул Мейзелю несколько просторных купюр.

Ваша доля, коллега, — и не дав Мейзелю даже рта раскрыть, — берите, от меня не убудет. От их сиятельства тем более. Коли вы сами себя высоко ценить не будете — никто вашему лечению не поверит.

А как же…

Мудров снова не дал ему договорить — понял.

Советую, чтобы ты обращал внимание и на изобилие средств у больного, и на их умеренность. А иногда, — Мудров нажал на слово *иногда* голосом, будто пропальпировал, — иногда лечил бы даром, считая благодарную память выше минутной славы.

Гиппократ, — узнал цитату Мейзель.

Именно. Как говорится, Гиппократ терпел и нам велел. Ну-с, пойдемте. Дорогу знаете? Не заплутаем?

Они шли по пустому жаркому городу и не торопясь, со вкусом обсуждали всё те же набрюшники, на которые Мудров серьезно и искренне уповал, потому что, коллега, если испарина, охладевшись, падет на желудок и кишки, это произведет расположение к получению холеры. Ибо в желудке и кишках собственно холера и имеет свое пребывание.

Мейзель кивал серьезно, радуясь, что Мудров говорит с ним как с равным и даже доверил нести свой саквояж (если честно, саквояж Мейзель практически отобрал, надеясь почувствовать себя хоть немного, самую малость нужным). Сенную они прошли не заметив, азартно сравнивая свойства охлоренной извести, и по Мудрову выходило, что лучшую производят в Москве, на химической фабрике Карцова на Пресне. Мудров пошарил в кармане — протянул Мейзелю пузырек.

Вот. Отстоянный раствор, я сам приготовил. Непременно надо в холодной воде. Будете обрабатывать руки. Да берите, не стесняйтесь. У меня много. И вообще — всегда носите с собой всё, что нужно, — прямо в кармане. Опий. Ланцет. Не другому жизнь спасете, так себе самому. Господь любит тех, кто сам себе помогает.

Благодарю, Матвей Яковлевич. А как же деревянное масло?

А вот масло я себе оставлю, не обессудьте. Руки не сушит. И духовитое. Матушка кислую капусту в пост таким заправляла. Ох и мастерица она у меня была капусту солить!

Они поговорили немного о родителях, любимых играх и любимых местах — радуясь тому, что оба москвичи, земляки, родные практически люди, и Мейзель вообще ничего не боялся, словно в младенчестве, рядом с отцом, немногословным немцем, который умел успокоить самый лютый ночной кошмар — просто выплывал из ужасающей кружащейся темноты, брал сына на руки и прижимал к рубахе, горячей, влажной со сна. И тихий свет от этой рубахи, от отцовского лица смывал любые страхи, любые горести или болезни.

От Мудрова шел тот же свет. Ну или Мейзелю, уставшему, измученному, так казалось.

Матвей Яковлевич, позвольте просить места у вас на кафедре? Когда я закончу курс, разумеется…

Мудров не успел ответить.

Они свернули в Сенной переулок.

Холерная больница была разгромлена.

Ом-м-м! Ом-м-м! Ом-м-м!

Два дня назад вставленные рамы, дубовые, несокрушимые, были высажены грубо, скотски, на всех трех этажах. Белые сочные обломки торчали, будто сломанные кости. Тихо поскрипывала, едва держась за уцелевшую петлю, дверная створка. Вторая валялась рядом, неподалеку, безжалостно израненная топором.

Несколько искалеченных кроватей.

Кочерга, согнутая дугой, измазанная с заостренного конца чем-то серо-красным и облепленная человеческими волосами.

В щепу разнесенная табуретка.

Инструменты. Тазы.

И стекло. Много стекла — пласты, лезвия, осколки.

Ничего не отражающие. Тихие. Залитые свежей, живой еще кровью.

Ни одного целого окна в больнице не было.

Мудров остановился.

Господи!

Ом-м-м! Ом-м-м!

Всё дальше. Наконец-то насытившись. Торжеству-юще. Затихая.

На этот раз Мудров тоже услышал.

Он секунду постоял еще, ошеломленный, не верящий, с трясущейся нижней челюстью, а потом вдруг коротко вздохнул — и словно собрался заново из каких-то невиданных прежде ему самому деталей. Никакого страха не было больше у него на лице. Да и самого лица не было. Неподвижная темная яростная маска.

Скорее! Скорее!

Мудров вырвал у Мейзеля саквояж и бросился, оскальзываясь и хрустя осколками, в особняк.

Осмотрите здесь всех и ко мне наверх! Там могут быть люди! Живые!

И исчез внутри. Только ноги забухали — ступень-киступенькиступеньки.

Ом-м-м! Ом-м-м-м! Ом-м-м-м-м!

И Мейзель наконец-то увидел среди перепуганных, истерзанных вещей человеческие тела.

Изломанные. Неподвижные.

Очевидно, выброшенные с большой высоты.

Нет.

Мужика, который окуривал всё уксусом, просто разорвали.

Мейзель узнал его по лаптям. Никого другого в лаптях не было.

Это больной. И это тоже больной. Кажется, утром еще умер — повезло.

А это?

Мейзель отдернул глаза, зажмурился.

Бланк.

Вдох. Вдох. Еще один вдох. Спокойно.

Мейзель заставил себя открыть глаза. Наклонился.

Бланк лежал на спине, одна нога ненормально, мучительно вывернута — пяткой вверх. Сломана минимум в трех местах.

Одно ухо почти оторвано. На щеке — порезы, глубокие, ровные.

Протискивали, видимо, сквозь окно. Изверги.

А само лицо тихое, ясное. Будто спит. Или отдыхает.

Мертв?

Мейзель рухнул на колени, прямо в битое стекло, попробовал нашарить сонную артерию — и наконец заметил, как расплывается под затылком Бланка медленная густая лужа.

Все вокруг стало черным. Серым. Белым. Неживым.

И только лужа была нестерпимо, невозможно алая.

Мейзель неловко приподнял голову Бланка — и, вляпавшись во что-то мягкое, пульсирующее, торопливо отдернул руку.

Затылка просто не было.

Голова Бланка тихо стукнулась о мостовую.

Еще раз.

Мейзель в ужасе смотрел на свои пальцы — испачканные мозговым веществом, яркой, еще совсем теплой кровью.

Он с трудом сглотнул рвоту — кислую, черную, сразу вставшую вровень с горлом.

И в этот момент Бланк открыл глаза.

Он был жив.

Глаза были живые. Просили о помощи. Не хотели умирать.

Мейзель знал, что делать. Приподнять голову. Подложить сюртук. Зафиксировать сломанную конечность. Но главное — остановить кровь. Это он умел уже. Не только пускать кровь. Останавливать — тоже.

Он был лучшим на курсе. Самые ловкие руки. Самая твердая память. Самая ясная голова.

Он никогда еще не видел таких ран, но Мудров — уж точно видел. Мудров справится. Соперирует. Наложит на череп пластину. Мейзель знал, что так делают. Сам не видел еще, но определенно читал. Надо позвать Мудрова. У него инструменты. В саквояже. И в кармане. Инструменты. Настойка опия. Корпия. Спирт. Шовный материал.

Omnia mea mecum porto.

Всё, что нужно, всегда носите с собой, коллега.

Приподнять голову. Остановить кровь. Позвать Мудрова.

Приподнять. Остановить. Позвать.

Мейзеля вдруг коротко, судорожно вывернуло — почти на Бланка.

Он еле откашлялся, давясь.

Руки не слушались, тряслись. Кровь на них застывала — чужая, липкая.

Застывал свет в глазах Бланка.

Он хотел сказать что-то, подсказать, наверно, — но не смог.

И снова не смог.

Только выпустил из краешка рта алую густую струйку.

Глаза его гасли постепенно, не торопясь, как вода под снегом. И не было в них ни страха, ни прощения — только презрение и жалость. Презрение и жалость. И еще — стыд. Стыд за него.

Мейзель медленно распрямился.

Обтер руки о сюртук. Расстегнул его наконец-то — пуговицы испуганно прыснули в стороны — врассыпную.

Приподнять. Остановить. Позвать.

Мудров вдруг высунулся из окна третьего этажа — растрепанный, страшный. Закричал — где доктор Бланк? Вы нашли его? Он жив?

Мейзель вдохнул глубоко-глубоко, как только смог — пытаясь протолкнуть воздух сквозь ободранное рвотой горло.

Еще раз судорожно вытер руки — на этот раз о потную ледяную рубаху.

Кровь никуда не делась. Была на пальцах.

Он жив?! — прокричал Мудров еще раз.

И тогда Мейзель развернулся и побежал.

По переулку, по Сенной, еще дальше, дальше — задыхаясь, падая, снова поднимаясь, и все вытирал, вытирал руки — о себя, о стены, о грязную мостовую, снова о себя, пока не ссадил ладони и пальцы до мяса, и все вокруг него было черное, серое, неживое, кроме крови, и кровь эта была везде.

Везде, куда бы Мейзель ни бежал.

Две недели после холерного бунта Мейзель провел в ровном, жутком, непроницаемом небытии, словно на самом деле погиб в тот день на Сенной, — служа своему долгу, честно, вместе со всеми. Очнулся он вдруг, посреди мягкой, глухой, шевелящейся ночи — весь скукоженный, очерствелый, многоугольный от лютой похмельной боли — и долго брел в теплой пыли среди невидимых заборов, от одного недовольного собачьего бреха до другого, пока не понял, что все-таки в Петербурге, на самой его окраине, о которой прежде никогда и не слыхал.

За целую жизнь потом Мейзель так и не вспомнил ничего из этих двух недель — с кем он пил и где, чьи проматывал деньги и почему не оказался в канаве зарезанный собутыльниками или хотя бы крепко ими битый. Зато все, что он так усердно пытался забыть, утопить в этом страшном русском пьянстве, никуда не делось, осталось с ним, лежало, тяжелое, липкое, на дне души, прежде всегда казавшейся бездонной.

Сухое, занозистое слово "позор".

Неподъемное подлое слово "предатель".

Еще неделю Мейзель просидел в своей комнатенке на Выборгской стороне, все сильнее зарастая ужасом и тихой темной щетиной, которая стала наконец пушистой молодой бородой. И тогда только Мейзель решился и, морщась от боли и холодной воды, соскоблил ее подчистую. Порезался трижды, один раз спасительно — у самого горла. Увидел кровь. Потерял сознание. Пришел в себя. Покачиваясь, встал.

В осколке зеркала отразилось прежнее лицо, а не гнусная святочная харя.

Но он-то знал. Знал теперь, кто он таков.

Еще несколько минут — стоивших недели добровольного заточения — Мейзель постоял у колоннады Медико-хирургической академии и, с трудом подавив желание броситься в Фонтанку, потянул на себя громадную дверь, ожидая улюлюканья, свиста, бойкота, темной, наконец. Но его встретили гулом — сперва ошеломленным, потом ликующим. Мейзель, господа, смотрите-ка! Это же Мейзель! Григорий Иванович! Гришка, вот черт! Его затискали, захлопали по плечам, хотели даже качать — мы вас, любезный, похоронили давно, а вы воистину смертию смерть поправ! Растерявшийся Мейзель по-совиному жмурил глаза, бормотал невнятное и все рыскал взглядом среди сюртуков, ждал появления Мудрова, который из деликатности только, должно быть, ничего никому не сказал, не захотел осрамить покойного студиозуса. Но воскресшего точно не пожалеет.

Да и за что жалеть?

Вот, полюбуйтесь — се не-человек, позорно бросивший умирать своего товарища. Коллегу. Врача. Позабывший про умирающих же пациентов.

Мейзель не выдержал, невежливо перебил профессора, завернувшего восторженную речь про долгожданное отступление холеры и чудесное спасение государя, который одним манием царственной длани на Сенной…

А где Матвей Яковлевич Мудров, позвольте узнать? Неужели отбыл в Москву?

Профессор замолчал, будто сломался. Стало очень тихо. Только стучало и прыгало сердце то в ушах Мейзеля, то в его же груди.

8 июля 1831 года.

Заразился и умер от холеры.

Похоронен на холерном кладбище на Выборгской стороне. На углу Чугунной и Арсенальной. Сразу за церковью Святого Самсона. Знаете, где это? Куликово поле бывшее.

Да, Мейзель знал.

"Под сим камнем погребено тело раба Божия Матвея Яковлевича Мудрова, старшего члена Медицинского Совета центральной холерной комиссии, доктора, профессора и директора Клинического института Московского университета, действительного статского советника и разных орденов кавалера, окончившего земное поприще свое после долговременного служения человечеству на христианском подвиге подавания помощи зараженным холерой в Петербурге и падшего от оной жертвой своего усердия".

После долговременного служения человечеству…

Жара наконец-то ушла, в городе снова было прохладно, влажно, холерное кладбище неторопливо плыло в тумане, тихо покачивая новенькими крестами.

Мейзель вдруг понял, что больше не может винить себя. А может, и не должен. Он совершил страшное предательство, да. И готов был понести наказание за свой проступок — видит Бог, совершенно готов.

Если б его сослали на каторгу — он бы пошел, пусть не радостно, но вполне понимая, за что, и не ропща.

Но Господь зачем-то предпочел сохранить его предательство в тайне.

Не покарал за грехи.

Отложил на потом. Или вовсе простил, не читая.

Кто я такой, чтобы судить о промысле Бога?

Мейзель поклялся, что во искупление станет лучшим в мире врачом — и себе поклялся, и Господу, и Мудрову.

Вернулся в академию. Потом домой.

Впервые поужинал с аппетитом.

Впервые же спокойно, до самого света, проспал — будто ребенок, потерявшийся, осиротевший и оказавшийся наконец на попечении мудрых и добрых взрослых.

Аминь.

Счет принесли скоро. Очень скоро.

Недели две Мейзель ничего не замечал, потому что имел дело только с мертвыми. Как и все выжившие медики, он был на подхвате и угодил к статистикам, скрупулезно подсчитывающим обильную холерную жатву. Когда же всё наконец успокоилось настолько, что в академии возобновились занятия, выяснилось, что он, Мейзель Григорий Иванович, студент третьего курса, лучший ученик своего выпуска, сын, внук, правнук и праправнук врача, не может больше дотронуться до пациента. Вообще до живой человеческой плоти. Ни пальцами. Ни ланцетом. Никаким другим инструментом. Сознание выключалось почти мгновенно — в первый раз его не успели даже подхватить. Во второй раз он управился сам — сделал шаг в сторону, чтобы не упасть лицом в операционную рану, и только потом бессмысленной тушей осел на пол.

Он не мог стать самым лучшим в мире врачом. Да и самым плохим тоже. Вообще не мог больше никого лечить.

Получается, что не имел права.

Мейзель долго сидел на кровати в своей комнатке — бессмысленный, опустошенный. Думал, что делать дальше. Как жить. Чем. Зачем. Руки лежали на коленях — чужие, ненужные, неуклюжие, как клешни. Надо было съезжать. Уезжать. Он понятия не имел — куда и зачем.

Вернуться в Москву?

Перерезать себе глотку?

Мейзель засмеялся — до себя дотронуться ланцетом он тоже не мог. Проверял.

Я грохнусь в обморок до того, как нашарю собственное горло.

Значит, придется просто удавиться.

Он сам как-то вынимал соседа-удавленника из петли. Несчастная любовь. Синий вываленный язык. Узел под ухом. Лужа мочи под судорожно вытянутыми мысками… Скучно. Грязно. Низко.

Достойная иудина смерть.

Написать родителям?

Нет.

Вообще никому не писать. Ни с кем не прощаться.

Кроме одного-единственного человека.

Мейзель вдруг встал, торопливо накинул сюртук с криво, наспех нашитыми новыми пуговицами и вышел.

Трущобного вида домишко. Тесная комната, тяжело провонявшая пóтом, кислой похмельной отрыжкой и почему-то мышами.

Каролина свободна?

Для тебя всегда, сердешный.

Мейзель так и не узнал, как ее зовут по-настоящему, а может, она и сама уже не помнила. Каролина и Каролина. В публичном доме ее быстро низвели до понятной Королевны, хотя королевского в ней было разве что волосы. Блестящие, теплые, густые, как шерсть. Белые совершенно. Как распустит — вся ими укроется, до пояса, ниже даже. Только соски выглядывают сквозь пряди — яркие, красные, будто земляника из-под листа.

Он всегда просил распустить.

Была она молоденькая — лет осьмнадцати, не больше, но уже истрепанная паскудным ремеслом до полного бесчувствия. Глаза мертвые совсем и будто пьяные всегда. Мутные. А сама хорошенькая, востроносая, худенькая и — Мейзеля поражало это больше всего — на диво отзывчивая. Тело ее, легкое, мягкое, откликалось на каждое движение, по-кошачьи тянулось, словно следовало за лаской, пока сама Королевна смотрела неподвижно то в потолок, с которого свисала космами старая седая паутина, то на питерской сыростью напоенную стену, то в очередной грязный мужской пупок.

Мейзель приходил нечасто — раз в месяц, а то и в два, хотя любовные аппетиты имел немалые. Смуглый, темный, несмотря на худобу, удивительно крепкий, он бы и каждый день ходил, не устал. Но полтинник был непосильной тратой — будущие медики жили в целительной нищете, перебиваясь с хлеба на чай, так что за каждый сеанс любви приходилось платить многодневным урчанием в голодном брюхе. Мейзель был по-своему целомудрен и никогда не доводил себя до рукоблудия. Как бы ни было трудно — выматывался учебой да ждал спасительных снов, болезненных, радостных, цветных, после которых просыпался на мокрых простынях дрожащий, опустошенный, сведенный долгой судорогой сладострастия. И снилась ему всегда Каролина. Волосы ее вот эти. Белые. Удивительные. Даже пахло от них молоком как будто. Теплым еще, парным молоком.

Он любил ее, конечно. По-настоящему. Сперва потому, что больше некого было. А потом — нипочему. Просто любил. И жалел — очень. Старался не думать про человеческие отбросы, которые она пропускала через себя каждый день, каждый час, пока его не было. И все время боялся, что она заразится. Не за себя боялся — за нее. И потому всегда, прежде чем сделать то, за чем пришел, осматривал ее — быстро, внимательно, нежно, стараясь не сделать больно. Дышал на холодные руки, чтобы ей не было неприятно. Протирал подолом рубахи грубый свой, почти пыточный инструмент.

Она послушно разводила колени, мелькнув розовым, ярким, нутряным, отворачивалась, пряталась в волосах, тихо вздыхала — в ответ тихо вздыхал за крошечным окошком петербургский ветер, и Мейзель думал, что не видел в своей жизни ничего прекраснее, ничего прекраснее, ничего…

Забрать ее с собой. Выкупить. Жениться. Умереть от счастья. Прямо сейчас. На ней. В ней. Ради нее.

В этот раз Каролина впервые его как будто узнала. Не молчала, как обычно, а негромко вскрикнула и руками замахала даже — нет, нет, уходи! Боюся!

Мейзель еле понял, почему, но понял все же — ну конечно, холера! Он же сам нахвастался ей, что учится на доктора. Шептал прямо в ухо, задыхаясь, в такт собственным счастливым движениям, закатив глаза, как тетерев, токовал.

Да нет у меня никакой холеры, богом клянусь, и ни у кого больше нету, прошла эпидемия, вовсе прошла, ну что ж ты колотишься так — я, ей-же-ей, не заразный. Ну хочешь, обработаю всё? Как в больнице? — Мейзель вытянул из сюртука мудровский пузырек, еле откупорил, сам чуть не ахнул от крепкого запаха хлорки, зажмурился, заморгал. — Вот, видишь? Руки себе протру. Всё протру. Никакая зараза не пристанет.

Раствор оказался злой, пальцы мигом стянуло, какой-то незамеченный порез тотчас отозвался длинной огненной дорожкой боли. Мейзель с сомнением покосился на пузырек и понял, что макнуть в хлорку уд не решится даже ради Каролины.

Она смотрела недоверчиво, исподлобья. И тогда он смазал пальцы и ей. Каждый пальчик отдельно. Каждый грязный, короткий ноготок.

Чуть не заплакал от жалости и умиления.

Ты знаешь, а я ведь в последний раз к тебе. Больше не приду. Никогда.

Каролина молчала, привычно отвернувшись.

Иногда ему казалось, что она глухонемая.

Иногда — что круглая идиотка.

Иногда — что он ни разу в жизни никого так не любил.

Как в этот, последний раз.

Он ничего не смог. Совершенно ничего. Как ни старался. Даже когда она попыталась помочь — то ли из христианского сострадания, то ли движимая профессиональным долгом.

Полное бессилие. Жалкая неподвижность. Жалкая судьба.

Он не только врачом больше не был. Он не был и мужчиной.

Что ж, поделом.

Мейзель оделся, уронил на истасканную пропотевшую кровать прощальный, одолженный рубль.

Сам не помня как, дошел до дома.

Деревянными пальцами свернул петлю, приладил к дверной ручке. Оттянул напоследок — чтобы половчее, прикинул, как согнуть коленки, и вдруг понял, что правда ничего не чувствует. Нет, не внутри. Снаружи.

Мейзель вынырнул из петли, потрогал горло — нет, ничего. Сухие, сморщенные от хлорной извести пальцы казались твердыми, не своими. Мейзель опрокинул умывальный таз, плеснув остатки пены на ноги, — и нашарил бритву, узкую, мыльную, скользкую. Опасную.

Оторвал от рубахи лоскут почище.

Закрыл предусмотрительно глаза.

И провел бритвой по предплечью — от локтя вниз, все усиливая нажим.

Порез запульсировал живой, веселой болью, под веками запрыгало черное, красное, тоже веселое. Мейзель, боясь грохнуться в обморок, торопливо нашарил заготовленный лоскут и, не открывая глаз, наложил тугую повязку.

Пальцы ничего не чувствовали.

Ничего.

Но абсолютно все могли.

Мейзель открыл глаза.

Засмеялся.

Достал из кармана пузырек с раствором хлорной извести. Встряхнул. Много еще. А потом еще купим — карцевскую. Самую лучшую. С фабрики на Пресне. И настоять непременно в холодной воде.

Спасибо, Матвей Яковлевич, дорогой. Царствие тебе небесное.

А мы еще поживем. Поживем.

Не завершив третьего курса, Григорий Иванович Мейзель вышел из медико-хирургической академии и покинул Санкт-Петербург, чтобы с отличием окончить медицинский факультет в Дерпте.

Мерзкий городишко.

Пальцы его, привычно сожженные хлоркой, потемнели, словно обуглились. Мудровский пузырек он всегда и всюду носил с собой. И только в Воронежской губернии уже, получив место земского врача (и славу лучшего в округе лекаря), догадался сменить охлоренную известь йодом.

Все остальные догадались десятки лет спустя.

Так что Мейзель действительно стал первым в мире врачом, на практике применяющим антисептику, — хотя не предполагал такой результат и никогда к нему не стремился. Он смазывал пальцы, чтобы лишить их чувствительности, а не для борьбы с заразой. Платил по счету, который сам себе и выставил.

Смывал позор йодом и кровью.

Про Каролину он вспоминал. Сначала часто. Потом реже. И реже. Пока не смирился. Как смиряются все.

Он так и не узнал, к счастью, что она его ненавидела. Привыкшая к самому лютому, невиданному сраму, она боялась его визитов и особенно осмотров — быстрых, бережных, осторожных, почти нежных. Боялась и едва физически выносила. Даже у последней девки, оказывается, был предел. Мейзелевы полтинники она брала только через платок — брезговала. И всякий раз раздавала у церкви нищим.

Мостила себе старательно дорогу в рай.

Мейзель никогда не узнал и об этом. Как и о том, что Каролина умерла — в тот же год, когда он выпустился, — под Рождество, вытравляя из утробы то ли пятнадцатого, то ли семнадцатого младенца.

Запах, когда она умирала, стоял такой, что на улице слышно.

Хорионэпителиома.

Самое страшное зло всегда пожирает изнутри.

Вот под этим Мейзель готов был подписаться.

Вонь — пронзительная, свежая, игольчатая — ободрала ноздри, гортань.

Мейзель закашлялся, сел.

Незнакомый мужчина, судя по форме — полицейский врач, совал ему под нос его же нашатырный спирт.

На извинения, объяснения и твердое обещание показаться одному из местных докторов ушло еще минут десять. И не откладывайте, коллега, паралич вас не разбил только по счастливой случайности…

…Туся развернула пакет с книгой, ахнула, обомлела.

Мейзель дал ей налюбоваться вдосталь и положил сверху на переплет листок с именем и адресом Гельмана.

Вот. Ветврач. Зоолог. Будет с тобой заниматься. Надеюсь. Сказали — отменный специалист.

Туся подняла на Мейзеля переливающиеся от слёз, прозрачные, белые почти глаза.

Лучший подарок в моей жизни, Грива. Лучший. Никому теперь не перебить.

Мейзель прижался губами к Тусиной макушке, зажмурился, застыл, надеясь, что удержится на ногах.

Угодил. Слава богу. Угодил.

А ведь мать жемчуга́ ей дарила. На каждый день рождения — по огромной жемчужине, розоватой, драгоценной. Чтобы к совершеннолетию собралось первое в ее жизни ожерелье. На память.

Вот и о нем теперь память останется.

Только бы не упасть. И только бы этот чертов Гельман согласился.

В ногах буду валяться. Своими руками придушу.

Гельман, проговорив с Тусей четверть часа, хмыкнул пораженно. Даже не для девицы весьма недурственно. Возьмусь. Два урока в неделю. По полтора часа. У вас. У себя не могу — коллеги не поймут.

Они съехали от Стенбоков в неделю. Сняли квартирку — крошечную, чистую, на Большом проспекте. Это было не просто неприлично, нет. Снова — недопустимо. Они оба начали к этому привыкать.

Ты же объяснишься с мамой, Грива?

Он, разумеется, объяснился. Даже почти не врал. Написал, что Туся решила брать частные уроки верховой езды у самого модного берейтора, цены ломит, шельмец, несусветные, табун можно купить, но разве княжну переупрямишь?

Наиграется, вернемся.

Туся сияла, накупила книг, тетрадей, перышек, чернильницу и десяток готовых платьев — таких безобразных, что даже Мейзель заметил и удивился. Это схима такая, что ли, у тебя? Так давай вериги подвяжем к подолу. То-то будет смеху. А крапива первая пойдет — за шиворот тебе натолкаем. Чтоб за версту видно было, что ты настоящая грамотница, а не какая-то благородная дура.

Туся вспыхнула, через силу засмеялась. Но платья все равно остались. Она даже причесываться стала по-другому, сама. Горничная девушка только посмотрела на квартирку их — и сразу же рассчиталась. И пусть!

Мейзель видел, что Туся пытается подражать курсисткам. Видел, что это делает ее жалкой. Еще более жалкой, чем сами бестужевки. Но она была счастлива. Счастлива. Гельман этот очень ее хвалил. Даже сказал как-то Мейзелю, прощаясь, — у княжны исключительно хваткий ум, завидное трудолюбие. Могла бы достойно служить отечеству на любом поприще. Жаль, очень жаль.

Мейзель промолчал. Да и что тут было говорить?

Матери Туся писала редко, коротко, не письма, а приказы какие-то. Следить, чтоб в денниках не дуло. Срочно найти управляющего в конюшни — знающего, с хорошими рекомендациями. Боярина взвесить и давать ежедневно овса из такого расчету…

Борятинская надеялась на помолвку, потом на свадьбу — и всё напрасно. Не похоже было, что дочь ее вообще собиралась возвращаться.

Господь сподобил — помог.

Вразумил.

Туся сразу поняла, по его лицу.

Взяла телеграмму. Прочитала — Боярин пал. И ничего не сказала. Вообще. Ни тогда. Ни за всю дорогу домой.

Мейзель ожидал всего — слёз, истерик, ярости, но только не этого молчания, не возвращения этой детской пугающей немоты. Туся вставала и садилась, когда надо. Послушно ела и пила. Честно пыталась спать, но Мейзель видел, что все это — оболочка, притворство. Внутри Туси что-то нарастало, уродливое, жуткое. Совершенно чужое. Что-то, что было — не она. Может, и вовсе не человек. И Мейзель снова, как в Тусином детстве, не знал, что с этим делать. Не понимал. Боялся.

На подъезде к Анне он все же не выдержал.

Это просто конь, Туся. Старый жеребец. Никто не обещал тебе, что он будет бессмертным. Этого и людям никто не обещал. Даже Господь.

Туся посмотрела хмуро из-под прямых черных бровей и на ходу выпрыгнула из наемной пролетки — не выпрыгнула даже, соскользнула. Благо кони еле волоклись. Мейзель вскочил, закричал, закашлялся, попытался броситься следом — но куда там. Спрямила бегом через поле — и в сад. Только ее и видели.

Мейзель давно не мог догнать ее. Очень давно.

В конюшне был пересменок. Утренние конюхи разошлись. Сытые, вычищенные лошади дремали в денниках. Ждали, когда встанет наконец трава на пастбище. Начнется лето — ленивое, долгое, жужжащее безмятежно. Радович сидел на огромном ларе, в котором хранился овес, смотрел в одну точку — нет, не в одну. Пыль, золотая, мелкая, висела в воздухе, искрилась, будто мошкара над Волгой.

Радович скрипнул зубами. Зажмурился.

Он не понимал, сколько прошло дней — один? десять? сто? — наверно, все-таки один, длинный, серый, тянулся за пальцами, как сопли, налипал к подошвам. Радович машинально делал все, что требовалось, не особо надеясь, что попадает в такт. Завтракал, обедал, шаркал ножкой, кланялся, совершал лишенные смысла инспекции денников и лишенные слов прогулки с невестой. Когда становилось совсем невмоготу, считал мысленно: один, два, три, четыре, пять…

Чуть легче становилось после пяти тысяч.

И ночью, у Нюточки. Ненадолго — но становилось.

Он приходил к ней каждую ночь, не особенно таясь.

Княгиня знала, конечно. Она все знала в доме, всегда. Но молчала, ничего не говорила. Как и Нюточка. Это было настоящее царство безмолвия.

Черная тень метнулась за веками, быстрая, жуткая — будто веткой по глазам хлестанули, и Радович испуганно подскочил.

Посреди конюшни стояла женщина — невысокая, крепкотелая, в темном шерстяном платье, облипшем по подолу жирной синеватой грязью. Простоволосая — черные завитки прилипли ко лбу, к щекам. Глаза абсолютно белые, сумасшедшие, будто слепые.

Странница. Или юродивая.

Радович спрыгнул с ларя.

Кто пустил? Вон! Нельзя! А ну пошла вон отсюда!

Женщина взглянула на него — без удивления, без восхищения, как ни одна из них никогда не смотрела — словно на ржавые вилы или иной какой скучный инвентарь. Ну точно — слепая. И чокнутая. Кинется еще.

Радович раскинул руки, надеясь оттеснить юродивую ко входу, но за спиной у него вдруг тоненько и заливисто заржал старый конь, Барин, кажется, — господи, здесь всего дюжина лошадей, а я до сих пор не могу запомнить их чертовы клички. А Саша еще говорил, что у меня лошадиная память.

Повесили. Они его повесили. По-настоящему. Взаправду.

Накинули петлю на шею — и удавили...

Конь заржал еще раз, и лицо юродивой вдруг вспыхнуло, нет, даже полыхнуло, словно кто-то освободил полузадушенный огонь, и он рванулся сразу отовсюду, жадно пожирая кислород, яростный, веселый, стремительный, страшный. Она прыгнула в сторону легко, изящно, и Радович увидел, что это почти девчонка, совсем молоденькая, просто очень дурно одетая и усталая, — как не все взрослые могут уставать. Старый жеребец не ржал даже, плакал — почти человеческим голосом, высоким, прекрасным, девчонка, встав на мыски, обнимала его то за шею, то за морду, то дула в седые колючие волоски у ноздрей, и всё бормотала что-то неразборчиво, а конь в ответ мелко-мелко тыкался губами в ее волосы, плечи, щеки.

Целовался.

Девчонка вдруг обернулась на Радовича и, все еще сияя этим страшным своим огнем, сказала, радостно и твердо, — он жив! Так радостно и твердо, что Радович несколько секунд — очень коротких и очень счастливых — думал, что это она о Саше.

Девчонка посмотрела ему в глаза. Отвела морду жеребца — ласково, как человеческую руку. Прищурилась.

Надо думать, вы и есть влюбленный жених?

И только тогда Радович увидел наконец ее всю — как есть. Высокие скулы, сильную линию вздернутого подбородка, постанов крепкой шеи, не знающей, что такое кланяться. Она не была красива, в чем-то и вовсе откровенно дурна — широка в кости, почти коренаста, грубо темноволоса, но даже это говорило о главном, о сути, подтверждало и словно подчеркивало ее. Сила. Свобода. Легкость и точность каждого движения. Прямой взгляд. Выхоленная, словно изнутри сама светящаяся кожа. Сотни и сотни лет абсолютной власти — над другими. Над собой.

Вот как она выглядела — настоящая кровь королей.

Радович. Виктор Викторович.

Княжна Борятинская. — Она шевельнула солому под копытами Боярина. — А что подстилки мало? Обезножить мне коня хотите? Зубы ему подпилили? Я еще месяц назад распорядилась.

Радович, понятия не имевший, есть ли у Боярина зубы вообще, хотел что-то сказать, но Туся ловко, кулаком, поддернула жеребцу верхнюю губу, удовлетворенно кивнула, по-мужицки вытерла обслюнявленную руку о платье.

Радовича передернуло даже. Точно паук по лицу пробежал.

Дверной проем снова затмило. На этот раз мужчина. Старик. Седые косматые брови. Пегие, в коричневых пятнах пальцы стискивают набалдашник трости. Будто огреть собирается.

Туся посмотрела из-под ладони, вышла из денника.

Он жив, Грива. Пойдем, *maman* должна объясниться немедленно. И если она устроила это нарочно…

Мейзель, не говоря ни слова, развернулся и пошел вслед за Тусей, тяжело приминая молодую слабую траву. Радовичу даже не кивнул.

Тот самый немец — наверное. Поразительно неприятный. Злой колдун.

За ужином все молчали. Туся не притронулась ни к одному блюду. На щеках и висках Борятинской медленно блуждали багровые пятна — отголоски недавнего скандала. Мейзель к столу не вышел вовсе — и слава богу. Радович украдкой, под скатертью, сжал Нюточкину ладонь, слабую, влажную, уже родную. Туся тотчас вскинула на него глаза, словно выстрелила. И правда — белые совсем. Жутковатые. Зато ресницы и брови будто углем наводили. И губы хороши — выпуклые, яркие. Как у отца. И тоже, как он, почти не улыбается.

К Нюточке Радович в эту ночь не пошел. Сам не знал почему. И на другую ночь — тоже.

Туся днями не выходила из конюшни, вникала во всё, расспрашивала, сердилась, потом смеялась, и конюхи, на ходу сталкиваясь, бегали за ней с глупыми от радости лицами. Любили — сразу было видно. Особенно старший конюх — Андрей. Радович сам видел, как он на оба колена в говно лошадиное бухнулся —

и ботик ей застегнул. Как родной человек застегнул, не как слуга. И Туся как родного по шее его потрепала.

Спасибо, Андрей, голубчик. Я бы и сама.

Радович равнодушно ждал, когда его наконец заметят, возьмут за ухо и выставят. Из управляющих, а заодно из женихов. Теперь, когда Туся вернулась, стало ясно, и кто главный в усадьбе, и кто кому кем приходится. Вся Анна вращалась только вокруг княжны. Радович был не нужен. Никому. Разве что Нюточке. Она вдруг удивительно похорошела и как будто распрямилась — и внешне, и внутренне. Даже ростом выше стала. Лицо, губы, волосы — все сияло, переливалось гладким сильным огнем. Будто Нюточка в луче солнечном стояла. И луч этот никуда от нее не уходил.

Женюсь — и вместе с ней уедем. Да хоть куда. Все равно. Теперь — все равно.

Радович взял Нюточкину руку, прижал к губам. Закрыл глаза. Они оба закрыли.

Какие очаровательные нежности. Счастье матери видеть, когда ее дети так сильно любят друг друга.

Тут не так уж много твоих детей, мама.

Борятинская сжала салфетку, гневно посмотрела на дочь — и Туся ответила точно таким же взглядом. Как рапиры скрестили. Радовичу даже показалось — железо лязгнуло. Борятинская опустила глаза первая — отступила, не выигрывая позицию, откровенно сдаваясь. Старших своих детей она не видела — сколько уже? — да в последний раз еще до рождения Туси. Конечно, она знала, что́ с ними и как, — не присматривала специально, даже не интересовалась, просто складывала один к одному беглые оговорки, которые нет-нет да и приносило то одно, то другое шелестящее сплетнями письмо от прежней приятельницы, давно ставшей лиловатой бумагой, чернилами, слабым запахом новомодных духов.

Лиза была все так же счастлива за своим посланником, все так же пугающе, невероятно хороша. В Риме ей буквально поклонялись. Говорили, что пылкие итальянцы падали перед ее экипажем на колени с воплями — Мадонна, Мадонна! Детей она не завела — хватило и ума, и воли. Николя вышел в отставку, осел где-то в Крыму и занялся хозяйством — то есть завел себе богатую охоту, псарню, целый гарем из местных сговорчивых девок, задавал пиры, будто екатерининский вельможа, и, по слухам, стремительно доматывал остатки наследства. Семьей он так и не обзавелся — недосуг.

Скучные и, в сущности, самые обыкновенные истории.

Борятинская почувствовала встревоженный взгляд Радовича — и тут же очнулась от морока. Улыбнулась — не любезно, а по-настоящему. Тепло. Какой все же чудесный чуткий мальчик. Аннет решительно повезло.

Радович смутился, разжал безвольные Нюточкины пальцы.

Стол сиял. Фарфор, серебро, ростбиф с пятном живой крови внутри, молоденький парниковый горошек — будто бисером веселым тарелки присыпали. Живые цветы, срезанные тут же, в теплице, — розы, тугие, багровые, длинные. Непристойные. Лакей в белоснежных перчатках. Вино цвета голубиной крови

379

в хрустальных бокалах. Многосвечовая люстра, десять раз отразившаяся в каждом из десяти громадных окон.

Обычный ужин обычной семьи.

Он никогда не привыкнет. Нет.

И как вам у нас в Анне, господин Радович?

Туся смотрела сквозь ресницы — прищурившись. Черное безобразное платье исчезло, теперь она переодевалась несколько раз в день — к завтраку, для прогулки, для конюшни, для верховой езды. Еще один раз специально — к ужину. Сегодня — вся в красном, тревожном. Будто знала про розы, про вино. А может, и правда знала.

Радович вдруг понял, что ни разу не заметил, во что одета Нюточка. Переодевается ли она? Он скосил глаза, увидел что-то палевое, молочное, кисельно-бледное. Верно, да.

Скучаете, должно быть, по своему Петербургу?

Радович опомнился, что дольше молчать просто неприлично.

Отчего же скучаю? Я люблю деревню.

За окном мотнулись черные ветки. Полыхнуло на мгновение голубым. Заворчало раскатисто.

Первая гроза, — тихо сказала Нюточка.

Никто не ответил.

У вас свое имение?

У родителей было имение в Тамбовской губернии. Его пришлось продать. Я мал был совсем. Едва его помню.

Так откуда же вы любите деревню?

Что за расспросы, Туся? Это неучтиво, — не выдержала Борятинская.

Мейзель, не поднимая головы, ел. Уши его, локти, челюсти, даже брови двигались мерно, словно механические.

Наталья Владимировна имеет право знать, ваше сиятельство. Я никаких тайн из своей жизни не делаю. В отрочестве и юности я каждое лето гостил в Кокушкине. В имении Бланка.

Мейзель перестал есть.

Это Черемшанская волость Казанской губернии. Очаровательные места… Охота, рыбалка.

Вы любите охоту?

Радович не успел ответить. Мейзель смотрел на него в упор. Зрачки громадные, во всю радужку.

Чье имение? — спросил он очень тихо. — Извольте повторить. Я не расслышал.

Б-б-ланка.

Доктора Бланка?

Радович почувствовал, как рубашка на спине, под мышками стала мокрой, ледяной. Прилипла. Происходило что-то страшное, и он не понимал — что именно. Никто не понимал.

Мейзель продолжал смотреть — и на лбу его, на верхней губе каплями собирался пот, стариковский, мутный. Словно они с Радовичем были системой сообщающихся сосудов.

Это было имение доктора Бланка, я вас спрашиваю? Доктора Бланка?

Радович кивнул.

Он понятия не имел, кем был Сашин дед. Саша и не говорил никогда, кажется. Дед умер в семидесятые годы. Дом принадлежал его дочерям и целому выводку их детей. Летом в Кокушкине было не протолкнуться. Они с Сашей на сеновал уходили ночевать. Места в доме просто недоставало.

Мейзель вытер лицо салфеткой — размашисто, будто вышел из бани.

Это невозможно.

Отчего?

От того, что вы лжете.

Что здесь происходит, господа?

Я не лгу. Я действительно гостил. Это всякий может подтвердить. Имение принадлежит его детям…

Доктор Бланк не имел детей. Поскольку не был женат. Он умер в 1831 году. Я сам его…

Мейзель вдруг замолчал. Краснота, почти синева заливала его лицо — снизу, от шеи. Вены на висках и горле надулись.

Что происходит?! Григорий Иванович!

Грива!

Кто вы такой? Кто вас сюда прислал?! Кто?!

За окном с треском разорвалось черное небо. Дождь ударил во все десять окон — невидимой яростной шрапнелью.

Кто?!

Мейзель вдруг оскалился, перекосился, будто что-то чудовищное попыталось вырваться у него изнутри. И еще раз попыталось. Но не смогло. Мейзель захрипел, вцепился в скатерть и повалился на бок, и вслед за ним отправились в небытие, звеня и опрокидываясь, перепуганные бокалы, тарелки, розы, празднично сияющее серебро.

Грива! Грива!

За полночь прибывший бобровский врач констатировал удар. Пустил кровь. Рекомендовал покой. Тихо посоветовал плачущей Борятинской молиться. Скоро все закончится.

Идиот.

Мейзель, очнувшись, первым делом выгнал и Борятинскую, и Тусю вон. Убедился, что вполне владеет руками и ногами. Кряхтя, доплелся до зеркала. Рот чуть уехал на сторону, но голова работала отменно.

Мозговой спазм, слава богу. Всего лишь. Пронесло.

Он попытался умыться — и снова потерял сознание.

Туся, караулившая под дверью, вскрикнула, вбежала — и всё в доме затопотало, забегало, подчиняясь ее голосу, распоряжениям — коротким, резким и точным, как шенкеля.

Воронежская больница оказалась не так плоха, как Мейзель предполагал. Его разместили в отдельной палате — роскошество немыслимое. Лечили водами, модным электричеством, прислушивались к мнению. Особо не досаждали. Всего пару недель, Грива, клянусь, я буду приезжать. Приехала дважды — странная, издерганная, похудевшая. Волновалась, должно быть, бедная, за него. Мейзель попробовал поговорить о Радовиче, но она отмахнулась — у тебя был удар, Грива. Ты был не в себе. Мне нужен человек на конюшнях. С образованием, грамотный. У меня большие планы. Великие. Быстрее поправляйся. Я без тебя не справлюсь. Никак.

Он поверил. Может, и правда, выживает из ума? Отравил ядом сам себя, а винит других. Мало ли на свете Бланков, в конце концов?

Мейзель убеждал себя, втолковывал, будто заговаривал собственный страх. Но, окрепнув, все-таки доплелся до полицейского участка — и только там понял, что не знает, о чем просить. Никаких преступлений Радович не совершал. Вся вина его была в том, что он упомянул фамилию Бланка. Мейзель все же попытался навести справки — его просто турнули, вежливо, но непреклонно. В розыскных альбомах никакого Виктора Радовича не значилось. Под тайным надзором он не состоял. Идите с богом, папаша. Тут без вас делов невпроворот.

Пришлось пойти в публичную библиотеку. "Общий гербовник дворянских родов Российской империи". Родословный сборник русских дворянских фамилий. Бархатная книга. Никакими Радовичами и не пахло. Разумеется.

В висках снова застучало, запрыгало. Мейзель прикрыл глаза, восстанавливая дыхание, унимаясь.

Этот человек всего-навсего лгун. Просто лгун. Я принял за демона обычного мальчишку. Смазливого дурака. Надо будет только убедить Борятинскую, чтобы после свадьбы эти двое уехали из усадьбы. Пусть убираются к чёрту.

Он убедит. И не в таком убеждал.

Мейзель вернулся в начале июля — почти уверивший себя в том, что все в порядке. Дом показался ему странно притихшим. Приготовления к свадьбе продолжались, но словно по инерции, медленно угасая. Княгиня лежала у себя, страдая мигренями. Нюточка была заплакана. Туся расцеловала его в обе щеки — крепко, звонко. Лицо у нее сияло — как незадолго до отъезда в Петербург.

У нас радость, Грива. Ласка ожеребилась! И такой жеребенок отличный! Первый от Громадного.

Как назвать собираешься?

Разумеется, Гром.

Радович поклонился издалека — глаза перепуганные, круглые. Мальчишка и есть. Мейзелю вдруг стало стыдно. Что я напридумал себе, старый дурак!

Он не замечал ничего до середины июля. Никто ничего не замечал, кроме Нюточки, должно быть. Много гулял — один, радуясь, что возвращаются силы, и огорчаясь, что Туся не с ним. Она пропадала то на конюшне, то в библиотеке, листала без конца свои петербургские тетрадки. Придумывала что-то, как всегда. Затевала. Радовича Мейзель тоже почти не видел. И слава богу.

Он и на конюшню-то забрел почти случайно. Жарко было. Устал. Хотел просто увидеть Тусю.

Распахнутая дверь. Жужжание мух. Сонная тишина.

Это уже было всё. Было. Я видел это уже. Только давно.

Мейзель остановился. Вытер мокрые ладони о сюртук. Хотел окликнуть Тусю — и вдруг испугался. Испугался, что снова увидит маленькое чудовище, скомороха, изрыгающего брань и хохочущего среди конюхов.

В конюшне никого не было. Даже лошадей. Отогнали, должно быть, на дальнее пастбище. Туся все жаловалась, что мало травы, выгонов мало. Воевала с матерью, требовала нарéзать еще земли. Купить. От этого сада твоего развернуться негде! А мне лошадей кормить нечем. Борятинская только посмеивалась. Ты яблоками корми. Еще спасибо лошади твои скажут. Туся сердилась, топала ногами, но Борятинская не сдавалась. Тут всё только для тебя одной делается. И пока я жива — так и будет. Вот умру — разоряй усадьбу в свое удовольствие.

Мейзель вышел совсем успокоенный. В горячем небе высоко-высоко дрожал невидимый оглушительный жаворонок. Застучали колёса, копыта — к дому подъехала коляска. Туся бросила вожжи. Сама правила. Радович соскочил на землю — невысокий, тонкий. Издалека блеснула седина в черных волосах. Протянул руки, чтобы помочь Тусе сойти. Вместе куда-то ездили. Однако. Хорош жених. Надо княгине сказать — это действительно совсем уже ни в какие ворота.

Туся засмеялась, спрыгнула. Радович поймал ее, без труда приподнял, крутанул в воздухе — и поставил на землю. Они не видели Мейзеля, вообще, похоже, ничего не видели, двигались точно, слаженно, словно танцевали. Белое полотняное платье. Темный мужской сюртук. Белый тонкий газовый шарф взвился и опал легко, как вздох.

Сроду она не носила летом никаких шарфов.

Мейзель закричал, замахал руками — но они не услышали. Ушли в дом.

386

Он ковылял, наверно, целую вечность.

Барышня закрылись у себя. Просили не беспокоить.

Вышла только к ужину. Бессовестная. С тем же шарфом на плечах.

Нюточка не вышла вовсе.

Мейзель. Радович. Борятинская. Туся.

Нет, не так. Мейзель. Борятинская. Радович. Туся.

Распахнутые окна. Ни ветерка. Ни огонька.

Мейзель едва дотерпел, пока лакей выйдет.

Я должен сказать тебе, Туся, не дожидаясь, пока ты совершишь ошибку, возможно, роковую, что человек этот, — Мейзель мотнул головой в сторону Радовича, — не тот, за кого себя выдает. Все разговоры его про имения и старинный род не более чем ложь. Я навел в Воронеже справки — фамилия его не значится ни в одной дворянской книге. Скорее всего, он и не дворянин вовсе.

Радович молчал. Не возражал, не оправдывался, не возмущался. Просто молчал. Смотрел в тарелку.

Да и что с того, Григорий Иванович, — удивленно сказала Борятинская. — Они с Аннет любят друг друга.

Не с Аннет они любят друг друга, ваше сиятельство! И если вы настолько слепы, что не видите, что творится под вашим же носом…

Мейзель захлебнулся от гнева. Замолчал.

Это всё? — спросила Туся сухо.

Мейзель, сам не замечая, вертел в пальцах вилку, всё пристраивал ее на край тарелки, добиваясь желаемого равновесия.

Тебе недостаточно, Туся?

Вполне. Благодарю. Ужин был прекрасный.

Вилка звякнула, перевернулась, задрав сияющие зубки.

Туся встала, не глядя на Мейзеля, — это был признак крайней ярости, всегда, с детства. Стоило не дать ей желаемую игрушку или хоть немного ограничить свободу — и она переставала смотреть ему в глаза, будто боялась, что темное, животное в ней не выдержит, взорвется.

Радович, весь ужин тоже не поднимавший глаз, немедленно поднялся тоже, подхватил Тусин стул, отодвинул учтиво. Воспитан он был, конечно, отменно — не отнимешь. Настоящий опытный шулер.

Туся кивнула благодарно, оперлась на его подставленную руку.

Пойдемте спать, Виктор. Поздно уже. Я страшно устала.

Радович кивнул послушно — и Туся положила голову ему на плечо — нежно, благодарно. Щекой потерлась даже. Приложилась, будто маленькая.

Радович натянуто, испуганно улыбнулся.

Борятинская тихо ахнула.

Мейзель вскочил, запутавшись в стуле. Грохнул. Еще грохнул. Едва не сорвал скатерть.

Что?! Что вы себе позволяете?!

Радович шарахнулся, как стреноженный годовик. Блеснул диковатыми голубоватыми белками. Туся удержала его за рукав. Засмеялась.

Мы обвенчались, Грива. Нынче днем. Вот фата — видите? — Она обмотала концом шарфа свое запястье и запястье Радовича. Стянула. — Виктор, вы же взяли у священника метрику? Я просила.

Радович кивнул еще раз. Он был напуган так, что даже ссутулился. Крылья носа, верхнюю губу прохватила испарина, при свечах — совершенно золотая. Борятинская все же не полюбила электричество. Ужинали всегда при свечах.

Мейзель подошел к Тусе вплотную, взял за плечи, встряхнул — резко, почти грубо.

Что ты наделала, дрянь! Глупая девчонка! Идиотка!

Туся засмеялась, будто оскалилась, — и высвободилась одним сильным молодым движением.

Успокойся, Грива. Я же замуж пошла, а не на эшафот. К тому же ты сам этого хотел. — Она оскалилась еще раз и удивительно точно передразнила: "Бог даст, выйдешь за хорошего человека, он поймет и поддержит тебя во всем". — Виктор во всем меня поддерживает.

Я сказал — за хорошего человека, Туся!

Не тебе судить.

И не тебе.

Оба помолчали, словно примеряясь, куда ловчее ударить, чтобы наверняка.

Ты слепа абсолютно. Этот человек — мошенник, должно быть, преступник. Он солгал тебе о своем прошлом! Всем солгал!

Мне плевать на прошлое. Мне нужно будущее, Грива. Такое, как я хочу.

Мейзель глотнул непослушный воздух. Княгиня всхлипывала и невнятно причитала — боже мой, боже мой, — будто это могло помочь. Мейзель едва удержался, чтобы не влепить ей пощечину. А еще лучше — Тусе. Нет, этому смазливому мерзавцу.

Ты хоть понимаешь, что потеряла титул? Ты больше не княжна Борятинская.

А ты хоть понимаешь, что мне на это плевать? И этому тоже научил меня ты. "Суди людей не по сословию, не по достатку, не по намерениям или помыслам. А только по их поступкам. Истинная ценность человека — в том, как он поступает, а не как называется". Или ты думаешь, что без титула я стану другой?

Он жених твоей сестры!

Я ни разу в жизни не видела свою сестру! Ее Лиза, кажется, зовут, да, *maman*?

Борятинская, все это время сидевшая молча и совершенно неподвижно, наконец встала.

Как же так? — спросила она. — Что же это? За что? А как же свадьба?

Успокойся, — сказала Туся. — Свадьба состоится в назначенный день. Ты не напрасно хлопотала. Да пойдемте же, Виктор, наконец. Я действительно страшно устала.

Борятинская села. Мейзель тоже. Оба молчали. Потом Борятинская вдруг заплакала — беззвучно кривясь, как будто была одна.

В столовую заглянул лакей. И исчез тотчас, словно растворился.

Мейзель встал. Борятинская посмотрела сквозь слёзы — жалко, умоляюще. Надеялась, что он утешит. Разберется. Мейзель погладил ее по волосам, совсем седым. Поцеловал в макушку. Сказал негромко — бедная, бедная дурочка. Неизвестно про кого.

И вышел из столовой.

Он ушел из дома Борятинских так же, как когда-то пришел восемнадцать счастливейших лет назад, — с одним лекарским саквояжем, и точно так же, как тогда, был июль, воронежский, огненный, яркий, разузорный, как праздничная шаль, только вот лет ему было всего пятьдесят семь — господи помилуй, совсем мальчишка, дурак молодой, не то что сейчас — семьдесят пять, и каждый прожитый год сухой резкой болью отдается в коленях — на каждой охающей в ответ ступени.

Семь.

Шесть.

Пять.

Гукнула насмешливо неясыть, заглушив звонкое зудение цикад, — ночной сад проснулся на мгновение, вздрогнул и, передернув влажной черной листвой, снова затих.

Мейзель вдохнул поглубже, боясь разрыдаться, и понял, что хочет только одного — вернуться домой. К маме. Так и не был ни разу на могиле. Не сподобился.

Пора уже наконец.

В Москву. В Москву. В Москву.

Он добрался до самого Воронежа, но не смог. Вернулся. Снял в Хреновом половину домика — у кроткой вдовицы, кривой на один глаз и очень опрятной.

Спальня солдатской ясности и простоты, гостиная — стол, пара стульев, усеянные мушиными оспинами литографии. Сундук, который он так и не смог заполнить даже до половины, — нечем.

Туся узнала очень скоро. Приехала, плакала, целовала руки, заглядывала умильно в глаза — подлизывалась бессовестно, как дворняжка. Мейзель, конечно, простил. Кто бы не простил, какой отец? Но назад не вернулся, так и остался в Хреновом, — совсем один. Он не жил больше, а ждал — будто зашел по пояс в густую, ночную, стоячую воду, да так и остался, завороженный дрожащей лунной дорожкой.

Несколько раз приезжала с визитом Борятинская. Она ни о чем не просила, понимая, что напрасно, так что они просто сидели рядом — без всякой неловкости, в уютном, полном достоинства молчании, словно действительно были женаты все эти годы, и даже больше — всю жизнь. Изредка Борятинская говорила — а помните, Григорий Иванович? — и они, улыбаясь и перебивая друг друга, вспоминали Тусины шалости и словечки, то, как долго она молчала и как один раз, пяти лет, спряталась на конюшне, и ее искали по всей усадьбе, а она зарылась в солому в деннике у Боярина, прямо под копытами, да заснула, и Боярин два часа простоял не шелохнувшись, ни разу с ноги на ногу не переступил, я тогда даже посечь Тусю хотела, помните? Да вы не велели.

Нюточку они вспомнили всего однажды — и оба осеклись. Она ушла той же ночью, что и Мейзель, и никто не знал, куда исчезла. Будто водой черной смыло. Ничего с ней не станется, ворчливо сказал

Мейзель. Подзаборное семя так просто не вытопчешь. Денег-то много она с собой на дорожку прихватила? Борятинская вспыхнула негодующе, всплеснула высохшими, совсем веснушчатыми крыльями. Денег Нюточка вовсе не взяла. Только один гарнитур — колье, браслет да серьги. Чистейшей воды изумруды в бриллиантовой искрящейся россыпи. Князь на первую годовщину свадьбы подарил. Уж сколько лет, как умер. Могилка, поди, совсем заросла. Надо бы написать, напомнить, чтоб прибрались.

Борятинская поднялась, заторопилась, Мейзель, впрочем, и не удерживал. Она приезжала все реже. Потом перестала. Только записки передавала иногда да подарки к именинам. Всегда одно и то же, много лет. Кошелек, собственноручно расшитый бисером, — и, надо признать, преискусно. Вот только кошельков он сроду не носил. Обходился карманами.

Зато Туся бывала каждую неделю, иной раз и дважды — то верхом, то в легкой лакированной эгоистке, которой мастерски управляла сама. Она никогда не предупреждала о своем следующем визите, и Мейзель был ей за это благодарен. За то, что каждое утро вставал и скреб бритвой седые щеки, за то, что вычищал с равным усердием и ногти, и сюртук, менял белье, перекладывал просторные носовые платки лавандой и лимонными корками — боялся, что Туся услышит его стариковский запах, тихую гнилостную вонь, заполнившую все вокруг. Но она не слышала, не замечала ничего, входила с охапкой собранных по дороге цветов или с корзиной лакомств — это вот пирожки с луком, как ты любишь, а вот груши — из старого сада, помнишь? С нашего дерева. Мы под ним всегда в индейцев играли.

Он помнил.

Туся заполняла собой обе комнатки, хохотала, шумела юбками, уже вполне взрослыми, тугими, хвасталась то новым жеребенком, то красивым гребешком, иногда даже советовалась по мелочам — насчет посевной или молотилки. Хозяйство она не любила, все еще мечтала о собственном конном заводе.

Вот только маму наконец уговорю. И выведу новую породу, Грива, и назову в честь тебя — мейзельская.

Ты же хотела — борятинская.

Передумала. Мейзельская рысистая. Каково?

Он качал согласно головой, и без того трясущейся, — надеясь, что Туся не заметит, и она милосердно не замечала. И — милосердно же — делала вид, что счастлива, а может, и правда, была, — и за это Мейзель тоже ей был благодарен. Как и за то, что она всегда приезжала одна и ни разу даже не упомянула о Радовиче, будто его и не было вовсе и ничего не изменилось, не разрушилось навсегда.

Поначалу он пытался понять, почему Туся так поступила, — зачем пошла замуж за первого встречного, безродного, безвестного человека — вопреки не правилам даже, на правила ей всегда было наплевать, а просто здравому смыслу. Будто сказок начиталась — которые никогда особенно не любила. Да он сам не любил. К тому же логика сказки предполагала, что нищенский плащ самозванца непременно обернется королевской мантией, а в жизни ждать от Радовича было нечего. Он был пустой человек. Никчемный. Лживый. Слабый — много слабее самой Туси, и Мейзель не понимал, как можно было такого полюбить.

Нет, не так. Он не понимал, как такого могла полюбить именно Туся.

Конечно, Мейзель знал, что рано или поздно она выйдет замуж. Знал и хотел этого — не блестящей партии, просто — хорошего брака, дружеского, детного, теплого, которого желал бы и самому себе. Два сильных взрослых человека, честно идущих по направлению к смерти. Рука об руку. Нога в ногу. Каждый старается, чтобы другому было хоть немного легче на этом пути.

Радович никуда не шел. Не мог. Его надо было волочить за собой, тащить, как несмышленыша.

Может, Туся этого и хотела — властвовать? Но зачем? Ей и без Радовича было кем управлять. Десятки, сотни даже людей были у нее в услужении с самого рождения, и никогда, никогда Мейзель не замечал, чтобы это приносило Тусе хоть какое-то удовольствие. Это был ее мир, другого она не знала. Еще один слуга был ей просто ни к чему.

Приревновала к Нюточке? Захотела отобрать то, что принадлежало не ей, — словно в детстве, когда невзрачный камешек в чужих руках кажется ребенку драгоценнее собственных игрушек? Или просто влюбилась, не думая, ни за что, нипочему, ошалела от чужой красоты — как мотылек, принимающий за солнце подслеповатую деревенскую коптюшку?

Мейзель все кружил мысленно, строил предположения, будто вертел в руках шкатулку, чужую, замкнутую, утратившую не только ключ, но и память о содержимом.

Потом устал. Перестал.

В конце концов, Туся просто поступила так, как считала нужным. Как поступала всегда.

Мейзелю оставалось только смириться.

Первое время он боком, как-то по-голубиному держа голову, чтобы не мешала тихо расползающаяся катаракта, все высматривал в Тусе изменения — не расплылась ли в поясе, не потяжелела? Искал со страхом несомненные признаки: надувшиеся груди, припухлый, словно размытый по краям рот, сложенный в нежную придурковатую улыбку, ржавые пятна на лбу и на висках — и нет, не находил, и пугался еще больше.

Год прошел. Два. Пора бы уже. Или нет? Нет! Конечно же, нет! Только не от этого смазливого мерзавчика.

А душа ныла все равно. Просила. Жаловалась. Жалковала.

Еще разок подержать на руках живого, тяжеленького, горячего ребенка.

У нее будет девочка, разумеется.

Дочка.

Туся вторая.

На прощание Туся прижимала его ладонь к щеке — крепко-крепко. Как в детстве — когда засыпала. Мейзель стеснялся своих рук, старых, корявых, ненужных. Он больше не мазал пальцы йодом —

и они были бледные, голые, беспомощные. Будто чужие.

Но Туся все равно прижималась.

Целовала по очереди каждую шершавую косточку: январь, февраль, март, апрель…

Май.

Умер Мейзель в мае тихой и страшной смертью праведника, которым он никогда не был — да и не стремился. Опухоль, неприметная, неловкая, как и он сам теперь (иногда Мейзелю казалось, что такая же старая), несколько лет разрасталась, неторопливо, почти сладострастно стискивая горло. Когда Мейзель понял, что больше не может скрывать от Туси ни одышку, ни жалкую петушиную сипоту голоса, он просто назначил день и час. Сам себе назначил. Врач в нем, блестящий, смелый, так и не прославившийся, был жив и сохранил и твердость духа, и способность к клиническому мышлению. Впереди ждал только распад — долгий, мучительный, смрадный. Сперва он перестанет говорить, потом двигаться — и наконец умрет от медленного, очень медленного удушья. Думать, к сожалению, не перестанет. Думать и чувствовать боль. Страдать. Измазанный собственным дерьмом. Неподвижный. Задыхающийся. Бессильный.

Мейзель понимал, что это и есть воздаяние. Отсрочка его приговора наконец подошла к концу.

Мне отмщение и аз воздам.

Всё было по заслугам. Всё справедливо. Просто немилосердно. Как врач — все еще врач — он не мог этого допустить. Пусть место души в аду, тело не должно страдать понапрасну. Даже его собственное тело.

А главное, все это не должно было выпасть на долю Туси. Она не должна была видеть. Не должна была страдать рядом с ним. Из-за него.

Казнь была назначена на пятницу, 4 мая 1894 года. На четыре часа дня.

Красивые цифры. Ровные.

Ей легко будет запомнить.

Мейзель сходил в баню, которую никогда особо не жаловал, считая диким и вредным удовольствием. Варварством. Предпочитал обливания в тазу. А вот напоследок распробовал, как же хорошо, господи, как хорошо. Каждая жилочка будто ожила. Он переоделся в чистую рубаху, голубоватую, накрахмаленную, слишком теперь просторную и в вороте, и в плечах. Положил в карман сюртука свежий платок. Подумал — и в последний раз густо намазал пальцы йодом.

Туся в детстве спрашивала — ты зачем сам себе пальчики пачкаешь, Грива? Себе пачкаешь, а меня ругаешь.

Чтоб на Страшном суде с другими докторами не перепутали.

Правду она так и не узнала. Никто не узнал. А теперь и подавно не узнает. Мейзель подул на коричневые руки, предавшие его всего раз. Всего раз. А хватило на целую жизнь.

Стукнула дверь — и вдовица боком, высоко держа поднос, засуетилась с обедом. Он загодя заказал особое меню, выбрав то немногое, что действительно любил, и со вкусом, неторопливо поел ботвинью с молоденькими парниковыми огурчиками, радуясь их снежному упругому хрусту и нежному, свежему запаху. Туся третьего дня привезла, вот и пригодились. Жаркое из телятины и томленная в молоке картошка так и просили стопочку, но пить даже в гомеопатических дозах Мейзель побоялся — кто знает, не выйдет ли антидот. Химию он, признаться, подзабыл преизрядно.

Вдовица споро управилась с грязной посудой, принесла на вытянутых руках ворчащий самовар, потом сливки, сахар, морковный пирог, сонно вздыхающий под салфеткой. Расставила всё, пересыпая пустопорожними сплетнями, — и убралась наконец восвояси.

Часы отстучали три четверти четвертого.

Мейзель отщипнул от пирога ароматный оранжевый мякиш и отодвинул тарелку. Мама лучше пекла. Да и просто — довольно.

Он пошел в спальню и последние четверть часа своей жизни простоял перед окном, бездумно разглядывая скучную сельскую улицу: серые заборы, серая пыль, серенькое небо, серенькая коза, обгладывающая штакетину забора. Должно быть, клейстером обмазали.

Он предпочел бы сад, но — не судьба. Не судьба. Не заслужил.

Мейзель достал из кармана заранее приготовленную склянку. Убедился, что не йод. Еще раз убедился. Нет. Калиевая соль синильной кислоты. Ну что ж, столько лет храню. Наконец-то пригодилась. Он растворил бесцветные кристаллики в стакане воды, покрутил звонкой стремительной ложкой. Еще раз посмотрел в окно.

Коза ушла.

Ему несомненно хватило бы мужества удавиться — но он не хотел позора для Туси. Довольно и того, что она будет плакать. Он втайне надеялся, что да.

Мейзелю было восемьдесят два года — и он был уверен, что не вызовет ничьих подозрений. Старость — лучшее алиби. Никто не захочет выяснять, отчего умер такой древний старик.

Он посмотрел на циферблат.

Без минуты четыре.

Ну, господиблагослови.

Пора.

Пора! — отчетливо повторил часовой механизм.

И Мейзель поднес стакан к губам.

Последнее, что он увидел в своей жизни, была Туся, двенадцатилетняя, ясноглазая, нетерпеливая, буквально на минуточку присевшая в кресло, — нет-нет, мадемуазель, извольте не двигаться и смотреть вот сюда! Шипение магния, вертлявый от желания угодить фотограф, чуть смазанные локоны, лаковый блик на выпуклом лбу. В тот день было солнечно. Послеобеденный чай накрыли в саду под вишнями, и всё было в лепестках, полупрозрачных, тающих, светлых. Туся вертелась, рвалась в конюшню — к новорожденному жеребенку, сыну Боярина. Беркут Второй. Первый Беркут был уже годовик, огненно-рыжий, легкий. Воздух звенел от дроздов, Тусиного смеха, от серебряной ложечки, которой Туся, шаля, весело взболтала чай и тут же приложила ее, горячую, гладкую, к губам Мейзеля, а потом — ко лбу.

Вот как я люблю тебя, Грива! Можно уже? Скажи, что можно!

Мейзель смахнул с ее пробора тоже расшалившийся приблудный лепесток, кивнул — и Туся, опрокинув стул, побежала освобожденно, на ходу оправляя вздувающееся платье, еще недлинное, детское, еще не скрывающее ни туфельки, ни ножки, и все они улыбались, глядя, как она спешит по пятнистому от солнца саду, и Борятинская, и гувернантка, и даже Нюточка, и он сам, и всё звенело кругом, пело, переливалось темно-зеленым, белым, розовым, золотым, и только розетка с вишневым вареньем, прошлогодним, суховатым, горела на скатерти тревожным темным пятном, будто запекающаяся кровь.

Как же я ненавижу кровь, господи, как же ее боюсь!

С третьим ударом часов.

Нет, с четвертым.

БЛАНК! — сказал маятник, и Мейзель зажмурился, набрал полную ложечку — ту самую, еще горячую от Тусиного чая, нашарил сразу пересохшим языком ягоду, упругую, приторно-сладкую, выстрелившую густым липким соком, косточка стукнулась о зубы, неожиданно круглая, твердая. БЛАНК! — повторили невидимые часы и сразу же, вздохнуть не успел, еще раз — БЛАНК! — и косточка, хрустнув, лопнула, и сразу запахло горьким, свежим, весенним — вязкой миндальной мякотью только что разрезанного кулича.

Христос воскресе, Грива! — сказала Туся.

Часы пробили в четвертый раз.

И Мейзель двумя глотками привел приговор в исполнение.

Он еще успел поставить Тусину фотографию на подоконник. Не уронил. Даже поправил рамку негнущимися, не существующими уже пальцами.

И только потом умер.

Тусе доложили на следующий день. Она дернулась, вскинула руки, будто получила в лицо горящей головней, и закричала так, словно головня была взаправдашней, настоящей. Радович, никогда прежде не видевший, чтобы Туся плакала, не знал, что предпринять, тыкался то с водой, то с утешительными благоглупостями, — словом, говорил и делал не то даже больше обыкновенного, хотя больше, кажется, было просто невозможно.

Ничтожное, ничтожное существо.

К похоронам, устроенным по высшему разряду (Радович даже не подозревал, что человеческая смерть может обойтись в такую сумму), Туся опухла от слёз так, что едва могла идти. Она вцепилась в край гроба, как цеплялась когда-то за руку Мейзеля, нет, сильнее, и Радович едва, один за другим, разжал ее пальцы. Поцеловал каждый — впервые по-настоящему, тепло. Бедная, жалкая, подурневшая. Живая. Она не заметила ни поцелуев, ни его самого — тоже впервые.

Оба сада — и старый, и молодой — захлебывались от цветения. В усадебном парке, радостном, весеннем, еще полупрозрачном, был спешно поставлен склеп,

402

пока деревянный, временный, но Радович, уже знавший жену хорошо, не сомневался, что через год-другой здесь будет возведена усыпальница не хуже царской. Ошибся. Туся поставила над могилой Мейзеля часовню — кружевную, нежную, розово-мраморную, похожую на девочку-подростка, которая привстала на цыпочки, чтоб дотянуться до поспевших яблок.

В Бога она не верила, кстати. Как и Мейзель.

Он сам ее так воспитал.

Духовную огласили на поминках — заверенную по всем правилам у нотариуса. Мейзель, педантично разузнавший, что к домашним завещаниям много придирок, предпочел не возиться с поиском достойных душеприказчиков и бумаги, удовлетворяющей капризный Сенат. Имущества он не нажил, зато капитал в денежных бумагах в размере двухсот восьмидесяти семи тысяч сорока рублей должен был быть передан Наталье Владимировне Радович (в девичестве — Борятинской) и употреблен на осуществление любого ее желания.

Туся перестала плакать — первый раз с пятого мая. Приподняла голову, словно не веря. И вдруг встала и, зажимая рот платком, побежала вон. Спешно, на живую нитку сшитое траурное платье шумно заторопилось вместе с ней, заглушив последние слова Мейзеля. В завещании он распорядился, чтобы на его погребение было употреблено не более двухсот рублей из указанных денег.

Не хотел быть в тягость даже в этом. Даже мертвый не желал обременить.

Эту волю никто не выполнил. Не услышал.

Радович нашел Тусю в конюшне. Она шагами вымеряла стены, что-то тихо бормоча. Потом повернулась к Радовичу — совершенно прежняя, сияющая сквозь опухшее, раненое, больное тем же самым яростным рваным светом, который так поразил его когда-то при первой встрече.

С таким же страшным и радостным лицом Вук Короман всегда садился за карточный стол. У Саши такое же лицо было, когда он… Когда мы…

Радович сглотнул. Нет. Не вспоминать. Нельзя вспоминать. Нельзя.

Всё теперь будет, — сказала Туся хриплым, растрепанным от слёз, как будто войлочным голосом. — Ставочная конюшня. Призовая. Маточная. Жеребятник. Манеж. Свой завод — самый лучший в России.

Но главное — пастбища свои.

Наконец-то.

Наконец-то!

Конный завод в Анне был заложен через три месяца после смерти Мейзеля. Туся ухнула в строительство с головой — как когда-то прыгала в Битюг, с визгом, с веселыми брызгами. Она спорила с архитектором, бранилась с подрядчиками, требовала невозможного — и невозможное это, как всегда, получала. Радович, и через семь лет брака не переставший бояться, что в одно прекрасное утро его за полной никчемностью вышвырнут вон, пытался помогать жене во всем, суетился, сновал, лез под ноги — и презирал себя за это отчаянно.

Еще и за это.

Борятинская, притихшая, будто опустевшая, всё реже выходила из комнаты. Она перебралась в свою старую спальную в старом доме, который хоть и укрылся невидимо внутри нового, как обещал когда-то Бойцов, но сохранил и запах, и знакомый перепев половиц, и милую, уютную тесноту. Борятинская, будто вновь была беременна Тусей, часами лежала на кровати, смотрела на сад и чувствовала себя внутри матрешки. Большой дом спрятал в себе маленький, внутри маленького была комнатка, внутри этой комнатки — она сама, и внутри нее самой была жизнь — тихая, неостановимая, распирающая изнутри.

У нее снова, как когда-то, рос живот, но теперь она боялась скрестить на нем руки.

Никто не заметил, что Борятинская похудела еще больше, превратилась в настоящий бесшумный остов — Тусе, увлеченной грандиозным переустройством мира, было некогда, семидесятилетняя Танюшка давно и неожиданно для всех выжила из ума и была отправлена на почетный покой в собственные комнаты, плотно набитые узлами, кулями, сундуками и укладками. Словно раз и навсегда заведенный механизм, она все радела о хозяйском добре и, тихо ворча, стаскивала к себе сор и дрянь со всей усадьбы. К барышне она приходила ежедневно, как на службу, сидела рядом, деревянно покачивая головой, а потом схватывалась, подбирала с ковра носовой платок или хозяйскую туфлю и уходила, хромая, в свое тихое, честно выслуженное безумие.

И Мейзеля больше не было. Совсем. Так что Борятинской не с кем было поговорить, некому пожаловаться, никто не мог вылечить ее или хотя бы успокоить, и она умирала молча, будто шаг за шагом спускалась по длинной неверной лестнице в подземелье, и лестница все заворачивала и заворачивала, своды становились все ниже и темнее, и впереди — Борятинская это чувствовала — не было ничего. Совсем ничего. Даже света.

Она умирала второй раз в жизни — но теперь знала об этом. Знала, но почему-то, как и в прошлый раз, совершенно не боялась. Рак яичников — ласковый, тихий, беспощадный — забирал ее почти без боли, просто не хотелось есть, совсем не хотелось. Неузнаваемые безмолвные люди приносили и уносили подносы с приборами, поправляли одеяло, меняли изредка белье. Как-то раз пришла Туся, скривила гадливо лицо, рванула оконные рамы, и Борятинская поняла, что, должно быть, дурно пахнет, — и застыдилась. Но это был не просто дурной запах. Смрад от распадающейся опухоли стоял ужасный, ни с чем не сравнимый и не совместимый ни с чем живым. Туся долго и громко распекала кого-то в коридоре, а Борятинская сползла с кровати, с трудом, со многими остановками, добрела до туалетного столика и, как могла тщательно, обтерлась духами — теми самыми, нежными, цветочными, которые так любил когда-то князь.

Теперь и она сама не помнила их названия.

С того дня Борятинская обтиралась ежедневно — руки, шею, крошечные сморщенные груди, каждую проступившую косточку. Хотела и живот — но не могла, боялась: живот, вздувшийся, посинелый, огромный, был слишком живой. Страшный.

Борятинская надеялась, что Туся придет еще раз — вбежит, топоча резвыми ножками, с визгом прыгнет прямо на кровать, и они будут, как раньше, обниматься, тыкаться носом, губами, зарываться лицом в нежное кружево, выискивая живую горячую кожу, мягкую душку — чтобы тысячу раз ее, вздыхающую, жаркую, поцеловать.

Не поговорить даже.

Всего один раз обнять ее. Еще один раз. Просто до руки дотронуться.

Господи, смилостивись, умоляю.

Но Туся больше не приходила.

Прислала вместо себя доктора. Потом еще одного, такого же незнакомого, чужого. Борятинская от осмотра отказалась — зачем? Единственный врач, которому она верила, лежал на краю парка. И не звал. Даже не ждал.

Она никому не была нужна. Больше — никому.

За день до смерти Борятинская пришла в странное, суетливое, безостановочное почти, маятниковое движение — она то садилась, то вставала, то, радуясь вдруг вернувшимся силам, копошилась в шкафах — искала что-то очень важное, нужное, а что — не помнила сама. Обиралась.

Успокоилась, только когда нашла шаль — ту самую, прабабкину, драгоценную, кашмирскую, расшитую золотыми слезами Аллаха. Развернула, вздохнула облегченно — духовная лежала внутри, заготовленная еще в восемьдесят шестом году, после смерти князя. Тот отказал всё свое громадное состояние в трех равных долях — ей и двум старшим детям, Лизе и Николя. Будто Туси и на свете не было. Она долго тогда не могла простить, но — Господь велик — справилась, простила, отпустила покойному страшный грех, но составила завещание, по которому всё, что у нее было, отходило Тусе, и только ей.

И отдельной строкой шаль прописала.

Будто разом отомстила всем, кто не принял ее дочь.

К вечеру Борятинская немного попила слабого чаю и даже попробовала поесть, но еда на подносе, который забыли убрать, скисла, а новый ей так и не принесли.

Ничего, ничего. Не стоит беспокойства. Я так.

Борятинская тихо, по-мышиному, погрызла подсохший хлеб, но поняла, что устала, слишком устала. Она спрятала завещание под подушку, прилегла, скукожившись, на кровать и, зарывшись лицом в шаль, заснула — впервые за долгие недели спокойно, ясно — и до утра ходила по августовскому саду, солнечному, жаркому, с Тусей на руках, и всё выпевала ласково — а это, Тусенька, сли-и-ива, смотри, какая красивая, синяя, а это яблочки, наливные, сла-а-а-адкие, — и Туся, маленькая, тяжелая, горячая, кивала серьезно и крепко держалась за ее шею, щекоча смешными кудряшками, и еще падали яблоки — с тихим, спелым стуком, то тут, то там — катились недолго, подпрыгивали и ложились в такую же спелую траву.

Тук. Тук. Тук.

От этого звука Борятинская и проснулась.

Крестьянин, рослый, молодой, продубленый воронежским солнцем, атаман двух десятков таких же крепко копченых лесорубов, на секунду задержал топор и смерил взглядом яблоню, старую, но сильную, убедительно, торжествующе даже живую. Антоновка. Яблок, еще недоспелых, бледных, восковых, было столько, что листвы не видать.

Вы б хоть урожай сняли, вашсиясь. Не брали грех на душу. Ишь, сила какая уродилась.

Туся только плечами передернула — не твои грехи, не тебе и каяться. Руби давай!

Крестьянин перекрестился, махнул своим, и топор длинной солнечной дугой пронесся у него над головой.

Тук.

Дерево вздрогнуло, будто не веря. Вскрикнуло. Захлебнулось.

Швырнуло в небо пригоршню переполошенных, растрепанных, ничего не понимающих птиц.

Яблоки тихим частым дождем посыпались на траву.

Тук. Тук. Тук.

По всему саду задергались беспомощно, как от боли, верхушки живых деревьев.

Радович не выдержал, отвернулся.

Туся пожала плечом еще раз, прикусила губу. Ей нужны были пастбища. Луга. Трава. Много. Очень много травы. На покупных кормах конный завод не устроишь — это она знала твердо. Ее мечта обрастала мясом, а где мясо — там и кровь. Ради лошадей надо было пожертвовать садом. И она жертвовала.

И вообще, это просто деревья — и всё.

Грива бы тоже так сказал.

Туся была уверена.

Когда сад закончили вырубать, Борятинская была еще жива, но уже ничего не чувствовала. В глазах ее, открытых, остановившихся, отражалось опустевшее окно, в свою очередь отражавшее такое же опустевшее, медленно темнеющее небо.

Вечером в комнату зашла Танюшка, подхватила с пола выскользнувшую шаль, покивала скорбно и ушла, бормоча что-то не внятное никому, кроме ее собственного Бога.

Дверь за ней закрылась.

И глаза Борятинской наконец-то закрылись — тоже.

Туся хмуро прочертила в застывшей подливе четыре линии. Потом еще четыре — накрест. И отложила вилку. Ужинать не было сил. Все вокруг пропахло яблоками — тошнотворно, невыносимо.

Ее знобило.

Радович послушно отложил свои приборы. Посмотрел встревоженно.

Вы не заболели?

Просто устала. Завтра корчевать начнут — снова вставать ни свет ни заря. Иначе они такого наработают…

Туся поежилась еще раз. Она подурнела от усталости, загорела за это лето не хуже крестьян — неприлично, недопустимо. Отмахивалась от парасолек, шляпок — да оставьте наконец, это неудобно, обойдусь. Всё делала сама, во всё вникала, даже ходить стала по-другому — быстро, широко, вразмашку. Кисти рук, шею, лицо точно прохватило коричнево-красным, неженским огнем, и вся она после смерти Мейзеля будто стала шире, огрубела. И только под платьем все еще было светлое, мягкое, чуть припухшее — так что Радович, каждый вечер помогая жене раздеваться, воочию видел, как всё четче становятся границы между прежней и нынешней Тусей.

Неприятно.

Она встала, и Радович тотчас встал тоже, учтиво наклонив голову. Он вообще-то был еще голоден и рассчитывал на пирожное. Ему не четырнадцать лет, в конце концов, чтобы ложиться спать голодным в собственном доме.

В собственном.

Чёрта с два!

Туся сделала шаг и вдруг вскрикнула испуганно, схватилась за живот обеими руками, будто защищаясь. Радович кинулся — что? что? — может, доктора? Но Туся медленно отстранилась. Она наклонила голову, прислушиваясь к себе, точно пыталась понять, не проснувшись, идет ли дождь или заоконный ветер просто перебирает лапой тихие утренние листья.

Поняла.

Улыбнулась.

Снова приложила ладони к животу, но уже совсем по-другому — бережно, осторожно, словно накрывая невиданную хрупкую бабочку.

Мой бог, — сказал Радович. — Неужели наконец?

Туся кивнула.

Она была совершенно уверена, что — да.

Шаль Борятинской Танюшка унесла к себе и спрятала заботливо в одном из сундуков под стопами слипшейся от старости негодной дряни. Сама Танюшка исчезла наутро, будто никогда не жила ни в Анне, ни вообще на свете. Может, утопилась. Может, просто ушла.

Все, кто любил ее, умерли, все, кого любила она, не нуждались в ней более.

А сама Танюшка счастливо не помнила ни тех, ни других.

Всё барахло ее по приказу Туси сожгли на черном дворе, не разбирая. Вместе с шалью, которую, просмотрев завещание, Туся поискала недолго — да и перестала.

Некогда.

Оплакивать, волноваться, искать...

Туся была беременна — своим первым конным заводом, первым ребенком, первыми своими настоящими, взрослыми, сбывающимися мечтами — и сама верила, что это так.

Новый и старый сад вырубили полностью. Парк тоже. Туся оставила только одно-единственное дерево — возле усыпальницы Мейзеля. Старую грушу. Мать она похоронила на монастырском кладбище, подле прежних хозяев Анны, чтобы не беспокоить лишний раз Гриву. Пусть себе спит.

Усадебный дом стоял огромный, непривычно голый, впервые выставленный напоказ. Позади щетинились лесами — будто обглоданными ребрами — стремительно подрастающие постройки конного завода. Землю вокруг, сколько хватало глаз, распахивали под пастбища — черными, широкими, жирными, живыми полосами.

Туся была счастлива и свободна.

Наконец.

Как свободен всякий, не знающий, что готовит ему будущее.

Я люблю вас и потому не могу поступить иначе. Я люблю вас и потому не могу поступить иначе. Я люблю вас и потому не могу поступить иначе. Я люблю вас и потому не могу поступить иначе. Я люблю вас и потому не могу поступить иначе.

Вот что было написано в письме Саши Ульянова.

Я люблю вас и потому не могу поступить иначе.

Ровно, отчетливо, честно. Тысячу раз подряд.

Радович так и не узнал никогда.

Никто никогда не узнал.

2019

Литературно-художественное издание

Марина Степнова
Сад

Роман

18+

Содержит нецензурную брань

Главный редактор ЕЛЕНА ШУБИНА

Редактор ВЕРОНИКА ДМИТРИЕВА

Литературный редактор ГАЛИНА БЕЛЯЕВА

Корректор ЛАРИСА ВОЛКОВА

Компьютерная верстка ЕЛЕНЫ ИЛЮШИНОЙ

 http://facebook.com/shubinabooks

http://vk.com/shubinabooks

Подписано в печать 30.12.2020. Формат 84x108/32.
Печать офсетная. Усл. печ. л. 21,84.
Доп. тираж 10 000. Заказ №166.

Общероссийский классификатор продукции
ОК-034-2014 (КПЕС 2008); 58.11.1 — книги, брошюры печатные

Произведено в Российской Федерации
Изготовлено в 2021 г.

ООО "Издательство АСТ"

129085, г. Москва, Звёздный бульвар, дом 21, строение 1, комната 705, пом. i, 7 этаж
Наш электронный адрес: www.ast.ru
Интернет-магазин: www.book24.ru

"Баспа Аста" деген ООО
129085, Мәскеу қ., Звёздный бульвары, 21-үй, 1-құрылыс, 705-бөлме, i жай, 7-қабат

Біздің электрондық мекенжайымыз: www.ast.ru
E-mail: astpub@aha.ru
Интернет-магазин: www.book24.kz
Интернет-дүкен: www.book24.kz
Импортёр в Республику Казахстан ТОО "РДЦ-Алматы".
Қазақстан Республик сындағы импорттаушы "РДЦ-Алматы" ЖШС.
Дистрибьютор и представитель по приему претензий на продукцию в Республике Казахстан:
ТОО "РДЦ-Алматы"

Қазақстан Республикасында дистрибьютор және өнім
бойынша арыз-талаптардықабылдаушынынөкілі
"РДЦ-Алматы" ЖШС, Алматы қ., Домбровский көш., 3 "а", литер Б, офис 1.
Тел.: +8(727) 2515989, 90, 91, 92, факс: +8(727) 2515812, доб. 107
E-mail: RDC-Almaty@eksmo.kz
Өнімнің жарамдылық мерзімі шектелмеген.

Өндірген мемлекет: Ресей

Отпечатано с готовых файлов заказчика
в АО «Первая Образцовая типография»,
филиал «УЛЬЯНОВСКИЙ ДОМ ПЕЧАТИ»
432980, Россия, г. Ульяновск, ул. Гончарова, 14